彼方からの幻影

クトゥルー・ミュトス・ファイルズ
The Cthulhu Mythos Files

The Hommage to Cthulhu

小林泰三
羅門祐人
小中千昭

創土社

目次

此方《こなた》より

《小林 泰三》
一九六二年生まれ。一九九五年、クトゥルー神格名が登場する『玩具修理者』で日本ホラー小説大賞短編賞を受賞し、デビュー。ＳＦ、ホラー、ミステリー、恋愛と幅広いジャンルで活躍する。二〇一三年本格クトゥルー作品「大いなる種族」（『超時間の闇』・ＣＭＦ収載）を執筆、その他『アリス殺し』など数々の作品にクトゥルー関連用語が引用されている。

1

今から思うと、僕の母方の伯父《おじ》は相当な変人だと思われていたのだろう。

一応、肩書《かたがき》は大学の研究者ではあったが、大学の研究室に顔を出すことはほぼなかったということだった。

それもそのはずで、伯父の研究分野は極《きわ》めて特異で、研究室の中でも孤立しており、ふだんは別の研究者との接触も殆《ほとん》どなかったらしい。上司である教授もほとほと手を焼いており、どうやら放置状態に近かったとのことだった。

専攻《せんこう》は一応、工学部物理工学科ということになっていたが、伯父を知る人物によると、彼が研究していたテーマは到底物理と呼べるものではなかったとのことだった。


それでは何かと尋《たず》ねると、その人物は、自分の知る限りにおいて、あれに最も似ているのは呪術《じゅじゅつ》だと答えた。

もっともその人物にしても、特別呪術に詳しい訳ではない。ただ、伯父のしていることが科学だとは到底思えず、呪術の一種に見えたということらしい。

君のしていることは科学とは呼べない、とその人物ははっきりと伯父に指摘したとのことだった。

なぜ、そう思うんだ？　と伯父は問い返した。

科学のルールに従っていないからだ。君は怪しげな書物に載《の》っているというだけの理由で、証明されていないいくつもの法則を採用して、それに則《のっと》って装置《そうち》を組み立てている。そんな馬鹿なことがあるはずがない。

どうして、そんなことが言えるんだ？　ニュートンの万有引力《ばんゆういんりょく》の法則にしても、アインシュタインの光速不変の法則にしても、ハイゼンベルクの不確定性原理にしても、君はただ書物に載っているからという理由で信じているのではないか？

それらの法則は彼らの単なる思い付きではない。多くの先人たちが厳密な手順に基づいて検証して、確かに成立することが確認された事実なのだ。

だから、どうしてそれが事実だということが君にわかるのだ？　君は実際に実験によって、物理法則の一つ一つを確認した訳ではあるまい。ただ、そういう事実が過去にあったと現代の書物に書かれているのを、頭から信じ込んでいるだけじゃないか。僕もまたこれらの古代の書物に書かれていることを正しいと仮定して装置を設計したに過ぎないのだ。

それは屁理屈《へりくつ》だ。現代の科学と古代の呪術は別物だ。

これは呪術ではない、れっきとした古代の科学なのだ。

君の論文は読ませて貰《もら》ったよ。その装置から発する特別な放射線が人間の松果体《しょうかたい》に作用《さよう》して、眠っている感覚を活性化させるとかなんとか。世迷言《よまいごと》だ。科学ではなく魔法に過ぎない。どこの専門誌もまともに取り合わなかったのは当然のことだと思う。

充分に進歩した科学は魔法と区別がつかない。

君の作った格言か？

クラークという高名なＳＦ作家の言葉だ。

なんだ。小説家の受け売りか。とにかくこれ以上馬鹿なことを続けるというのなら、君との付き合いは考えさせて貰うよ。

伯父は呆《あき》れたように首を振ったそうだ。

いいだろう。君にはこの研究の価値がわからないらしい。

それから程なくして、伯父は奇妙な装置を含む実験材料のすべてを大学から持ち出した。

本来研究設備や消耗《しょうもう》品は大学の資産なのだから、

勝手に持ち出すことは許されてはいないが、伯父が持ち出した物は他の人間にはごみかがらくたにしか見えないものだったから、大学側は騒ぎ立てるようなことはしなかった。いや。むしろ、怪しげなものを大学から持ち出してくれて、ほっとしたというのが正直なところだろう。

とにかくそれから伯父は大学には全く顔を出さなくなったということだった。

ただ、黙々《もくもく》と自宅で研究を続けていたらしい。

伯父の家は祖父母から受け継《つ》いだもので、大学からは二、三時間もかかる山奥の村にあった。本来なら大学の近くに部屋を借りるべきだったのだろうが、なぜか伯父は頑《かたく》なにその場所に住むことを望んだ。研究に最適の場所だったそうだ。単に静かな環境だというだけではなく、気候風土や天文学的位置が他に代えがたかったそうだ。特に緯《い》度《ど》と経度《けいど》に関しては、研究に欠くことのできない特別な角度だそうで、そこ以外の場所ではあり得ない効果が得られると信じていたらしい。

僕は子供の頃、痩《や》せっぽちでひょろひょろとして病気がちだったもので、両親は僕の健康のために夏休みの半分は自然がいっぱいの伯父の家に泊まらせる習慣《しゅうかん》になっていた。

両親にとっては自然を満喫《まんきつ》できる郊外だったのかもしれないが、子供の頃の僕の目には、陰気臭《いんきくさ》いじめじめとした奇妙な土地のようにしか思えなかった。

海辺《うみべ》だが、海岸は北向きで、毎日のようにぶよぶよとした奇妙な自動車程の塊《かたまり》が流れ着いていた。夏にも拘《かか》わらず空はどんよりとした鉛色《なまりいろ》の日々が続いた。

海から吹く風も潮風《しおかぜ》というよりは、べったりと湿《しめ》って常に生臭い特有な臭《にお》いを運んできた。沖の岩場にぶつかった風が変に共鳴するのか、一日中、おわうおわうといった女性の悲鳴のような風音《かざおと》が陰鬱《いんうつ》な入り江に響《ひび》き渡っていた。

数軒ほどの小さな集落《しゅうらく》で、住んでいるのは伯父以外全員高齢者《こうれいしゃ》ばかりだった。だから、夏休みとは言っても、遊び友達などは皆無《かいむ》だった。

ただ、奇妙なことに、他の子供たちが海岸で遊んでいたような記憶も微《かす》かにある。その子たちは外国人のようでもあった。とは言っても、白人や黒人という訳ではない。見たこともないような人種だった。肌の色はべたっとした青魚《あおざかな》のようで単に鱗《うろこ》がないだけのような気がした。息の臭いは腐《くさ》った魚のようで、喉《のど》の奥からは常にげろげろと不快な音を出し続けていた。

僕は何度か彼らに呼び掛《か》けてはみたが、返事はなく、なんだか怯《おび》えたような目をして僕を見つめるばかりだったので、馬鹿馬鹿しくなって呼び掛けることもなくなっていった。

時々、伯父に子供たちの話をしてみるが、伯父は特に興味なさそうに、そんな子供はいないはずだが、もしいたとしたら絶対に話し掛けたりせずに無視して帰ってこい、家までついてこられたら厄介《やっかい》だから、と呟《つぶや》くばかりだった。

そう言えば、僕が帰る時に二、三人の子供たちが無言《むごん》でついてくることはあったが、伯父に言われたことを思い出して、山道を遠回りすると、いつの間にか一人減り二人減りして、家に辿《たど》り着く前にいなくなってしまうのがいつものことだった。

伯父にそのことを言うと、顔色を変えて、もう海には行くな、と言われた。あいつらは禿鷹《はげたか》みたいにいつも餌食《えじき》を探しているんだ、と。

伯父は実験と称して、日がな一日離れに籠《こも》っていた。

離れには電気が通じていなかったはずなのに、時折ぶんぶんと神経に触《さわ》る様な物音が聞こえたり、がたがたと大きな振動《しんどう》が発生したりしていた。日が暮れると、建物自体がぼんやりと青白く輝き、ゆっくりと点滅《てんめつ》することもあった。

家の中のどこにも食材らしきものはなかったし、

買い出しに出ている様子もないのに、伯父はどこからか食べ物を運んでくるのだ。だいたいは見たこともないような気味の悪い姿をした魚が殆どで時折海藻《かいそう》のようなべとべとするものもあった。

　これは深海魚なんだ、と伯父は怯えたような目で言った。だから、変な色だし、臭いも強く、味も変わっているんだ。けれど、食べても大丈夫なんだ。ただ、脂《あぶら》が強いから食べ過ぎてはいけない。食べ過ぎると、あれになってしまうからね。

　あれっていうのはあれだ。大丈夫だ。人間には免疫《めんえき》作用があるから、そう簡単にやつらに同化したりはしないものさ。

　同化ってどういうこと、と僕は尋ねた。

　えっ？　そんなこと言ったか？　なに、気にすることはないさ。同化って言ったって、そう簡単に細胞《さいぼう》は変異したりしない。

　伯父は服の下に手を突っ込んで、ぼりぼりと掻《か》いた。

　服の下から取り出した手の爪には鱗のようなものがくっ付いていた。

　畜生！　俺は負けないぞ。意地《いじ》でも同化されるものか！　どうした？　食べないのか？

　伯父さん、僕は同化したくない。

　えっ？　何を言ってるんだ？　同化などあるものか。心を強く持てば、免疫は決して負けたりしないのだから。

　食事の後、僕はとてつもなく不快な吐き気《け》を催《もよお》すことが多かった。そんなとき、僕はこっそりと外に出て、近くの林の中で嘔吐《おうと》した。

　溶けかけた深海魚は奇妙な形に変形して、激しく異臭を放っていた。その形はまるで無理やりに身体を捩《ね》じられた人の姿のようであった。

　急激な温度の変化が影響しているのか、その未消化の断片《だんぺん》はまるで生きているかのようにもぞもぞと動くことがあった。そして、溶けながら土の中に染み込んでいった。なんとなく、これが同化というものなのかと思った。

伯父は熱中しすぎると、真夜中まで離れから出てこないことも多かった。伯父が戻らないと僕は食事をとることができなかった。

あんな食事でも全く食べないと、空腹は耐え難《がた》かった。僕は母屋《おもや》から外に出ると、離れに向かって進んでは、不気味《ぶきみ》な青白い光に恐れをなして後戻りをすることを繰り返していた。

しかし、あるとき、僕はどうしても我慢《がまん》できなくなっていた。

夕闇の中、不気味に青白く浮かび上がる離れに向かって歩き出した。

庭に植えられた木は殆どが枯《か》れて腐ってはいたが、まるで獣道《けものみち》のように木がまばらになっている通り道があり、それがほぼ真っ直《す》ぐに母屋から離れに向かっていた。僕はその道に沿《そ》って歩くのだが、不思議なことに真っ直ぐなはずの道がぐにゃぐにゃと形を変えていた。僕は目がおかしくなったのかと、目を擦《こす》った。目を擦る度《たび》に、景色《けしき》が変わり見たこともない場所に来たような気がしたが、不思議なことにやはりそこは伯父の家であり、見たこともない場所に来たのは気のせいのようでもあった。

僕はがたがたと揺《ゆ》れながら、悪臭を放つ離れへと近付いて行った。

そんなことはあるはずがないのだが、建物は大きくなったり、小さくなったりして見えた。

伯父さん、僕、お腹が空いてしまったんだよ、と僕は離れの外から呼び掛けた。

だが、返事はない。

僕はごくりと喉を鳴らして、さらに離れに近付いた。

ぶぉんぶぉんぶぉん。不気味な低周波音が響き渡る。

騒音《そうおん》ははらわたに堪《こた》えた。そして、悪臭は発狂しそうなぐらいに強くなっていた。

僕は離れの戸に触れた。

低周波に加えて、きんきんきんという高周波音の騒音も鳴り始めた。まるで、僕を拒否しようとしているかのようだった。

僕は慌《あわ》てて戸から手を離した。

だが、騒音は一向にやむ気配がない。

伯父さん、僕だよ。晩御飯まだ？

だが、返事はない。

伯父さん、ここ開けてもいいかな？

やはり、返事はない。

どうしようか、と僕は悩んだ。

勝手に開けて怒られはしまいかと。

しかし、僕はちゃんと声を掛けたのだ。もし伯父がそれを聞いていたのに、返事をしなかったとしたら、それは離れに入ることを許諾《きょだく》したということではないだろうか？

僕は子供らしい未熟な理論武装をして、戸を開ける決心をした。

取っ手に手をかけ、目を瞑《つむ》りゆっくりと深呼吸をする。

十回――僕は十回も深呼吸をした。

そして、いっきに戸を開けた。

離れの中は青白い光に包まれていた。部屋の真ん中には奇妙な装置が置かれていた。

伯父は装置の前に立って朦朧《もうろう》としているのか、ふらつきながら操作《そうさ》を行っていた。

装置の下部からは毒々しい色の霧《きり》のようなものが発生していた。それは甘ったるい腐敗臭を伴っていた。霧は離れの床の上一面に広がっており、僕が開けた扉から外へと流れ出した。

霧の流れをよく見ようと僕は顔を近付けた。

すると、霧の中に這《は》いずるような影が見えた。

最初は目の錯覚《さっかく》かと思ったが、どうやらそうではないようだった。

それは奇形の爬虫類《はちゅうるい》のようにも巨大な昆虫のようにも見えた。ただ、ずるずると床の上を徘徊《はいかい》している。

そして、その中の一匹が出口が開いたのに気付いたのか、真っ直ぐに僕の方へと向かってきた。

僕はあまりの不気味さにその場に嘔吐してしまった。

その様子に伯父は我に返ったようだった。僕の方を見て目を見張《みは》ると、そこで何をしているのか、と叫んだ。

伯父さんの帰りが遅いから見にきただけだよ。

おまえは自分のしていることの意味がわかっているのか？　やつらを野に放ってしまうじゃないか！

やつらって？

見えないのか？　ここにいる「幽霊《ゆうれい》」どもだ。

幽霊？

正直、僕は伯父の言うことに全く納得《なっとく》できなかった。それは自分が思い描《えが》くところの幽霊とは似ても似つかなかったのだ。


伯父さん、これは幽霊なんかじゃないよ。

それは「幽霊」だ。だが、もちろん人の幽霊なんかじゃない。

じゃあ何の幽霊なの？

存在してはいけない生き物たちのだ、と伯父ははあはあと肩で息をしながら言った。

この生き物たちはいつ死んだの？

はっはっはっ、と伯父は笑った。こいつらは死んでなんかいないさ。それどころか生まれてすらいないのだ。

何を言っているの？

考えてみたことがあるか？　恐竜が絶滅《ぜつめつ》しなかった世界のことを？　そこでは、やつらが人類の代わりに進化しているのだ。そして、もちろん人類に居場所はない。

つまり、恐竜の幽霊たちが幽霊のまま進化し続けたってこと？

その通りだ。恐竜だけじゃない。あの時に絶滅

した生き物たちは、みんな無念の思いで幽霊になったのだ。俺たちが見ているのは「幽霊」の世界だ。

でも、伯父さん、これは全然幽霊みたいじゃないよ。透《す》き通ってないし、動く時に音もしている。

それは普通の幽霊じゃないからだ。やろうと思えば、こうやって触れることもできる。

伯父は足下で蠢《うごめ》く「幽霊」を手に取った。「幽霊」からはたらりたらりと粘液《ねんえき》が滴《したた》り、床に落ちた。

幽霊に普通も普通じゃないもないだろうとは思ったが、僕は伯父に反論するのが怖くてそれは言わなかった。

どうして、普通じゃないの？

俺のこの装置があるからなんだ、と伯父は装置に触れた。

装置の発する音が一段と甲高《かんだか》くなった。

この装置は見えない世界を見えるようにするんだ。俺たちの頭の中には松果体という器官があるんだ。これは本来第三の目だったんだ。

人間に目が三つあったの？

人間じゃない。人間が人間に進化する前の時代だ。

猿とか？

猿よりもっと昔だ。人間が魚類や爬虫類だった頃、第三の目はちゃんと機能していた。

どうして、目が三つも要ったの？

三つ目の目は二つの目と違うものを見ていたんだ。人間の感覚はとても限られている。目が何を見ているか知っているか？

色だよ。

それらはすべて可視《かし》光線を通じて認識される。可視光線とはつまりある特定の波長の範囲《はんい》の電磁波に過ぎない。つまり、単なる電気的な波だ。本来、波には色はない。ただ、俺たちの脳が波長ごとに赤だの青だのといった色を割り当てているだけだ。音だって空気の波に過ぎない。音階など存在しない。それを人間の脳が勝手にドだのレだのと割り当てているのだ。においも味も皮膚《ひふ》感覚もすべて同じだ。単なる物理的なエネルギーや化学物質を脳が勝手に感覚に置き換えて、それで世界を理解したつもりになっている。とんだ間抜《まぬ》けだよ。人間の知覚が捉えられるのは世界のほんの一部に過ぎないのに。例えば電磁波の世界だって、本来はもっと豊かなのだ。人間の目が捉えられるのは赤から紫《むらさき》までの可視光線に過ぎないが、赤より波長が長い赤外線や紫より波長が短い紫外線のことを、人類は歴史の大部分の間、存在を知らずにないものとして過ごしてきた。赤外線よりさらに波長が長くなれば電波となり、紫外線より波長が短くなれば、X線やγ《ガンマ》線といった放射線になってしまう。これらは、今ではあって当然のものとして利用しているが、これも人類には永《なが》らく色のない見えない存在だったのだ。

じゃあ、赤外線や紫外線が感じられるようになったら幽霊が見えるようになるの？

そんな単純なものではない。今のは例え話だ。可視光線と赤外線や紫外線の違いは、単に波長に過ぎない。そうではなく、世界には電磁波でも音波でもないが、まだ人間に知られていないエネルギーが無数に存在するのだ。脳の奥底にある松果体を少し刺激してやれば、それらの未知のエネルギーを感じとれるようになるんだ。おまえ、この色が見えるか、と伯父は装置のランプの一つを指差した。

僕は頷《うなず》いた。

今までにこんな色を見たことがあるか？

それは赤ではなかった。そして、もちろん橙《だいだい》でも黄でも緑でも青でも藍《あい》でも紫でも白でも黒でも金でも銀でもなかった。それは今まで見たこともない不思議な色だった。

僕は首を振った。

そうだろう。これは今までおまえが見たことのない色だ。いや。電磁波ではないのだから色とは別の感覚だといった方がいいだろう。ただ、おまえの脳が処理に迷って色に見せているだけだ。

伯父は手に掴《つか》んだ幽霊を僕に差し出した。

こいつが見えるな？

うん。

ぴちゃぴちゃと音を立てているのもわかるな。

うん。

酷《ひど》い臭いもわかるな。

うん。

触ってみろ。

僕はおそるおそる「幽霊」に触れてみた。

それは硬質な見掛けとは違って、とても柔らかかった。もし巨大な蛞蝓《なめくじ》か蚯蚓《みみず》がいたなら、きっとこんな感じだろうと思った。指先がずぶずぶと皮膚の中に食い込んでいく感じだった。いや。僕の指自体が「幽霊」に同化していく感覚だといった方がわかりやすいだろうか？

伯父さん、怖いよ。

何も恐れる必要はないのだ。

だって、これは幽霊なんだろ？

幽霊だが、幽霊じゃない。この装置が作動している間は俺たちの感覚で捉えることができるんだ。つまり、実体がある。幽霊なんかじゃない。

伯父さん、返すよ、と言って僕は「幽霊」を伯父の方に差し出した。

どうした？　怖いのか？

この世のものでないものに長い間触れたりしたら、きっとよくないことが起きるよ。

馬鹿か、おまえは！　と伯父は突然激昂《げっこう》した。おまえまでそんな迷信《めいしん》じみたことを言うのか！あの大学の馬鹿どもと同じではないか！

伯父の剣幕《けんまく》に僕は恐れおののいた。だから、僕の足元を擦《す》り抜けて「幽霊」が離れから出ていこうとしていることを、どうしても伯父に伝えることができなかったんだ。

ごめんよ、伯父さん。

じゃあ、それを持っていけ。

えっ？　こんなものをどうするんだよ？

いつもと同じだよ。

どういうこと？

僕には薄々どういう意味かはわかっていたんだ。だけど、どうしてもそれを認めたくなかったんだ。

食うんだよ。「幽霊」とは言っても、俺たちにとっては実体があるんだから、食うこともできるんだ。今さら食えないなんて言うんじゃないぞ。ここ何週間もおまえはそれしか食ってないんだから。なに、大丈夫だ。俺たちには免疫がある。そいつに取り込まれてしまうなんてことは金輪際《こんりんざい》あり得ないさ。

僕はその場でぼたぼたと嘔吐した。

2

僕はベッドから飛び起きた。

また、あの悪夢だ。

もう二十年以上前の事なのに、数日おきに同じ夢を見る。

よほど衝撃的なことだったのだろう。今でもあの時の感覚を細部まで思い出すことができる。

そう思う一方、あれは本当にあったことなのだろうかという疑いもあった。

僕はあの出来事に捉われ過ぎているのかもしれない。何度も思い出し、夢に見ているうちに、勝手に脳が偽《にせ》の記憶を作り出してしまったのかもしれない。実際には、大人げのない伯父が深海魚か何かを小学生だった僕に見せて、驚いているのを楽しんでいるだけだったのではないだろうか。

そうだったら、本当にいいのに。

だが、もし夢だとしたら、あの「色でない色」「音でない音」の記憶はどう説明したものだろうか？　脳の中で発生したノイズがたまたま人類が知覚《ちかく》しえなかった感覚を呼び覚ましたというのだろうか？　その解釈《かいしゃく》もまたあの記憶が事実であるのと同じぐらい受け入れ難いものだった。

チャイムが鳴った。

僕は首を捻《ひね》った。

時計を見ると、すでに朝の十時だ。人が訪《たず》ねてきたとしても不思議な時間帯ではない。不思議なのは、誰かが僕を訪ねてきたということだった。

僕はこの狭いアパートに一人暮らしをしている。現在はニートとフリーターの中間的な生活をしている。つまり、できる限りこの部屋の中に閉じ籠もって生活をしているのだが、金がなくなってどうしても生活できなくなったときだけ、最低限のアルバイトをしてすぐにまた引き籠もりに戻るのだ。

もし、僕に寄生《きせい》できる家族がいたとしたら完全なニートになれるのだが、残念なことに両親はすでになくなり、兄弟もいない身の上とあっては最低限の仕事はしなくてはならない。

こう書くと、僕が失意《しつい》の生活を送っていると誤解する人々もいるだろうが、もちろんそんなことはない。僕は引き籠もりの生活が楽しくて仕方がないのだ。むしろ、時々稼《かせ》ぐために仕方なく外に出る時が苦痛で堪《たま》らない。

僕は労働するために生まれてきたのではない。自分が好きなものに囲まれて、楽しく愉快に過ごすために生まれてきたのだ。

あの子供のときの異様な体験が僕をそんな人間にしてしまった可能性は否定しない。むしろそれが真実ではないかと思う。あんな恐ろしい体験をしてしまった者が、外の世界に肯定《こうてい》的に向き合えるはずはないのだ。そして、そのこと自体は不幸なことだったとは思っていない。むしろ、幼いうちに、世界の恐ろしさを知ることができてよかったとさえ考えている。

そんな僕だから人付き合いはいっさいしない。アルバイト先でも決して友達は作らない。僕の住所や連絡先を知る人間はいない。ネットで買い物をするときにも必ずコンビニ受け取りにしている。だから、僕を訪ねてくる人間はいるはずがないのだ。いるはずがないのに、訪ねてきたということは、つまり誰かが間違ってやってきたということだ。

だったら、出る意味はない。居留守《いるす》を使おう。

僕は再びベッドに潜《もぐ》り込んだ。

また、チャイムが鳴った。

僕はじっとしている。

三十秒ほど経った。

どうやら諦《あきら》めたか。

そう思ったとき、またチャイムが鳴った。

僕は舌打ちをした。

しつこいやつだ。こんなことなら最初からチャイムなんか付けなければよかった。でも、チャイムがないとドアをノックされるかもしれない。それもまた不快だろうな。僕は静かに暮らしたいのに。

チャイムは三十秒おきに鳴っていたが、いつのまにか十秒おきになり、さらに連続して鳴り続けるようになった。

なんだ、こいつは？　頭がおかしいのか？　返事がないのなら留守に決まっているだろ。留守宅でチャイムを押し続けるのは意味がない。とっとと帰ればいいのに。

僕は苛立《いらだ》った。

留守宅のチャイムを押し続けるやつがいるか、と怒鳴ろうかと思ったが、それは自己矛盾《じこむじゅん》になってしまう行為だと気付いて思い直した。

そうこうしているうちに、こんなにしつこくチャイムを押し続けているのはどんなやつだろうかと気になり出した。

しかし、うちにはドアカメラのような気の利《き》いたものはない。それどころかドアスコープすらないのだ。訪問者の姿を確認するにはドアを開けるしかない。

いや。待てよ。トイレの窓からなら玄関前を覗《のぞ》くことができるかもしれない。

僕は抜き足差し足でトイレへと向かった。なんとか音を立てずにドアを開け、窓に近付いたが、磨《す》りガラスになっているので、辛《かろ》うじて人が立っているとわかるぐらいだった。

まあ、トイレのガラスが磨りガラスになっているのは当然だ。

僕は窓枠《まどわく》を掴むと、力を込めてゆっくりと動かした。

音はしなかったはずだ。

だが、開けた瞬間《しゅんかん》にぴたりと目が合った。

黄色いワンピースを着たショートヘアの若い女性だった。怒ったように目を見開いている。

「おられたんですか?」

「はあ」僕は返答に詰《つ》まった。「ご覧のようにトイレに入っていたので、出られなかったのですよ」

「それはまあおかしいことですね」

「おかしい?」

「もしトイレにいたのなら、一度トイレを出てから玄関を開けるのが普通のことでしょう。いくらトイレにいたからって、いきなりトイレの窓を開けて、客対応するというのは聞いたことがありません」

いやにずけずけと物を言う娘だな、とは思いながらも、こちらに非があるのは間違いないと思い、軽く頭を下げた。「失礼いたしました」

「本当は居留守を使おうとなさったんですね。それで、どんな来訪《らいほう》者が来たのかと思い、こっそりトイレの窓から覗こうとしたのでしょう」

図星だが、そう簡単に認めたくはない。

「まあ、常識的にはそういうことになるかもしれませんが、たまたまこういうことになってしまいまして……」

「馬子崎《まござき》さんですね？」女性は言った。

「あっ。……いいえ。違いますよ」

突然、馬子崎の名前を出されて動揺《どうよう》してしまった。

「今、表情に出ましたよ。馬子崎さんですね」

「だから、違うと言っているではないですか。人違いですよ」

「ここだと聞いてきたのですが」

「では、教えてくれた人が間違ったんですよ」

女性は玄関の周囲をきょろきょろと何かを探しているようだった。

「どうかされたんですか？」

「表札《ひょうさつ》はどこですか？」

「ああ。ありませんよ」

「どうしてですか？」

「必要ないからです。僕は自分の個人情報を公開する気はありませんから」

「個人情報？　表札ぐらいは普通出すんじゃないですか？」

「僕には必要ないのです」

「でも、郵便配達の方とか困るじゃないですか」

「僕には郵便は届かないんですよ」

「そんなはずはないでしょう。役所からの郵便はどうするんですか？」

「必要なら自分で取りにいくんですよ」

「そうですか」女性は少し考え込んだ。「わたしは正相珠美《せいそうたまみ》と申します。あなたのお名前を教えていただけますか？」

「僕は皿林《さらばやし》と申します。皿林武人《たけと》です」

「本当に馬子崎さんではないんですか？」

「残念ながら」僕は窓を閉めようとした。

「待ってください。もうあなたしか手掛かりがないんです」

「そうおっしゃられても、人違いなんだからどうしようもありませんよ」僕はトイレの窓を閉めた。

「馬子崎先生がもう三カ月も行方《ゆくえ》不明なんです」

珠美は必死な声で言った。「先生の秘書の方から緊急時の連絡先を教えて貰ったんですが、ここ以外、どなたも見付からなくて……」

僕はもう一度窓を開けた。「馬子崎堅朗《けんろう》を探しているということですか？」

「はい。居場所をご存知なんですね」

「いえ。居場所は知りません。しかし、ここが緊急連絡先になってたって本当なんですか？」

「はい」

「……考えてみると不思議じゃないな。唯一《ゆいいつ》の肉親なんだから」

「御兄弟なんですか？」

「いえ。僕は馬子崎の甥《おい》です。僕から見ると彼は母方の伯父になります」

「それで苗字《みょうじ》が違うんですね。……先生と突然連絡がとれなくなってしまったんです。わたし、卒業研究の途中でとても困ってるんです」

「へえ。伯父さん、まだ大学の先生してるんだ」

「ご存知なかったんですか？」

「実際、伯父には子供の頃、会ったきりですよ。当時ですら大学には殆ど顔を出していなかったということでしたから、てっきりもう辞《や》めたのかと」

「先生があまり大学に出てこられないというのは今も同じです。だから、きっと卒業研究も楽なんじゃないかと思って、先生のテーマを選んだのが失敗でした。あっ。今の言い方は失礼でしたね。すみません」珠美はぺこりと頭を下げた。

「いや。伯父はずっとそんな人間でしたから、特に違和感は感じませんよ。それに随分《ずいぶん》長く会ってないので、もはや身内《みうち》だという認識《にんしき》も希薄《きはく》なんですよ。とにかく、トイレの窓から長話《ながばなし》をするのも何なので、今玄関を開けます」

僕は玄関の戸を開けた。

「それでは革《あらた》めまして」珠美はまた頭を下げた。

「初めまして。正相珠美です」

「あっ。初めまして皿林武人です」僕たちはなんだか無意味な挨拶《あいさつ》をした。

「早速《さっそく》本題に入りますけど」珠美はノートを取り出した。「先生がどこにおられるかを教えていただけますか？」

「いや。それは僕もわからないんですよ」

「でも、皿林さんは馬子崎先生の甥御さんなんですよね」

「確かにそうですが、さっきも言ったように、子供の時に会ったっきりなんで、今どこで何をしているか知らないんです。大学の先生を続けているって知ったのもついさっきなんですよ。実のところ、僕よりもあなたの方が伯父に詳しいと思いますよ」

「では、お母様――先生の妹さんの御連絡先を教えていただけますか？」

「母は亡くなっています。念の為《ため》に言っておきますが、父もです」

「ご両親が残されているメモか何かありませんでしたか？」

「さあ。実家にあったものは全部処分してしまいましたから」

「では、他の御親戚《しんせき》を教えていただけないでしょうか？」

「親戚と言っても、本当に遠い親戚しかいないと思います。そして、もちろん僕は連絡先を知りません。そもそも伯父と懇意《こんい》にしている親戚がいるのなら、緊急連絡先は僕なんかじゃなくて、そっちになっているはずでしょ」

「じゃあ、手掛かりは全くなしですか」珠美は肩を落とした。

「申し訳ないですけどね」

落胆《らくたん》している珠美の様子を見ていると本当に気の毒に思えた。しかし、伯父については本当に何も知らないので、どうしようもない。

「何でもいいんですよ。馬子崎先生について思い出せることは何かありませんか？」

伯父について思い出せることと言えば、あの装置だ。

一瞬、装置のことを思い出しただけで、不快感が全身を襲った。

「すみません。少し気分が悪くなってきたので、今日のところは……」

「そうだ」珠美は何かを思い付いたようだった。「さっき、子供の頃に会ったきりだ、とおっしゃってませんでしたか？」

「ええ。確かに、子供の頃は毎年ほど会ってましたよ。でも、まあ子供の頃ですから」

「先生とはどこで会ってたんですか？」

「田舎《いなか》ですよ。祖父母の家があった場所です」

「そのおうちはまだあるのでしょうか？」

「さあ。もう随分行ってませんし……」

「おうちを相続《そうぞく》されたのは、先生とお母様なんですか？」

「その辺の事情もよくわかりません。伯父が住んでたから、伯父のものだったんじゃないかな？」

「だとしたら、先生はそこにおられる可能性もあるんですね？」

「可能性？　ああ。可能性はゼロではないと思いますが……」

「住所を教えていただけますか？」

「住所？」

住所など全く覚えていなかった。確か鉄道とバスを乗り継いで行けたはずだが、駅の名前も停留所《ていりゅうじょ》の名前も何一つ思い出せなかった。

「ご両親につれられて行ったんですか？」

「最初はね。途中から僕一人で行くようになりましたけど」

「だったら、行き方はわかってらっしゃるんじゃないですか？」

「う～ん。どうかな？」

「ここから遠いんですか？」

「遠いと言えば遠いですよ。ほぼ半日掛かりだったと思いますよ」

「今からだと今日中に着けませんか？」

「この時間からなら余裕《よゆう》で着けるでしょう。ただし、行き方を思い出せればですが」

「今日、これからのご予定はどうでしょうか？」

「今日は特には……。えっ？　それってつまり今から田舎に連れていけってことですか？」

「ご迷惑《めいわく》だったら、結構です。でも、その場合、何かヒントでも教えていただけたら助かります」

「よっぽど切羽《せっぱ》詰まってるようですね」

「ええ。とても切羽詰まってます」

「だったら、いっそのこと担当教官を他の方に変えて貰ったらいかがですか？」

「もう今からでは無理なんです。書き掛けの論文を見せてもちんぷんかんぷんだと言われるし、データも処理の仕方が不可解だとか」

「それ、根本《こんぽん》的に駄目《だめ》なんじゃないですか？　ちゃんとした論文なら、他の教官にもわかるはずでしょ」

「でも、今からテーマを変えたりしたら、卒業できなくなってしまいます」

「今のまま、伯父以外の誰にも理解できない論文を提出したとしても卒業は無理だと思いますよ」

「可能性は低くてもゼロじゃないでしょ」

いや。有意な可能性じゃないですよ、と言おうとして、僕は珠美の真剣な表情に気付いた。目が完全に血走っていた。おそらく何を言っても聞く耳を持たないだろう。それどころか、このまま食い下がられて、何日もここに居座られるかもしれない。こうなったら、彼女の望み通り、あの田舎に連れていった方がましかもしれない。

「あなたは無限小はゼロではないと考えるタイプなんですね」

「えっ？　何ですって？　無限小？　無限大でなくて？」

「わかりました。行きましょう。ただし、行けるかどうか保証はできませんよ」

3

道順を思い出すのは予想より遥《はる》かに手間《てま》取った。

乗換駅を通り過ぎては、ひょっとすると今の駅で乗り換えるべきだったかもしれないと思って引き返し、やはり違ったとまた数駅進んだところで、再び思い直して、また元の乗換駅に戻るということを何度も繰り返していた。

しかし、進むにつれ、少しずつ記憶の糸が解《ほぐ》れてくるのがわかった。そして、日が暮れる頃には、確かに目的地に近付いているという実感が湧《わ》き始めていた。


「結構山奥だったんですね」珠美が言った。「トンネルの数だけ山を越えたとすると、もう十山ぐらい越えてます」

「山奥と言えば山奥ですが、実は海も近いんです。山からいきなり海になる様な地形で、河口《かこう》近くの谷底の小さな集落です。因みに、列車での移動は、たぶん次の駅で終わりです。ここからはバスです」

二人は列車から降りると、バス停に向かった。

どの系統に乗るべきか悩む必要はなかった。バスの系統は一つしかなく、それも一日に四本しかない。まもなく最終が出るところだった。

「どうします？」僕は珠美に尋《たず》ねた。「これに乗ったら、たぶん今日中に戻ってこれないですよ」

「う〜ん」珠美は額《ひたい》を押さえた。「しかし、行かないと明日また出直すことになりますね」

「まあ、戻ったとしても、時間的にもう家までは辿り着けないですけどね。それでも、どこかビジネスホテルのありそうな駅には着けるでしょう」

「これからいく村にはホテルはないんですか？」

「どうでしょうか。全然覚えてないですね。ただ、この交通状況から考えて少なくともホテルなんかはなさそうですね」

「初対面の方に、こんなお願いをするのは失礼だと重々承知しているのですが、最悪ご実家の方に泊めていただくことは可能ですか？」

「悪いのは突然姿をくらました伯父の方ですから、宿をお貸しするのは吝《やぶさ》かではないのですが、鍵を持ってないので僕自身もたぶん入ることはできないと思いますよ」

そうこうしているうちにバスがやってきた。

どうしようかと迷っていると、運転手が窓を開けて尋ねてきた。「どうしますか？ まもなく発車ですよ。わかっていると思いますが、これが最終で次は明日の朝までありませんよ」

「わかりました。乗りましょう」珠美はさっさとバスに乗り込んだ。

「いいんですか？ 泊まるところはないかもしれないんですよ」僕は慌てて彼女の後を追った。

「不安だったら、皿林さんは戻ってくださって結構です。わたし一人でも村に辿り着きます」

「女性一人を行かせる訳にはいきませんよ。そもそも僕がいないと、どのバス停で降りたらいいかもわからないでしょう」

「バス停の名前を教えていただいたら、一人でなんとかします」

「それが、バス停の名前も思い出せないんですよ。景色を見てここだと思うところで降りるしかないんです」

「なんとなく不安ですが、そのやり方でここまで辿り着いたんですから、なんとかなるでしょう」珠美は思い切りのいい性格のようだった。

僕も腹を決めた。

二時間程バスに揺られていると、見覚えのあるバス停に近付いてきた。

とは言っても、すでに日は落ち、消えかかった夕焼けの光の下で見ているので、心許《こころもと》ないのだが、通り過ぎてしまったら、あと戻りはできないので、どこかで決断する必要はある。

「運転手さん、ここで降ります」僕は言った。

「ここで降りる？　あんたら、どこに行くつもりだね？」運転手は不思議そうに尋ねた。

「どこと言うか……」僕は返答に詰まった。もちろん地名はわからない。

「馬子崎先生のお住まいはこの近くにありませんか？」珠美が尋ねた。

「馬子崎？　先生というのは誰だか知らないが、馬子崎の家は知ってるよ」

「この近くにありますか？」

「この近くじゃないね」

「じゃあ、一番近いバス停はどこになりますか？」

僕は尋ねた。

「ここだよ」

「えっ？　でも、さっき……」

「このバス停から馬子崎の家は相当遠い。だけど、ここ以外のバス停はもっと遠い。そういうことだ」

「そうですか」僕は肩を落とした。「それで、ここから馬子崎の家までどのぐらいありますか？」

「十キロぐらいかな」

「じ、じ、じ、十キロ！」

「皿林さん、子供の頃、十キロも歩いたんですか？」

「子供だったから、却《かえ》って苦にならなかったのかも」

「これから行くんだったら、懐中電灯《かいちゅうでんとう》がいるよ。途中街灯はないから、道から外《はず》れると危ない」

「道に迷うんですか？」

「道に迷うだけだったらいいが、下手をすると断《だん》崖絶壁《がいぜっぺき》から落ちちまう」

「正相さん、懐中電灯、持ってますか」僕は恐る恐る尋ねた。

「懐中電灯はありませんが、スマホのアプリでなんとかなると思います」

ほう。スマホは懐中電灯にもなるのか。持ってないから全然知らなかった。

「じゃあ、ここで降ります」僕はバスの運転手に言った。「ところで、この辺りの地図はありますか？」

「地図はないが、地林瓦斯戸《ちりんがすと》までは、一本道だから必要ないよ」

「地林瓦斯戸というのが村の名前なんですか？」

「ちょっと前までは村だったが、今は近隣の村と合併《がっぺい》して市になっとる。ただ、過疎《かそ》なのは変わりないがね」

「集落の名前がわかったのは大収穫《だいしゅうかく》だわ」珠美は素直に喜んでいた。


「やっぱり止めませんか？」僕は珠美に提案した。

「どうしてですか？　ここまで来たのに」

「夜に森の中を十キロも歩くなんて無理でしょう」

「そうですか？　わたしは大丈夫です。心配だったら皿林さんは帰ってください」

「だから、そんな訳にはいかないに決まっているでしょ」

二人はバスを降りて地林瓦斯戸へと向かった。

一本道だとは言え、暗闇《くらやみ》の中を一時間以上も歩いていると、本当にこの道であっているのかと不安になってくる。

珠美はどういう理由なのか、自信たっぷりに森の中をどんどん進んでいく。

僕は懐中電灯代わりのスマホを持っている彼女に付き従って歩くしかなかった。

見える世界は懐中電灯が照らす前方の円錐《えんすい》形の空間だけだった。それ以外の闇に包まれた世界はないも同然だった。

だが、立ち止まる訳にはいかない。ここで立ち止まったら気力を失って、二度と進むことはできなくなってしまう。そんな予感がしたのだ。

スマホから変な音がした。

「何ですか、今の音は？」僕は珠美に尋ねた。

「警告音です」珠美は即答した。

嫌な予感がした。

「何の警告音ですか？」

「もうすぐバッテリーが切れるという警告音です」

「それってつまり、あと二時間かそこらで電池が切れる、という意味なんでしょうか？」

「そんなにもつ訳がないじゃないですか。あと数分で切れます」

「あと数分ですか。ちょっとまずいですね」

「残りは皿林さんのスマホを使えませんか？」

「あいにくです。僕はスマホを持ってないのです」

「ガラケーですか？　それでも構いません」

「いや。携帯《けいたい》電話自体持ってないのです」

「そんな馬鹿な。だとしたら、友達と待ち合わせのときはどうするんです？」

「どうするんでしょうね。そんな心配はしたことがありませんよ。そもそも友達がいませんから」

僕は言って少し悲しくなった。

「バスの運転手さんは十キロぐらいあるって言ってましたよね」

「ええ。今、ちょうど真ん中ぐらいでしょう」

「引き返しても進んでも同じですね」

「同じというのは言い過ぎじゃないでしょうか？　初めての道を進むのと、今さっき通った道を引き返すのとでは、リスクの面で相当違うでしょう」

「でも、地林瓦斯戸に行けば家で休めますよ」

「家に入ることができたらですけどね」

「戻っても、もう列車はないですよ」

「山の中で道に迷うよりはましですよ」

「皿林さんがどうしようが、わたしは進む決心をしています」

「だったら、一緒に進みましょう。一人で行くのは二人で行くより桁違《けたちが》いに危険ですから」

また、警告音が鳴った。

二人は歩みを進めた。

そして、三度目の警告音が鳴ったと思ったら、突然灯《あか》りが消えた。

暗闇に悲鳴が響き渡った。

「皿林さん静かにしてください」珠美が注意した。

「気が散ります」

「すみません。暗所恐怖症なもので」僕は言い訳をした。「子供の頃の体験が原因で、暗闇の中にいると、見えないはずのものが見えそうな気がするんです」

「それって、幽霊とかですか?」

「そうなんですけど、たぶんあなたが思っている幽霊とは別物なんですよ。説明すると、長くなりますけど」

「説明はちょっと待って貰えますか? どうするか少し考えますから」

鼻を摘《つま》まれてもわからない暗闇とはこのことだ。目の前にいるはずの珠美の姿さえ、全く見えない。
二、三分経《た》つと、珠美は話し出した。「今は何か見えますか?」
「暗示を掛けないでください。見えてしまうじゃありませんか」

「そうじゃなくて、遠くに灯りみたいなものが見えるんですが、わたしの錯覚《さっかく》じゃないか確認したいんです」

あいにくと、曇《くも》りのようで、空には月も星も何一つ見えなかったが、水平線の辺りをぐるりと眺めてみると、確かにほんのりと白い点が見えるような気がする。

「あれですか?」僕は白い点を指差した。

「ひょっとして指差してます？」

「ええ」

「指が見えないんですけど」

「ええと。なんというか僕から見て正相さんが十二時の方向にいるとしたら、九時四十五分頃の方向ですか？」

「そう、その方向です」

「じゃあ、たぶん錯覚じゃないですね」

「だったら、そっちに向かいましょう」珠美は宣言した。

「ちょっと待ってください。あれが灯りだとしても、そこまでの道が平坦だとは限りません。明るくなるまで待った方がいいんじゃないですか？　バスの運転手さんも道からはずれると断崖絶壁だって言ってましたよ」

「じゃあ、ここで朝になるのを待っていてください。わたしは一人でいきますから」

「わかりましたよ。一緒にいきましょう。ただ、手を繋《つな》いでも構《かま》わないでしょうか？」

「はっ？」

「いや。セクハラ的な意味ではなく、安全のためです。どちらかが何かに躓《つまず》いても。互いに助け合うことができますから」

僕たち二人は漆黒《しっこく》の闇の中、手を握《にぎ》り合い、微かな白い点を目指し、そろそろと歩き続けた。

普通に歩くより遥かに時間が掛かっていると思われるが、時計を確認することすらできないので、今が何時かもわからない。

「さっき、子供の頃の体験が原因で暗闇恐怖症になったとおっしゃってましたね」

「ええ。あれは本当に衝撃的な体験でした」

「よろしかったら、どんなことがあったのか教えていただけますか？」

僕は伯父の奇妙な装置について、珠美に説明した。

「それって、やっぱり子供の頃に見た夢か何かじゃないですか？」珠美は感想を言った。

「いや。はっきりと覚えてます。夢なんかじゃありません」

「子供の頃って、現実のような夢を見ることがあるらしいですよ」

「夢じゃないことは何度も確かめました」

「自分の頬《ほほ》を抓《つね》って？」

「自分の頬を抓ってです」

「そんなこと本当にする人がいるんですね」

「まあ、子供ですから」

「そうでした。子供の頃でしたね」珠美は暗闇の中で言った。「でも、夢でないとしたら、やっぱり馬子崎先生の悪戯《いたずら》だと思います」

「いや。あれは悪戯なんてものじゃ……」

「馬子崎先生ほどの方なら、子供の頃の皿林さんを騙《だま》すトリックぐらい簡単に思い付くと思いますよ」

「でも、色じゃない色や音階じゃない音階は、トリックでは作れないですよ」

「それは何か色や音階とは別のものをそう思い込んだだけじゃないでしょうか？」

「色以外のものを色だと思うなんてことがあるんですか？」

「共感覚という現象があるんですよ。音を見たり、味を触ったりできるそうです」

「それは聞いたことがありますが、僕の場合は違うような気がします」

二人が話しているうち、空が微かに白《しら》み始めた。

いきなり、周囲の様子がはっきりとわかるようになった。完全な暗闇に目が慣れていたため、僅《わず》かな光でも昼間の光のように感じられたためだろう。

二人は本来の道からかなりはずれていた。

そして、僕の足元から五センチのところに断崖絶壁があった。

夜明けの空に悲鳴が響き渡った。

「皿林さん、もう明るいですよ」

「僕は高所恐怖症でもあるのです」

「それも子供の頃の体験が原因ですか？」

「これは違うと思います」

「それと、ちゃんと歩けるようでしたら、手を離して貰っていいですか？」

「おっと、これは失礼しました」僕は慌てて手を離した。

自分でも赤くなっているのがはっきりとわかった。

「あれが地林瓦斯戸ですか？」珠美が指差した。

薄《うっす》らと棚引《たなび》いている霧の中に、ぼんやりと集落が浮かび上がっていた。谷底から少し上ったところに、全部で十軒ほどの家が並んでいた。

「はっきりとは思い出せませんが、こんな景色を見たことがあるように思います」

「まだ、はっきりしないんですね。とにかくあそこに急ぎましょう」

集落に向かうには谷底の川にかかるぼろぼろの吊《つ》り橋を渡る必要があった。吊り橋効果という言葉を思い出したが、珠美には特に効果はないようだった。

川の両側には田んぼに似た農地が広がっていた。後で聞いたところによると、ワサビ田だということだった。ワサビも田んぼで作るのだということを初めて知った。

農地があるということは人も住んでいるということだ。

僕は少し安心した。

集落に着くと、まず伯父の家を探した。

それはすぐに見付かった。

老朽《ろうきゅう》化がかなり激しく、触れるのが怖いほどだったが、珠美はなんの躊躇《ためら》いもなく、どんどんと玄関の扉を叩いた。「こんにちは。馬子崎先生はおられますか？」

返事はない。

「先生、入りますよ」珠美は扉を押し開いた。

「あっ!」

僕が止める間もなく、彼女は土足のまま家の中へとずんずん入り込んだ。

「さすがに勝手に入るのは拙《まず》いんじゃないですか?」僕は彼女の後を追って家に入った。

「勝手に入った訳じゃありません。ちゃんと親族の方の了承《りょうしょう》を得ています」

「親族の方?」

珠美は僕を指差した。

「僕? いや。了承なんかしてないですよ」

「じゃあ、どうしてあなたも入ってるんですか?」

「いや。つい、つられて」

「じゃあ、いいですよね」

廊下《ろうか》は埃《ほこり》が溜《た》まっていて、真っ黒になっていたし、大量の蜘蛛《くも》の巣が掛かっていた。どうやら、相当長い間、無人だったらしい。

珠美は次々に部屋のドアを開け放っていく。どの部屋もかなり荒れていた。中には窓がなくなっているため、風雨《ふうう》が吹き込んでいる部屋もあった。

「もう何年も空き家だったみたいですね。潮風の影響もあるのか、床も壁も腐ってます」僕は言った。「あんまり長くいると危険ですよ」

「何年ももってたのに、今日倒壊《とうかい》するなんて確率はごく低いんじゃないですか?」

「そうは言っても……」

「先生の居場所に関する手掛かりが、この家のどこかにあると思うんです」

「しかし、何年もここに来ていないのなら、ここに手掛かりがある可能性は少ないと思いますね」

珠美は考え込んだ。「この集落の住人に訊《き》いてみたらどうでしょうか? 何か知ってるかもしれませんわ」

「まあ、可能性はゼロではないでしょうが……」

僕が躊躇っている間に、彼女は家を出て、一番近くの家に向かった。

「すみませーん。馬子崎の親類の者ですが、どなたかおられませんか？」珠美は玄関先で大声を出した。

「親類の者？」

珠美はまた僕を指差した。

しばらくすると、家の中から老人が現れた。胡《う》散《さん》臭そうな目で僕たちを見ている。

「馬子崎先生の親類だと？」

「はい。こちら、先生の甥御さんになります」珠美は僕を指差した。

老人はじろじろと僕の顔を見た。「確かに顔に見覚えがある。あの時はまだ子供だったが」

「ご無沙汰《ぶさた》してます」

どうやら、子供の時に会ったことのある人らしい。記憶は全くないのだが。

「ふん。そっちは嫁さんか？」

突然の事に僕は即答できなかった。

「嫁ではありませんが、縁続きの者です」珠美は曖昧《あいまい》な言い方をした。

まあ、伯父の教え子なんだから、縁があると言えばあるだろう。

「それで何の用だ？」

「実は馬子崎がいなくなりまして、行方を捜しているのです」

「蒸発《じょうはつ》したということか？」

「まあ、そう言ってもいいと思います」

「何かへまでもしたか？　女学生に手を出したとか？」

老人の発言を聞いて、その可能性もあったのかと思い至った。だとしたら、珠美が必死に伯父を探している理由もわかる。

「そういう話は聞いていません」珠美は言った。

果たして彼女の言葉を信じていいものかどうか。

「まあ、あの先生が女にもてるとは思えんがな」老人は言った。「馬子崎先生は時々ここに戻ってきてはいるようだ。ただし、その度に挨拶回りなんかはしないから、いつの間にか戻ってきて、またいつの間にかいなくなるのを繰り返しているということだ」

「今はどうですか？」

「さあ。今来ているという話は聞かんな」

「最近きたのはいつ頃ですか？」

「さあ。はっきりとは覚えとらんが、何年か前ではないかな？」

珠美は落胆した表情を見せた。

「馬子崎の行方をご存知かもしれない方はおられませんか？」

「先生は人付き合いをしないからな。付き合いもないのに、こんな山奥に来るということ自体不思議だったが。まあ、心当たりは特にないが、家の数も少ないので、聞いて回ったらどうかね？」

「ありがとうございます。そうしてみます」

僕たちはそれから、集落の家を一軒ずつ訪問した。

半分は留守で残りの半分も老人しか住んでいなかった。典型的な限界集落だ。確かに理由もなく、半日かけてこの村にやってくるのは不自然だった。

集落の住民で伯父の行方を知っている者は一人もいなかった。ただ、最近伯父を見掛けたのはいつかと尋ねたときに返ってきた返事は様々だった。十年以上見ていないという者もいたし、数年前には戻ってきていたという者も、数か月前、もしくは先月辺りにはいたのではないかという者もいた。もっとも高齢者の記憶はあまり当てにはならない。数十年前のことを昨日の事のように思ったかと思うと、今日起きたことを全く覚えていないこともある。

「申し訳ないですが、無駄足だったみたいですね」僕は珠美に言った。「誰かにバスの時間を確認してきましょうか？」

「どうしてですか？」

「バス停まで二時間半も掛かるんですから、さらにバス停で何時間も待つのは嫌でしょう。最悪、今日はもうバスが来ないなんてこともあるかもしれないし……」

「わたしは戻りませんよ」

「そうだ。ここまでハイヤーを呼べないか訊いてみま……。今、なんておっしゃいました？」

「わたしは戻りません。ここに残ります」

「何を言ってるんですか？　ここに伯父はいませんよ」

「知ってます。でも、しょっちゅう戻ってきているみたいじゃないですか」

「それも当てになる話かどうか……」

「でも、もうここしか手掛かりがないんです」

「だからと言って、ここで待っていれば伯父が戻ってくるとは限りませんよ」

「きっと戻ってきます」

「どうしてわかるんですか？」


「先生のなさることはだいたいわかるんです」

またもや、僕の頭に疑念《ぎねん》が湧いてきた。

果たして、卒業研究の指導のためにここまで一《いち》途《ず》になれるものだろうか？　やはり色恋《いろこい》が絡《から》んでいるのではないのか？

しかし、それを確かめる勇気は僕にはなかった。

「でも、ここでどうするんですか？　宿泊施設はなさそうですよ」

「先生の家があるじゃないですか」

「あの廃屋に？　そもそも伯父の家に勝手に泊まり込むのはまずいでしょう」

「緊急避難ということで泊まりましょう。そもそもあなたは親族なんだから、何とでも言い訳ができるんじゃないですか？」

「しかし、あそこで泊まれるような環境かどうか」

「さっき水道が出るのは確かめました。電気さえ来ていればなんとかなると思います。とにかく確かめにいきましょう」

4

ブレーカーは落とされていたが、上げてみると通電した。

何年も放置されていたにしては、奇跡的に殆どの電化製品は動かすことができた。

ガスは通っていなかったが、オール電化になっているようで、調理や給湯には問題なさそうだった。

台所にはインスタント食品やレトルト食品や缶詰が大量に保管されていた。賞味期限ぎりぎりのものが多かったが、生鮮食品がなくても数日なら問題なさそうだった。

「生活には支障《ししょう》なさそうですが、窓が空きっぱなしなのがちょっと物騒《ぶっそう》ですね」僕は正直なところを言った。

「この老人ばかりの村で？　泥棒《どろぼう》だって、わざわざこんな山奥には来ないでしょう」珠美は馬鹿にしたように言った。「それに各部屋ごとにちゃんと内側から鍵が掛かるようになってるから、そんなに不用心《ぶようじん》ではありませんよ」

今珠美自身の口からこの村は老人ばかりで泥棒もいないと言ったのに、部屋ごとの鍵があるから不用心ではないという意味は、つまり危険なのは僕だけということだろう。

まあ、それは仕方がない。昨夜は一晩手を繋いで過ごしたとは言っても、ほぼ初対面と言ってもいい。

とりあえず、缶詰《かんづめ》とカップ麺《めん》を食べて、人心地《ひとごこち》ついたところで、僕は彼女に尋ねた。「ところで、あなたの卒業研究のテーマって何なんですか？」

「一口《ひとくち》でいうのは難しいですね」

「伯父はまだ物理工学の研究室にいるんですか？」

「ええ」

「ということは、あなたの研究テーマも物理系なんですか？」

「まあ、物理と言えば物理ですが、普通の感覚では物理とは言えないかもしれませんね」

「伯父のすることとですから、だいたい察しが付きますけどね」

「どちらかというと心理学に近い印象を受けるかもしれませんね。実際には物理なんですけど」

「僕が子供の頃に見た研究の続きをやってるんでしょうか？」

「それとは違うと思うんですけどね」

「具体的にはどんな感じなんですか？」

「いわゆる呪文《じゅもん》やお札《ふだ》ってあるじゃないですか」

「ええと」僕は面食《めんく》らった。「あの、宗教《しゅうきょう》的なことなんですか？」

「宗教にも関係はあります」

「伯父は何かの宗教を始めたんですか？」

「特定の宗教を重要視しているのではなく、一般的な呪文——神道《しんとう》の祝詞《のりと》とか、仏教の読経《どきょう》や念仏《ねんぶつ》や題目《だいもく》、キリスト教のアーメンや祈祷《きとう》文——全般を研究対象にしてたんです。あと神像や仏像、十字架やお守りなどの視覚的な呪物《じゅぶつ》についても」

「それと物理とどういう関係が？」

「それらの呪文や呪物になぜ効果があるかです」

「それって、文字通りの意味で言ってるんですか？　それとも、心理的な効果のことですか？」

「心理的な効果も含めています。心理的な効果も現実に存在する以上、物理的な効果に含まれますから」

「ちょっと待ってください。つまり、その研究は呪文や呪物に実際に効果があるという前提《ぜんてい》の研究なんですか？」

「そうですよ」

「それは驚きました。僕はてっきり呪文というものは迷信だと思ってましたから」

「まあ、本当の迷信も多いですね。でも、本当に全部が迷信だとしたら、神社・仏閣《ぶっかく》や教会に人々が集まるのはどうした訳かしら？」

「それは信仰心《しんこう》からくるものでしょう。信仰の問題と科学は分けて考えないといけませんよ。人は何を信じても構いませんが、信仰と科学的な証明は別物ですから」

「まさに、わたしたちの研究のテーマはそこにあったんです。呪術や信仰の効果に物理的な実体はあるのか」

「科学が信仰の問題に立ち入るのはまずいんじゃないですか？」

「そんなことを言ってるから『科学と宗教は対立している』なんて誤解が蔓延《はびこ》るんです」

「誤解なんですか？」

「科学と宗教は対立軸《じく》を持ってないんですよ。科学はあくまで道具であって、価値観は提供しないんです。よいことに使うのも悪いことに使うのも、使う側の人間次第なんです。つまり、科学に対立する概念は宗教ではなく、呪術や魔法なんです。同じ道具だけれど、一方は実験によって効果が証明されていて、もう一方は証明されていない」

「呪術や魔法も単なる道具であり、価値観は提供しないってことですか。実際に効果があるかどうかは別にして」

「そういうことです」

「じゃあ、宗教に対立する概念って何でしょうか？　価値観を与えるものじゃないといけないはずですね」

「あるとしたら、無神論とか唯物論《ゆいぶつ》ということになると思います。唯物論も突き詰めると狂信者が出てきたりしますけど」

「なるほど。宗教も唯物論も、過激化するとテロリズムに走ったりしますね」

「とにかくわたしたちは呪術を物理学的に解明しようとしたのです」

「しかし、呪文や呪物に物理的な効果はないでしょう」

「どうしてそう言い切れるんですか？　呪文や呪物も立派な物理的実体を持ってるんですよ」

「そりゃ、呪文は物理でいうところの音波だし、呪物も紙だったり、木だったり、金属だったり、石だったりしますよ。でも、物理的なエネルギーや材質は特別じゃないでしょう。呪文は単なる音声に過ぎないし、お札は単なる紙だ」

「そうかしら？　通信電波は単なる電磁波に過ぎないけど、使い方によっては世界経済を崩壊《ほうかい》させたり、戦争を起こしたりできますよ」

「それは物理的な現象とは言えないでしょう。電磁波の物理的性質がそのような現象を起こすのではなく、電磁波に乗っている情報がそのような現象を起こしているんです」

「物理的実体から独立した情報なんてあるでしょうか？」

「だから、情報というものはあくまで人間が観察するから情報なんであって、もし人間がいなかったら、情報ではなく単なる光や音や電気の波や紙の上のインクの染《し》みに過ぎないんですよ」

「人間だって、物理的実体ですよ」

「それを言い出すときりがないですね。でも、あなたは呪文や呪物の話をしているんでしょ。例えば、呪文は誰かが聞いて、それにしたがって行動するようなものじゃないでしょ。まあ、ある種の暗示にかかる人はいるかもしれませんが。あなたはそういうことを言ってるんですか？」

「もちろん違います。誰もいないところで心の中で呟く呪文も、人知れず隠し持っている護符も効果がありますから」

「しかし、情報は人間の脳が解釈するものですからね」

「そう。いいところに気付きましたね。もし誰も見聞きしない呪文や呪物に効果があるとしたら、人間の脳以外に情報を処理できる実体が存在することになります」

「なんだかオカルトじみた話になってきましたが、大丈夫ですか？」

「そう。たいていの人は話の導入部でわたしたちの研究を勝手にオカルトだと決めつけて、続きを聞こうともしないんです。しかし、わたしたちのテーマは純然たる科学なんです。人間の脳以外の情報処理機能がこの宇宙には存在しているのです」

「それはつまり、動物の脳とかコンピュータのことを言ってるんですか？」

「動物の脳は人間の脳の劣化《れっか》モデルにしか過ぎません。呪文や呪物を理解することは困難でしょう。また、コンピュータはそれ自体では本当の意味で自立しているとは言えません。あくまで人間に付属する存在だと考えるべきです」

「じゃあ、何が存在すると言うんですか？」

「誤解を恐れずに言うなら、『幽霊』です。……ああ、やっぱり、という顔をされましたね」

「だって、『幽霊』ですから」

「わたしも『幽霊』などという単語を使いたくはなかったのですが、馬子崎先生の決められた用語ですからわたしの一存では変えられないのです」

「それは一般的に言われている『幽霊』とは違うものだということですか？」

「いいえ。そもそも一般的な『幽霊』は科学用語ではないので、正確な定義はないでしょう。わたしたちの『幽霊』は科学用語なんです」

「僕が子供の頃、伯父に見せられた『幽霊』と同じものなんですか？」

「お話だけではなんとも言えませんね。そもそも夢だった可能性が高いのですから」

「それで、あなた方のいう『幽霊』というのは何なんですか？」

「空間に内在する情報処理機能です」

「すみません。やっぱりオカルトだとしか思えないのですが。情報処理機能が自然に発生したりするんですか？」

「そんなことを言い出したら、わたしたちの脳だって自然に発生したものですよ」

「つまり、わたしたちの脳とは別系統の情報処理機能がこの世界に存在するということですか？」

「やっとわかってくださいましたね」

「いえ。わかってはいませんよ。ただ、なんとなくあなたの言いたいことについて察しがついたといったところです」

「それだけでも充分です」

「その『幽霊』がいるとして、その実在をどうやって証明するんですか？」

「先生は、『幽霊』そのものは直接観測することができないと考えておられました。でも、間接的にその存在は証明できるはずだとおっしゃってました」

「つまり、どういうことですか？」

「呪文や呪物が『幽霊』に影響するということは、つまり『幽霊』と我々が認識できる物体との間には相互作用があるということです。呪文や呪物を使って、『幽霊』と相互作用を起こせば、物体側になんらかの影響が現れるはずです」

「つまり、こういうことですか？　呪文を唱《とな》えたり、呪符《じゅふ》をかざしたりして、その時に何かが起これば、それは『幽霊』の存在を証明すると」

「そんな言い方はやめてください。呪文や呪物に相当するものはコンピュータで制御《せいぎょ》します。そして、周囲の物理量——気温、湿度《しつど》、風速、光、音波、電磁波、電場、磁場、放射線量等——の変化を測定する訳です」

「もし変化があったとしても、偶然でしょう」

「偶然を排除するためのノイズリダクションの手順も充分に検討しました」

「それだけの準備ができているのなら、もう伯父の出番はないんじゃないですか？」

「いえ。最後の仕上げが難しいんです。データはすでに取れていて、直感的には反応はあるんですが、情報処理のアルゴリズムによって、結果が全く食い違ってしまうんです。これはそういうものなのか、それともわたしの処理方法が間違っているのか、どうしても判断が付かないんです。ここをクリアしないと論文が完成しないのです」

「そこは適当に推測で書いておけばいいいんじゃないですか？」

「何を言ってるんですか？　これは歴史に残る研究なんですよ。不備があってはならないんです」

「僕の推測ですが、たぶん誰も真剣に取り合わないと思いますよ」

「どういう意味ですか？」

「どういうも何も……」

家の外から悲鳴が聞こえた。

「ここにいてください」僕は家の外へと飛び出した。

珠美も後に続いた。

「だから、家の中にいてくださいよ」僕は言った。

「あなた一人で対応できないことだったらどうするんですか？」珠美は反論した。

「その時は諦めますよ」

二人は声がした方に向かって走り出した。

悲鳴の主はすぐに見付かった。

この集落の老人の一人だった。全身が血塗《ちまみ》れで目を見開いている。

「いったい何があったんですか？」僕は老人に呼び掛けた。

老人は苦しそうに自分の胸の辺りを指差した。

衣服が裂け、その下に大きな傷があった。そこから血が溢《あふ》れるように出ている。

「止血しなくちゃ」珠美は老人に駆け寄った。

しかし、出血の場所が場所だけにどうしたら止血できるかわからない。

珠美は傷の様子をみようとしたのか、老人の身体に触れようとした。

僕には何かが見えた。それは二十年ぶりに見る色をしていた。小柄《こがら》な人間ほどの大きさで、老人の胸の上から珠美の喉笛《のどぶえ》を狙って跳躍《ちょうやく》した。

「危ない！」僕は珠美を庇《かば》うように突き飛ばした。背中に衝撃《しょうげき》と痛みを感じた。

「何をするんですか⁉」珠美は憤慨《ふんがい》しているようだった。そして、僕の背中を見て悲鳴を上げた。

ああ。きっと酷いことになってるんだろうな、と顔を上げると、あり得ない色をした何かは再び老人に襲《おそ》い掛かっていた。まるで、傷口から体内に潜り込もうとしているかのようだった。

老人の肉体は引き裂《さ》かれ、内臓と血液が散乱した。

とてつもない悪臭が周囲に撒《ま》き散らされた。

そいつは四足のようだった。

こっちを見て牙《きば》を剥《む》き、威嚇《いかく》のためか咆哮《ほうこう》をした。

僕は歯を食いしばって傷の痛みに堪《た》え、何か武器になるものはないかと周囲を探した。

だが、あいにくその場には石ころぐらいしかなかった。

「僕があいつの気を引きますから、その間に逃げてください」僕は珠美に言った。

「あいつって何？　何が起きているの？」珠美は気が動転しているようだった。

「あの悪夢のような怪物ですよ」僕は怪物に向かって石を投げた。

皮膚が鎧《よろい》のように強靭《きょうじん》なようで、石が当たっても、特にダメージはないらしかった。ただ、多少の痛みはあるようで、まっすぐに僕を睨《にら》んでいた。

珠美はまだ呆然《ぼうぜん》と立ち尽くしている。

「何をしてるんだ⁉　早く逃げて！」僕は叫んだ。

「えっ？　何？」彼女はまだ動かない。

いったい何をぐずぐずしてるんだ？

僕は怪物に向かって石を投げつけた。

怪物の姿が一瞬陽炎《かげろう》のように揺らめいた。

僕は目に汗が入ったのかと思った。

怪物は怒りの形相《ぎょうそう》に変わり、僕に向かって跳躍した。

もう駄目だ。

僕は諦めた。

怪物の姿がまた揺らめき、そして掻き消えた。

「えっ？」僕は怪物がいた空間をぼんやりと眺めた。

「皿林さん、大丈夫ですか？」珠美が心配そうに声をかけた。

「自分では見えないんですが、背中の傷の具合はどうですか？」

「あのお爺さんほど酷くはないみたいです。血はいっぱい出ていますが」

老人は胸から下がほぼなくなるぐらい、強烈に引き千切《ちぎ》られていた。

「あれより酷くないと言われても、全然安心できないんですけど」

「大丈夫。死ぬような怪我《けが》ではないと思います。なんと言うか、全然軽傷《けいしょう》ではないですけど」

「また、そんな微妙な説明されてもよくわからないですよ」

「とりあえず、家の中に戻って手当てをしましょう」

珠美は血で汚れるのも厭《いと》わず僕に肩を貸してくれた。

老人の方はほったらかしになるが、仕方がないだろう。今風《いまふう》に言えば、「心肺《しんぱい》停止状態」だが、下半身がなくなって助かるとはとても思えなかった。

僕はなんとか立って歩ける状態だった。風呂場《ふろば》の鏡の前で服を脱ぐと、確かに傷は深そうだった。

珠美はその場にあった消毒液をかけ、包帯《ほうたい》を巻き、一一九番に電話してくれた。

救急車がここまで来るのに約一時間掛かるということだった。怪我の原因は何かの動物に襲われたとだけ説明しておいた。

「警察にも連絡しておいた方がいいでしょうね」僕は言った。「外の死体をあのまま放置《ほうち》しておく訳にもいかないし」

「でも、どう説明したらいいんでしょうか？」珠美は言った。

「あったことをそのまま言えばいいんじゃないですか？　見たこともない動物に襲われたと」

「それなんですが、動物に襲われたというのは本当なんですか？」

「どういうことですか？　あなたも見たでしょう」

珠美は首を横に振った。

「じゃあ、何があの老人の体を引き裂いたんですか？　僕の背中を傷付けたのは何ですか？」

「そこが不思議なんです。あなたの身体に傷が付いたところを直接見た訳じゃないんですが、わたしには突然傷付いたとしか思えませんでした。そして、あの老人の身体も勝手に裂けたように見えたんです」

僕は呆然とした。

彼女にはあの怪物が見えていなかったのだ。

「その動物はどんな姿をしていましたか？」珠美は尋ねた。

「どんなと言われましても、突然だったので四足獣だということぐらいしか……」

「大きさはどのぐらいですか？」

「小柄な人ぐらいでした」

「そんなに大きかったんですか。だとしたら見逃したということはなさそうなんですが……。色はどうでした？」

「色は……」

「日が出ていたから、色がよくわからないということはないと思いますが」

「色はわかりました。だが、表現する言葉がないのです」

「そんな微妙な表現は必要ないですよ。赤とか黄色とか黒とか白とか、そのぐらいの大雑把《おおざっぱ》な感じで言ってください」

僕は深呼吸した。

「信じられないかもしれませんが、その動物は今言ったどの色にも似ていません。青でも緑でも紫でも金でも銀でも玉虫《たまむし》色でもありません」

「わかりました。では、大雑把に暖色《だんしょく》系か寒色《かんしょく》系かだけでも教えてください」

「ふざけていると思われるかもしれませんが、そんな類《たぐい》の色ではありませんでした」

「じゃあ、喩《たと》えて言ってみてください。前にそれによく似た色を見たことはありますか？」

「そんな色を見たことは……」

「どうしました？」

「あの色を見たことはあります。何十年かぶりですが」

「何の色でした」

「……『幽霊』の色です」

「じゃあ、馬子崎先生と一緒に見たという……」

僕は頷いた。

「じゃあ、その記憶は本当だったんですね」

「信じ難いですが」

「でも、どうしてわたしに見えなかったんでしょうか？」

「僕はあの装置が稼働《かどう》している時に近付いたことがあります。あのとき、僕の脳になんらかの影響を残したのかもしれません」

「脳？」

「正確に言うと松果体です」

「松果体……」

「その話はまた後でしましょう。今は警察を呼ばなくては……」

僕は一一〇番に電話をした。

5

「また、地林瓦斯戸集落に行くって？」僕は耳を疑った。

「だって、離れの中を調べてなかったんですもの」

珠美は言い返した。

警察の事情聴取を受けた後、二人はちょくちょく会うようになっていた。まだ、友達と言える仲になったとは言えないかもしれないが、少なくとも互いに敬語で話すことはなくなっていた。

「だったら、あのときに調べておけばよかったじゃないか」

「あのときはあなたの話を信じてなかったのよ。だから、離れが重要だなんて全然思わなかった。それに、離れがあることにすら気付かなかったわ」

「ああ。手入れしてないから、離れの前が鬱蒼《うっそう》とした草叢になってしまって、それが裏にある森と重なって一種の保護色になってたんだよ。もし君が離れを見たいと言ってくれてたら、あのときに案内したのに」

「だから、あのときは重要性に気付いてなかったのよ。あなたが怪我をしてからはそれどころじゃなかったし」

「また、夜中の山中を歩く気なのかい？」

「いいえ。今度はもっと早く出るから大丈夫。嫌なら別について来なくていいのよ。わたし一人で行くから」

あれ以降、奇妙なことは起きていないようだったが、いくら何でも彼女を一人で行かせる訳にはいかない。そもそも僕は半分ニートなのだから、他に用事はない。

僕は再び地林瓦斯戸に向かう決心をした。

警察の調査では、動物らしき痕跡《こんせき》は発見できなかった。

たまたま我々がこの集落に来たときに起きた事件だということで結構疑われたが、もちろん二人のどちらかが犯人だと言う証拠も出てこない。結局、事件は迷宮《めいきゅう》入りになってしまった。

あの事件があった後、集落の住民の半分は出ていったという。

無理もない。

念のため、僕たちは住民に何かなかったかと尋ねてみた。

だが、住民の反応は頗《すこぶ》る悪かった。どうやら、僕たちが何かしたことで、眠っていた怪物を起こしたのではないかと疑っているようだった。

「そもそもあんたとこの先生が何かを連れてきたんじゃないのかい？」老女はあからさまに顔を顰《しか》めて言った。「あの人が離れで何かやり始めたときに、変な生き物がそこらを歩き回っとったんじゃや。しばらくなりを潜《ひそ》めていたと思ったら、あんたが来た途端《とたん》、あんなことになった。何を企んどるんじゃ？」

とんだ誤解だったが、何も反論できなかった。

こんなことなら来るんじゃなかった、と後悔していたが、珠美の方はどこ吹く風で、ありがとうございました、また何か思い出したら、教えてくださいね、と言って馬子崎家の方に向かって歩き出した。

僕は慌てて後を追った。

「明らかに毛嫌いされてるよ、僕たち」

「あらそうだった？」

「気にならないのかい？」

「放っておけばいいのよ。ずっとここに住む訳じゃないんだから」

「それはそうだけれど……」

「離れって、この奥なの？」珠美は草叢を指差した。

「そうだよ」

珠美は草叢の中に飛び込んだ。

「おい。危ないよ。この間の怪物のこともあるし、ひょっとしたら蝮《まむし》なんかもいるかもしれないだろ」

珠美は背の高い草をばきばきと圧《へ》し折るように踏んで進んでいった。

すぐに玄関に辿り着き、珠美は扉に手を掛けた。

「あっ！」

ひょっとしたら、あの装置がまだ中にあって稼働しているかもしれない。

そう思って、気を付けるように、と言おうと思ったら、珠美はすでに大きく扉を開け放っていた。

伯父には鍵を掛けるという概念はなかったようだ。

離れの中には奇妙な装置などはなかった。ただただ荒れ果てていた。床には食器や本や筆記用具や下着を含む衣服など様々なものが散乱していた。ただし、体臭や腐敗臭はしなかった。あまりに時間が経っていたため、そのような有機物はすでに分解してしまったのかもしれない。鼻についたのは黴《かび》臭さだけだった。

珠美は床の上のものを一通り観察した。

「特徴的なものはないように思うけど、この中に例の装置はある？」

僕は首を振った。

彼女はすぐさま離れの中にある扉という扉を開けはなっていった。

部屋は入り口に続いているものの他にもう一つあり、同じように様々なものが散乱していた。両方の部屋にはクローゼットが付いていて、開けると中身ががらがらと音を立てながら崩《くず》れて、部屋の散乱物の中に溶け込んだ。

「この中にも例の装置はないわよね」

「ああ。たぶん」

「だとしたら、先生はその装置をどこかに運び出したってことになるわ」

「そうだろうね」

「でも、この建物の中に何かの痕跡が残っていてもおかしくないわよね」

「まあ、残っていてもおかしくはないけど、必ず残っているとも言えないな」

「とにかく探してみましょう」

「何を探すんだい？」

「何か大事なものよ」

「ごみの中にあったら、どんなものでもごみにしか見えないんだが」

「先生の行方がわかるようなものよ。さもなければ実験に関係ありそうなもの」

「実験に関係あるって？」

「データよ。何かの記録メディアとか、実験ノートとか」

「君の足元にノートが落ちているよ」

「あら。本当だわ」珠美はノートを拾い上げ、中身をぱらぱらと確認した。「ビンゴよ」

「そういうこともあるんだ」

「装置の作動原理が書いてあるわ」

ノートに書かれていたのは自作した装置の構造や原理、作動した時に起こった現象などだった。

この装置の作動原理は『ネクロノミコン』という古書に書かれていた物理法則に基づいたものだそうだ。この『ネクロノミコン』はなんと馬子崎家の屋根裏部屋にあったそうだ。

実は地林瓦斯戸という村自体、明治維新後にアメリカから渡ってきた一族によって、開拓《かいたく》されたのが初めらしい。なんでも、一族の当主が大変恥知らずな行いをしたため、アメリカで暮らすことができなくなったそうだ。

今ではすっかり廃《すた》れてしまっているが、村の名士といわれた者たちは、すべてこの一族の血を引いているとのことだった。もちろん、村人の多くは近隣の村々から〝かの一族〟が雇い入れた者たちの子孫らしい。

馬子崎家もこのアメリカ人の一族の子孫である

可能性が高いとのことだったが、正確なところは調査でもよくわからなかったらしい。何しろ、地林瓦斯戸が独立した村だったときに村役場が土石《どせき》流に襲われ、過去の記録はすべて行方不明になったとのことだ。

馬子崎家がその一族の末裔《まつえい》だったとしたら、その古書は彼らがアメリカから持ち込んだものだったのかもしれない。

ともかく、伯父の解読によると、そのラテン語の古書に書かれていたことは驚異《きょうい》の物理学的な知識だったのだ。

それは、現代科学とは全く別の体系によるものだった。単にラテン語が読めるだけの者には魔道書にしか見えなかったのだが、豊富な科学知識を持つ伯父には、それが未知の文明によって記《しる》された宇宙の驚異を完全に解明する方程式であることが明確にわかったのだ。それは現代科学と対立するものではなかった。むしろ、『ネクロノミコン』に書かれている内容を極めて限定的に解釈すれば、現代科学に似たものになるのだ。つまり、現代科学は本来の宇宙の姿のほんの僅かを捉えたものに過ぎなかったということなのだ。

伯父は『ネクロノミコン』を熟読し、宇宙の真の姿を知ることになる。

我々人類には宇宙のごく一部しか見えていない。それは人類に本質的な欠点があるからだ。人間は視覚・聴覚《ちょうかく》・嗅覚《きゅうかく》・味覚・触覚《しょっかく》といった限定的な感覚でしか宇宙を観測できない。しかし、人類は気付いていないが、そんな貧相《ひんそう》な感覚では宇宙の殆どを取り零《こぼ》してしまうのだ。それを理解するのに、超感覚を持つ神や超人を想定するまでもない。

人間の色覚は三原色だが、多くの鳥たちは四原色の色覚を持っている。つまり、人間が決して知りえない色を見ることができるのだ。人間は三種類の色を混ぜた約百万色の色を見分けることができるが、鳥たちが見分けられる色は一億色に達するとも言われている。鳥たちは人間の百倍もの豊かな色彩空間に住んでいる。だが、それもまた真の宇宙のごく一部に過ぎない。

犬の嗅覚は人間の百万倍とも一億倍ともいわれている。つまり、犬は嗅覚で世界を捉えているのだ。人間の目は今、ここにあるものしか捉えられないが、犬の鼻は時を超えて過去の世界を捉えることができるのだ。しかも、過去にその物体がどのように移動したかも追跡《ついせき》することができ、数百メートル離れているものの臭いも感じ取れるのだ。彼らの知覚は限られた視覚しか持たない人間から見ると、時間と空間を超えた超感覚だと言えるだろう。しかし、その嗅覚もまた完全な感覚とは程遠いのだ。

だから、人間の知っている世界は本来の世界のごく一部に過ぎない。もし世界をありのままに捉えることができたなら、人類の文明はとてつもなく豊かなものに変容するに違いないのだ。なにしろ、感覚が広がるだけで、そこには様々な資源と知識がいっきに現れるのだから。

見えている世界と見えない世界を繋ぐものは何か？　答えは簡単だった。それは松果体だ。

松果体は脳の奥底《おくそこ》に存在する謎の器官だ。それは盲腸のように遥か太古《たいこ》に役割を終えた器官だと思われていた。だが、実際には違ったのだ。松果体には、その潜在能力が完璧な形で保存されていたのだ。

いみじくも物心《ぶっしん》二元論を説《と》いたデカルトは物と心を繋ぐものは松果体であると見抜いていた。

その正体は第三の眼だったのだ。我々の遠い祖先である原初の脊椎《せきつい》動物には、第三の眼が存在していた。最初期のそれは残りの二つの眼とほぼ同じ機能を有していた。だが、ある時から進化は奇妙な道を取り始めた。本来、外面に露出していなければならない第三の眼が、頭の中に移動していったのだ。もし眼としての機能が残っているのなら、頭の中に入り込むことは進化の法則に反している。身体の中に眼があっても役に立たないからだ。もし眼としての機能を失っていたのなら、なおさら頭の中に格納《かくのう》する必要はない。その場で退化して消えていくのが理に適《かな》っている。

だが、奇妙なことに松果体は頭の中の脳の奥へと移動していった。考えられる理由はただ一つ。松果体にはある種の機能が存在し、それは脳の奥底でも有効なのだ。

それがどんな機能であるのかは『ネクロノミコン』に書かれていた。松果体こそは人間の感覚を一〇〇パーセント引き出すためのスイッチなのだ。松果体を活性化することができれば、眠っていた人間の感覚を全て呼び覚ますことができる。そして、今まで人類が手つかずだった未知の世界の資源や情報が手に入るのだ。

伯父は自らが人類を新天地に率いていく救世主であるという確信を持ったのだ。

まず伯父は『ネクロノミコン』の解読結果を学会で報告した。

待っていたのは伯父の期待していたような称賛《しょうさん》ではなく、手痛い嘲笑《ちょうしょう》であった。

どの学会も『ネクロノミコン』を科学とは認めなかったのだ。憤慨した伯父は歴史系の学会でも『ネクロノミコン』の解読結果を発表した。自然科学系や工学系でなければ、既存の先入観にとらわれることはないのではないかと考えたのだ。だが、結果はさほど変わらなかった。そもそもが『ネクロノミコン』などという素性《すじょう》のわからない古文書は分析の対象にすらならないと、罵倒《ばとう》に近い非難を浴びせ掛けられた。

だが、伯父は挫《くじ》けずに様々な学会で発表を続けた。

さらには、様々な論文雑誌に投稿した。だが、論文は殆どの雑誌で不採用になり、審査なしのウェブ雑誌のいくつかに掲載されたのみだった。

そのうち、誰にも相手にされなくなり、上司である教授にも持て余されるようになったのだ。

そして、伯父は気付いたのだ。単に『ネクロノミコン』の内容を提示しても、それが現代の科学体形をひっくり返すものだと理解させるのは、並大抵《たいてい》ではない。なにしろ、学会の発表時間は長くても三十分に過ぎない。つまり、聴衆《ちょうしゅう》の能力が不足しているのではなく、説明の時間が不足しているのだ。また、論文にしても、『ネクロノミコン』の全文を引用しなければ、その正しさを証明するのは難しい。そして、どの雑誌も長大な『ネクロノミコン』の全文引用は拒否してきた。

では、どうすればいいのか？　『ネクロノミコン』の正しさを説明するのではなく、一足飛びにその驚異の科学体系の成果を示せばいいのだ！

つまり、実際に松果体を活性化できる装置を開発し、それを使った実験結果を提示すれば、『ネクロノミコン』の正しさを信じるしかないだろう。

伯父は装置の作製のため協力者を求めたが、賛同するものは一人もいなかった。また、この装置は人間の松果体に直接影響を与えるもので、一種の人体実験に相当する。大学での作製は到底認められるものではなかった。

しかたなく、伯父は一人でこつこつと装置の製作を始めた。場所は両親の実家があった地林瓦斯戸の集落に決めた。

極めて希少な材料を必要とする上、繊細《せんさい》な調整を必要としたその装置の作製には十年近い年数を必要とした。だが、それは紛《まぎ》れもなく完成したのだ。

装置を作動したとき、最初は何も起こらないように感じた。だが、装置から今までに見たことのない色の光が発生していることに気付き、伯父は狂喜乱舞《きょうきらんぶ》した。

だが、単なる光だけでは、インパクトに乏《とぼ》しい。

伯父は微妙な調整を怠《おこた》らずに徐々に装置の出力を上げていった。

そして、ある日、ついにそれを発見したのだ。

それは奇妙な生き物だった。脊椎動物であることはわかったが、伯父の知っているどの動物にも似ていなかった。少なくとも哺乳《ほにゅう》類とは全く別系統であることは間違いなさそうだった。おそらくある種の爬虫類から進化した生物——鳥類に近い要素もいくつか見られた——だと考えられた。

それは装置を作動しているときだけ出現し、停止している間は決して姿を見せなかった。停止の瞬間、まるでディスプレイのスイッチを消すかのように、一瞬で消滅《しょうめつ》してしまうのだ。

だが、装置が作動しているときは、その存在ははっきりとしていた。ただし、その奇妙な色は人間の概念には存在しないものだったし、その鳴き声も人間の音階のどれにも属さないものだった。臭いも手触りもいままでに経験した事のないものだった。

伯父は思い切って、その動物を解剖《かいぼう》してみた。その体内もまた経験した事のない奇妙な五感の感覚に溢れていた。いや。五感以外のおぞましい感覚までもが伝わってきた。

いったいどういう理由なのか全く理解できないのだが、吐き気を催しながらも伯父はその動物の肉を味わったらしい。それは決して美味ではなかったが、何かしら惹《ひ》きつけられる奇妙な魅力を持っていたとのことだった。

しかし、食用になることがわかってから、伯父は食料を調達する必要がなくなり、そのことについては非常に喜んでいたようだ。起きている間のすべての時間を装置の作動と奇妙な動物の観察に費《つい》やしていた伯父は、最初に見付けた以外の生物も次々と発見し始めた。

そして、伯父はこれらの奇妙な生物についての仮説を立てた。

伯父の仮説によると、これらの生物は「幽霊」なのだ。ただし、日常会話で使われるところの意味とはかなりはずれる。

今から六千五百万年前、地球にとてつもない大きさの隕石《いんせき》が落下した。その時、恐竜を含む数多くの生物が絶滅してしまった。一瞬にして生命を奪われた生物たちは、肉体を失っても、その霊体が持っていた一種の慣性により、生きているときと同じ生活を続けることになったのだ。実際には存在しない、仮想的な生物群からなる生態系は時代と共に少しずつ進化することとなった。つまり、彼らは「幽霊」のまま繁殖《はんしょく》し、「幽霊」のまま突然変異を起こし、「幽霊」のまま進化したのだ。その姿は、もし地球に隕石が落ちなかった場合の生物たちの仮想的な姿なのだ。ただし、「幽霊」なので我々には見ることも触れることもできなかった。

だが、伯父の作った装置は事情を一変させた。装置により活性化した松果体は、「幽霊」を知覚することができるようになったのだ。姿があって触れることができるのだから、それは実体を手に入れた「幽霊」と呼べるだろう。この処置により、「幽霊」の側からも人間に干渉することが可能になったと考えられる。

僕や地林瓦斯戸の住民たちは伯父の装置により、松果体を活性化されている。その効果は装置を起動していない状態でも、不安定ながらあるレベルで維持されていると考えられる。だから、あのとき、あの住民と僕にだけ「幽霊」が見えたのだ。「幽霊」が見えることとは「幽霊」に触れられることであり、逆に言えば「幽霊」から見えて触れられることになる。

「幽霊」の世界では、生態系全部が「幽霊」から構成されているのだから、当然ながらその中には獰猛《どうもう》な種族も存在する。あの住民と僕はそのような危険な「幽霊」と遭遇《そうぐう》してしまったのだ。

ノートの記述によると、伯父は盛んに実験を続けた。特に、幼い頃の僕がこの集落を訪れていたころがピークだった。その後、理由は不明だが、伯父は突然実験をやめてしまったようだった。

その理由は判然としない。それ以降、ノートの記入が頗る乱れてしまっていた——文字も文章の構成も——ため、読み取ることが殆ど不可能なのだ。ただ、何かとんでもないことに気付いたため、実験の継続が不可能になったということだけは何とか読み解くことができた。

「先生はこのような直接『幽霊』の世界を観察することができる装置を開発したと言うのに、なぜ間接的に『幽霊』の存在を証明する研究に切り替えたのかしら？」

「理由はよくわからないね。ただ、あの装置を使って、直接『幽霊』を観察したとしても、それは主観的な事実に過ぎないということが関係しているのかもしれない」

「主観的？」

「僕や地林瓦斯戸の住民には『幽霊』を見ることも触れることもできた。だが、それは松果体が活性化された人間の個人的な体験に過ぎないんだ。現に、装置の洗礼を受けていない君は『幽霊』の存在を感知することができなかった」

「でも、『幽霊』を直接観察できるんだから、なんらかの記録を残すことは可能なはずよ」

「いや。『幽霊』を観察できるのは、活性化した松果体だけなのだから、客観的な記録をとることは不可能なんだ。つまり、『幽霊』は写真にもビデオにも映らない。なぜなら、それらの機器は人間の視覚を再現しようとしたものだからだ。目に見えないものを記録する機能は持っていない。多くのセンサーは人間の知覚を模倣《もほう》したものであるため、『幽霊』を記録することはできない。もちろん、人間の感覚できないエネルギーを感知するセンサーも存在はする。しかし、それはあくまで正体がわかったエネルギー——電磁波や超音波や放射線や磁場等——に限っている。性質のわからない未知のエネルギーを感知するセンサーを設計することも作製することも人間には不可能なのだ」

「それでも、あの装置には使い道があったはずだわ」

「例えば、どんな？」

「学会の会場で、装置を作動させるとか」

「あの装置は人間の松果体に直接影響を与えるんだ。一種の人体実験を強制的に行ったら、それはテロと変わらない」

「じゃあ、どうすれば先生の発見した成果を世間に認めさせることができるというの？」

「君と伯父がやろうとしたことを推《お》し進めるんだ。真摯《しんし》にデータを積み重ねていけば、いつかは世間は認めざるを得なくなる」

だが、珠美は僕の話を聞いていないようだった。部屋の隅《すみ》で点けっぱなしになっているテレビをじっと見詰めていた。

いつもは音声を極力絞《しぼ》ってあるので、点いていることをすっかり忘れていたのだ。

「おい。今、大事な話をしているんだよ。どうすれば、世界に『幽霊』の存在を理解させられるかという議論の途中だ」

「ああ。それならもういいわ」

「もういいだって？　諦めるのか？」

「いいえそうじゃなくて」珠美はテレビ画面を指差した。「もう世界は充分に理解していると思うから。さっきから世界の各地で怪物が目撃されているって、ニュースが流れているわ」

僕の目はテレビ画面に釘付《くぎづ》けになった。

6

世間は大変なパニックになった。

突如《とつじょ》として見たこともない怪物——厳密に言う

なら、見たこともない色と音を持った怪物が、自分たちの周囲を歩き回り始めたのだ。

人々はそれを妖怪と呼んだり、怪獣と表現したりしたが、やがて写真やビデオに映らないことに気付いた人々の中には「幽霊」と呼ぶ者も現れた。

世界中の科学者がこの奇怪な現象の原因を探ろうとした。当初は集団幻覚だという意見が多数を占《し》めたが、「幽霊」に食い殺されるものが現れ出して、幻覚説はいっきに下火になった。次に優勢《ゆうせい》になったのは異次元からの侵略《しんりゃく》説だ。ただ、今のところ「幽霊」の中に知性のあるような存在は見付かっていないため、この説もまた疑われ始めていた。

そして、当然の結果ながら、伯父の研究が再発見され、注目された。

マスコミは伯父の意見を聞こうとして、彼が行方不明になっていることに気付いた。彼らは、伯父の唯一の肉親である僕や最後の教え子であった珠美の元にやってきた。

「馬子崎助教の失踪《しっそう》と今回の『幽霊』現象に関連はあると思いますか？」僕の部屋の前で、女性レポーターは目の先をのそのそと歩く大型「幽霊」に気をとられながら、僕にマイクを向けた。

「心配ないですよ」僕は言った。

「は？」

「あの『幽霊』です。あいつは身体は大きいが、凶暴《きょうぼう》じゃない」

「『幽霊』にお詳しいようですね」

「伯父の研究成果には一通り目を通していますから」

「共同研究されていたということですか？」

「いいえ。そもそも僕は研究者ですらありませんよ」

「最初の質問に戻りますが、馬子崎助教の失踪と今回の『幽霊』現象にはどういう関連があると思われますか？」

「全くわかりません」僕は肩を竦《すく》めた。

「しかし、この事件の発端はあなただということじゃないですか」

「何のことですか?」

「山奥の集落で、あなたは『幽霊』と戦ったんでしょ。それが始まりだったのではないかという意見がありますが」

「それが始まりだったのかどうかはわかりません。同時多発的だったのかもしれませんよ」

「すでに犠牲者も出ていますが、どう対応されるつもりでしょうか?」

「ちょっと待ってください。この事態は僕の責任だということになってるんですか?」

「だって、馬子崎氏が行方不明なのですから。当然、親族のあなたにも責任を追及《ついきゅう》しろという声が出ています」

「伯父がこの事件を引き起こしたとおっしゃるんですか?」

「馬子崎氏は以前から『幽霊』の存在に気付いていながら、放置していたというではありませんか」

「伯父は放置していた訳ではありません。ちゃんとその存在をアピールしていたのですが、誰にも取りあって貰えなかったのです」

「理解して貰う努力が足りなかったのではありませんか?」

「どうして、あなたにそんなことがわかるんですか?」

「すでに多くの犠牲者が出ているのに、ご自分には責任が一切《いっさい》ないとおっしゃるんですね」

犠牲者が出ていようが、出ていまいが、僕に責任を取らせようという考えは根本的に間違っている。

そう反論しようと思ったが、馬鹿馬鹿しくなってやめた。

彼らを説得することなど永久に不可能だろう。彼らが特別、理解力に乏しいという訳ではない。

マスコミで活躍している以上、コミュニケーション能力は平均以上だと考えられる。彼らは、最初から説得される気はないのだ。未知の現象が発生し、世界の人々は恐れおののいている。だからこそ、この現象の責任者を探し出して、その人間を叩きたいのだ。人というものは正体不明なものとは戦いたくないのだ。ただ一人の平凡な人間が敵なら安心していられる。

「では、どう責任をとれと？」僕は逆に尋ねてみた。

レポーターは一瞬怯《ひる》んだ。「その……責任は犠牲者の方々にですね……」

「僕が何をしようと犠牲になった方々は戻ってきません」

「それは遺族の方にですね……」

「いったいどれだけの人々が犠牲になったのですか？」

「すでに数千人もの犠牲者が出て、こうしている間にも、どんどん増えていると聞きます」

「それを全てわたしに補償しろとおっしゃるんですか？　それが不可能なことはご理解いただけるでしょう」僕は自分のみすぼらしい部屋の様子を見せた。

「馬子崎氏から受け継いだ財産はないのですか？」

「まだ正式には相続していませんが、家が一軒あります。ただし、過疎地に建っているので、価値はほぼゼロだそうです」

「つまり、賠償する意思はないということでしょうか？」

「意思の問題ではありません。賠償することは物理的に不可能なのです。そもそも僕には賠償する理由がない」

「開き直りということですね」

「そう報道したいんでしょ。だったら、それで結構」僕は部屋の中に戻り、ぴしゃりと扉を閉めた。

やってしまった。

さっき撮ったインタビューはあくまで素材に過ぎない。テレビ局はあれを繋ぎ合わせて自由にストーリーを紡ぎ出すことができる。レポーターを怒らせてしまったからには、僕は完全に悪者にされてしまうだろう。

僕はテレビを点けた。


事態はどんどん悪化を辿っていた。

世界の各地で「幽霊」たちは好き勝手に暴れていた。

それぞれの国で軍隊や警察が出動したが、武器は殆ど役に立たなかった。カメラに映らないように拳銃の弾も「幽霊」たちを認識できないのだ。つまり、松果体に影響を受けた生物のみが「幽霊」を認識し、それを物理的な存在として認識できるのだ。

銃で撃つことはできないが、素手やそれに類するものでなら、攻撃することは可能だった。つまり、手に持った棒や刃物は「幽霊」を傷付けることができるのだ。どういう原理かはわからないが、手に持っていることでそれらの物体は肉体の延長ということになるのかもしれない。つまり、手に持った武器で攻撃したときは、手応《てごた》えによって対象を観測することができるからだろう。銃で撃つ場合も「手応え」という表現をとる場合があるが、あれはあくまで比喩《ひゆ》であって、弾丸に感覚があって、それが人間に伝わる訳ではない。

科学者たちは「幽霊」の正体を解明しようと躍起になっていた。しかし、「幽霊」はX線にも超音波にも磁場にも反応しない。それらのエネルギーではやつらは透明なのだ。だから、分析するためには人間の五感を利用するしかない。その目で見、その耳で聞き、その鼻で嗅ぎ、その手で触れ、その舌で味わうしかないのだ。

もっともオーソドックスな方法は「幽霊」の死

体もしくは生体を解剖し、その状態を正確にスケッチするとともに、詳細なメモを作成することだった。

驚くべきことに「幽霊」の殆どは実体を持つ他の生物とは違ってはいるが、地球の環境下で進化したとしか思えない構造を有していたことだ。しかし、これほどの複雑な生態系が現存の生態系と一切かかわりあうことがなく進化してきたというのは俄《にわ》かに信じ難い事だった。

科学者たちはこの事態を説明する理論を構築しようとしたが、いずれも矛盾点を孕《はら》み、うまくいかなかった。最も、現実をうまく説明できそうなものは並行世界干渉説だったが、もし「幽霊」たちが単なる並行世界の住人であるなら、通常の光や音や熱に反応しない奇怪な物理特性を持っていることの説明ができなかった。

すべての議論が出尽くし、袋小路《ふくろこうじ》に入り込んでしまった後になって、世界の科学者たちは漸《ようや》く伯父の理論に目を向けたのだった。

伯父の「幽霊理論」によれば、「幽霊」たちはすでに滅んでしまった生物群たちが作った仮想的な生態系の構成要素なのだ。

生命には慣性が存在する。

極論すれば、生命とは極めて複雑に絡《から》み合った物理現象の集積体だ。この場合の物理現象とは化学現象も内包している。化学とは、原子核と電子雲の間に発生する物理現象を、外から見たときの呼び名に過ぎないからだ。

生命を構成する物理現象は人類には理解できないほど複雑だが、一つ一つ解きほぐせば単純な物理法則に還元できる。人類に取り扱うことが不可能なだけで、そこには物理を超えた現象は何一つ起こっていないのだ。

『ネクロノミコン』科学はこのような複雑怪奇な現象を人類に理解させる方法についての糸口を垣《かい》間《ま》見せてくれる。囲碁《いご》や将棋《しょうぎ》といったゲームのルールをコンピュータに覚え込ませ、天文学的な計算能力を消費して力技《ちからわざ》で人間に勝つということは可能だ。だが、これは当たり前の事なのだ。問題なのは、たいした計算能力のない人間の脳に勝つために、なぜコンピュータは天文学的《てんもん》な計算能力を持つ必要があったのかということだ。

つまり、人間の脳は実際に計算を行わなくても、計算結果を先取りするという能力があるということだ。

では、その計算結果はどこにあるのか？　『ネクロノミコン』科学では、それは空間に内包されていると考える。物理法則はすべて物理公式という数式に還元される。つまり、この宇宙に存在するすべての粒子《りゅうし》は計算式通りに運動していることになる。しかし、いったい誰がこれらの粒子のために計算してくれているのか？　仮に一つ一つの粒子のためにコンピュータを用意したとしても、それぞれのコンピュータを構成する粒子一つ一つのためにコンピュータが必要となり、それには無限の階層が必要となってしまう。そうではなく、単純に空間が粒子の運動を計算してくれていると考えれば、これらの問題は消えてくれる。

素粒子の運動の一つ一つを計算するということはそれらが集まった原子の、原子が集まった分子の、分子が集まった細胞の、細胞が集まった生物の、生物が集まった生態系の変化もまた、すべて空間自身が計算していることになる。

ある日起きた大災害で、大部分の生物は死滅《しめつ》し、生態系も一から出直すことになった。だが、突然の死で生命が終わっても、空間はそれらの生命の計算を続けるのだ。伯父はそれを生命の慣性と呼んだ。強制的に生命を殺しても、空間の中に「幽霊」として生命は存在し続けるのだ。人類は単にそれを知覚できなかっただけだ。

もちろん、「幽霊」は単なる計算結果であるので、真の生命体ではない。だが、人類の脳は元々空間から計算結果を読み取る能力があった。ただ、その能力は眠っていただけだ。人類の松果体が活性化すれば、人類の意識と「幽霊」との相互作用が始まる。そして、相互作用を通じて物理的実体となり、自由意思を獲得《かくとく》するというのが伯父の推定である。

時間が経つごとに「幽霊」はますます実体に近付いていく。そして、ある一線を越えた途端、すべてが現実化する。

これは本当に恐ろしいことだ。六千五百万年掛けて築いてきた人類に至る地球生命の歴史がリセットされてしまうかもしれないのだ。

だが、このような事実がわかっても、僕にはなすすべがなかった。もちろん、僕に責任があるというレポーターの意見には全く賛同できなかったが、もし僕に事態を打開する何かができるというのなら、迷わず実行しただろうと思う。

そんなある日、珠美から電話があった。

「あなた、今どこにいるの？」

「あのときのテレビ放送で家がばれてしまったから、少し離れたところに引っ越したんだよ」

「でも、あの番組、ちゃんと周囲の景色はぼかしていたわ」

「あの程度のぼかしは物ともせず、場所を特定できるやつらはいくらでもいるんだよ。番組放送の一時間後には家の前に黒だかりの人混みができていた」

「実はわたしもよ。家にも大学にも全然近づけない状態なの」

「ええと。二人のどうしようもない現状を慰《なぐさ》め合うために電話してきたのかな？」

「そうではないの。テレビでは、このまま行くと人類滅亡の危機だって言ってたけど、どう思う？」

「そうだな。『幽霊』の実体化は一瞬で終了したのか、現在もまだ継続中なのか、わからないが、知的生命体が全く見付からないのが気になるところだ。恐竜の時代から六千五百万年も経っているのに、知的種族が出現しなかったなどということがあり得るだろうか？　おそらく彼らは現在、身を潜めているんだ。そして、身を潜めているやつには何か後ろめたいことを隠している可能性が高い。つまり、それは人類に対する敵意だと思う」

「それはあなたの推測に過ぎないわよね」

「推測が正しいと証明されるときは人類の終焉《しゅうえん》の始まりだよ」

「じゃあ、もしわたしが人類を救う方法が見付かったかもしれないって言ったら、どうする？」

「どんな方法だ？」

僕は珠美に人類の未来を託すことにした。

7

珠美に呼び出されたのは、倉庫を改造して作った研究室のようだった。マスコミが押しかけている大学には戻れないため、ここに臨時の研究室を作ったのだろう。

「今まで、あなたを含む特定の人間にしか『幽霊』が見えていなかったのに、突然全世界の人間が見えるようになった。これをどう解釈する？」

「そうか。わかったぞ！　例の装置が再び稼働したんだ」

「その通り。そして、思い出してみて。あなたは子供の頃に見たっきりの『幽霊』を最近また見るようになった」

「なるほど。この間は、装置の試し運転のような状態だったんだ！　だからあの怪物は一時的に出現しただけですぐに消滅した。僕や地林瓦斯戸の住民たちの松果体は一度活性化したことがあるので、装置の作動に対し、敏感《びんかん》に反応したということか！」

「そして、その後、装置は本格的に作動し、わたしを含む全人類の松果体が活性化してしまったということよ」珠美は言った。「となると、人類を救う方法はただ一つしかないわ。その装置を止めることよ」

「言うのは簡単だが、どうやって装置を見付けるつもりだ？」

「わたしと先生が物理量の変化から幽霊の存在を確認する研究をしてたのは覚えてるわね？」

「ああ。もちろんだとも」

「わたし、あのとき発見した馬子崎先生の実験ノートを詳しく解析してみたの。すると、最後の方の意味不明な書き込みの中に数式を見付けたわ。で、もしやと思って、その数式をプログラム化して、実験システムに組み込んでみた。そしたら、以前には存在していなかった未知のエネルギーが、全世界に照射《しょうしゃ》されていることがはっきりとわかったのよ」

珠美は僕にデータを見せてくれた。

確かに、未知のエネルギーを感知しており、そのパワーが僕と珠美が地林瓦斯戸集落に入った頃から急激に増加していることが見て取れた。

「確かに、これは人類の松果体を活性化させているエネルギーに違いない」

「このエネルギーの発生源に装置が存在するはずだわ」

「しかし、どうやって、発生源を探知するんだ？この実験システムとやらはエネルギーのやってくる方向を探知できるのかい？」

「それは難しいわ。それをするためには、指向性を持ったアンテナのようなものが必要だけど、どうすればそんなものが作れるのか見当も付かないわ」

「だったら、このデータには意味がないんじゃないか？」

「そうとは限らないわ。この装置が一つだけだったら、方向はわからないけど、もし二台以上あれば、方向を掴むことができるかもしれない」

「どういうことだ？」

「人間が音の聞こえてくる方向がわかるのはどうしてだと思う？」

「耳が二つ付いているからだろ。右と左でわずかに位置が違うため、その距離で音波の位相がずれるのを利用しているんだ」

「それと同じ原理を使うのよ。エネルギーの強度がわずかに変動しているのがわかる？　二か所で、このエネルギーを同時に測れば、位相のずれから方向がわかるはずよ」

「しかし、この変動はただのノイズかもしれないよ」

「それも、二か所で測定すれば、真の変動なのかただのノイズなのか判断できるはずよ」

「なるほど。信号処理でなんとかなりそうな気がしてきた。しかし、方向を確認するには、この装置が二台以上必要になるけど、簡単に作製できるものなのかい？」

「そこが問題だったの。この装置は一部屋分ぐらいあって、そう簡単には作製できないし、移動も困難だわ」珠美は一枚の写真を見せてくれた。

鉛色のタンクのようなものにいくつものチューブやコードが取り付けられ、部屋いっぱいの無数のボンベやパソコンに取り囲まれている。

「だったら、駄目じゃないか」

「ところが、駄目じゃないの。協力者がいればなんとかなるわ」

「協力者ってまさか僕のことじゃないよね。僕には、こんな装置は到底作れないよ」

「わたしはこのエネルギーを探知する手法を一から考え直したのよ。よく考えれば、こんな巨大な装置は必要ないってことがわかるわ」

「巨大装置は必要ないってことか？」

「ええ。光や音のセンサーには様々な種類がある。それは光や音の特性に注目して、それを利用しているからよ。たいていは光や音を電気信号に変換する仕組みを利用しているわ」

「電気は使い勝手がいいからね」

「残念ながら、このエネルギーを直接電気に変換する方法はわからない。だけど、唯一わかっている特性を利用すれば、小型の探知装置を作ることができる」

「この未知のエネルギーの特性が何か一つでもわかってるというのが驚きだよ」

「そんなに凄い事ではないわ」

「いや。短期間で突き止めたのは凄いことだよ」

「突き止めたというより最初からわかってたことだけどね」

「どういうことだい？」

「このエネルギーの特性は何？」

「そんなこと僕に訊かれてもわからないよ」

「いいえ。あなたは知っているわ。現に体験しているもの」

「現に体験？　いったいどういう……」僕ははっと気付いた。「そうか。このエネルギーは松果体を活性化する。エネルギーを直接観測することはできないけど、松果体は影響を受けるんだ」

「その通りよ」

「しかし……」僕は腕組みをした。

「何を考え込んでいるの？」

「その特性をどう使えば、このエネルギーを探知できるんだ？」

「今言ったこと、そのままよ。松果体はこのエネルギーを探知できるのよ」

「それはわかっている。でも、だからと言って、どう探知するんだ？」

「わざと言ってるの？」珠美は少し機嫌を損ねたようだった。「あなたの松果体がそのままセンサーになっているのよ」

「それも理解できている。しかし、だからと言って、そのまま松果体を使って探知することはできない。僕らの松果体はこのエネルギーを知覚として捉える訳じゃない。ただ、活性化するだけだ。そして、自分の松果体の活性化具合は自分では知ることができない」

「どうして知ることができないなんて思い込んでいるの？」

「だって、現にわからないよ。それとも、君は自分の松果体の活性状態がわかるのか？」

「もちろんよ」

「それは驚いた」僕は本当に驚いていた。「そんなことが可能なんだ」

「わたしにできるんだから、あなたにもできるはずよ」

「いや。無理だと思うよ。どんな精神統一をするかわからないけどね」

「あら。精神統一なんか一切必要ないわ」

「でも、どうすれば、自分の松果体の状態を知る……ことが……」

珠美は奇妙なヘルメットのような装置を取り出してきた。

「個人ごとに微調整が必要だけど、これを被《かぶ》れば、自分の松果体の状態なんか簡単にわかるわ」

「驚いた。こんな小さなものにＭＲＩ（核磁気共鳴画像法）かＰＥＴ（ポジトロン断層法）を仕込めるんだ」

「まさか。そんなことできる訳ないじゃない」

「でも、そうしないと脳の深部にある松果体の観察なんて……わっ！」僕はヘルメットを調べて恐ろしい仕掛けに気付いた。「ヘルメットの内側に細くて恐ろしく長い針が突き出しているじゃないか！」

「ええ。それがないと松果体の状態を測定できないわ」

「この針で直接電位を測定するのか？」

「そうよ。単純だけど、確実な方法よ」

「こんなもの脳に突き刺したら、死んでしまう」

「大丈夫よ。太い血管は避けるように慎重に調整するから」

「でも、針が刺さったら、脳細胞が死んでしまう」

「多少はね。でも、深酒をするたびに脳細胞は何百万個も死んでしまうそうよ。針で突いて死ぬ分なんて、たかが知れているわ」

「僕はそう簡単に割り切れないよ」

「でも、あなたの協力が必要なのよ。わたし一人の松果体では装置の位置を突き止めることができない」

「地道にエネルギーの強度が高くなる方向を探しながら進めばいいんじゃないか？」

「それこそ、ノイズの影響をもろに受けてしまうので、装置に辿り着く前にかなりの時間を費やすことになるわ。その間に恐竜から進化した知性体が、完璧に装置の守りを固めてしまうかもしれないわ」

「ちょっと考えてもいいか？」

「もちろんよ。自分の細胞が耳掻きの先程の量死ぬのと、人類が滅亡するのとを天秤《てんびん》にかけるんだから、じっくり考える必要があるわね」

「そんな言い方はフェアじゃない」僕は考えた。「しかるべき機関に依頼して、志願者を募ったらどうだろうか？」

「先生の理論を受け入れることにすらあれだけ時間が掛かったのよ。わたしの人体実験が許可される可能性がどのぐらいあると思ってるの？」

「あっ。自分でも人体実験だということはわかってるんだ」

「今は緊急事態だから」

「緊急事態かどうかはよく考えないと……」

「人類の存亡に関わっているんだから緊急事態に決まっているでしょう」

「一理あるね」僕は珠美に逆らわないことにした。「では、このヘルメットをもう一セット作ろう」

「もう準備してあるわ」珠美はもう一つ針付きの

ヘルメットを取り出した。

「準備がいいね」

「だって、時間が経ったら、せっかく決心した皿林さんの気が変わってしまうかもしれないし」

「そうか。僕が決心するというところまで確信してたんだ」

「そこは決心してくれないと先に進まないでしょう」

「先って？」

「二人で人類を救うという目標よ」

「わかったよ。ヘルメットを被ることにするよ」

「じゃあ、微調整のために測定するわね」

珠美は服の採寸をするときのようにメジャーを取り出して、僕の頭のサイズを測り出し、メモ用紙に書き込んだ。

「測定終了」

「いや。MRIとか使わないのか？　せめて、X線か超音波ぐらい使わないと、脳の内部の状態はわからないだろう」

「大丈夫。頭蓋骨の形でだいたいの位置は決まるから」

彼女はラジオペンチを取り出すと、メモを見ながら針の角度を調整しだした。

「こんなものかな？　もう気持ち左か」ぶつぶつと呟いている。「さあ。確認するから、被ってみて」

「シミュレーションとかなしで？」

「そんなことしている余裕はない」

「でも、角度が間違ってたらどうなるんだ？」

「大丈夫。太い血管さえ避ければ出血は僅かよ。それに、脳に痛覚はないから痛くもない」珠美は僕の頭の上にヘルメットを持ち上げた。

「ちょっと待ってくれないか」

「今動くと危ない。変なとこに刺しちゃう」

「えっ？」僕は一瞬硬直した。

すとんとヘルメットが被された。

ずずっと、何かが頭の中心に向かって刺さったのを感じた。軽い吐き気を覚えた。

「刺さったのか?」僕は首を動かさないようにそっと喋《しゃべ》った。

彼女は僕のヘルメットの顎紐《あごひも》を締めた。

「もう頭を動かしても大丈夫よ。ちゃんと固定したから」

「痛たたたたた」僕はヘルメットの上から手で頭《とう》頂《ちょう》部を押さえた。

「あら。痛かった? 変ね。ちょっと、ちくっとする程度のはずなんだけど」

「いや。物凄《ものすご》く痛い」

「じゃあ、これ飲んで」

「これは何?」

「ロキソプロフェン。鎮痛《ちんつう》剤よ」

僕は水なしで、飲み下した。喉の奥に引っ掛かった感じがしたが、気にしないことにした。脳に針が刺さっていることに較べたら、喉に錠剤《じょうざい》が貼り付くなんて屁《へ》でもない。

珠美はヘルメットから伸びているコードの先についているコントローラを弄《いじ》った。

「よかった。ちゃんと松果体に到達しているみたい」

「ほっとしたよ」

「じゃあ、わたしも」珠美は無造作《むぞうさ》にヘルメットを被った。「わたしはそんなに痛くないわ。角度の問題かしら? もう一度微調整する?」

「それって、抜いて、調整して、また刺すってことだよね」

「それでも合わなかったら、また抜いて、刺すけど」

「だったら、これで結構だよ。早いところ、やってしまおう」

「じゃあ、観測を開始するわ」

珠美の手持ちのタブレットに地図が表示された。二人の現在の辺りに扇形《おうぎがた》の表示が表れた。

「この扇形は何だ？」

「この範囲内に装置がある可能性が高いってことよ」

「物凄く広い範囲じゃないか。百八十度以上もある。これじゃあ、使い物にならないよ」

「方向が絞れないのは、わたしとあなたがごく近くに存在するからよ。二人の受ける信号に時間差が殆ど存在しないから、エネルギーの来る方向を算出できないでいるの」

「じゃあ、どうすればいいんだ？」

「二人の距離を開ければいいはずよ」

僕は珠美から数歩離れてみた。

「特に変化はないようだけど？」

「こんな僅かな距離だと殆ど変わらないわ。もっと離れなくっちゃ」

「離れるってどのぐらい？」

「それこそ、エネルギーの発信源の位置にもよるけど、とりあえず一キロメートルほど離れて確認してみましょう」

二人はヘルメットを被ったまま、街を反対方向に歩いた。

通行人の視線が痛いが人類の存亡に関わるのだから、我慢しなくてはならない。

数分後、ヘルメット内蔵のイヤフォンマイクから珠美の声が聞こえてきた。「こちら、正相。エネルギーのやってくる方角が特定できたわ」

「思ったほど難しくなかったな。で、どこから発信されているんだ？」

「それはわからないわ」

「でも、方角がわかったたって……」

「方角はわかったけど、まだ距離が確定できないの。もっと遠くに行けば三角測量の方法で、場所が特定できるんだけど」

「遠くってどのぐらい？」

「たぶん、十キロとか二十キロとか、そのぐらい」

「君、自動車、持ってたっけ？」

「いいえ。免許証すらないわ」

「じゃあ、歩いて行くか、公共交通機関を利用するかだね」

「ええ。そうなるわね」

「君、多少の持ち合わせはあるかな？」

「多少ってどのぐらい？」

「タクシーで二十キロ離れた場所に往復するぐらいの金額だよ」

「持っていても貸さないわ。タクシーを使う意味ないもの。電車とバスで充分だわ」

「じゃあ、いったんヘルメットを脱いで、現地で再装着するとか……」

「わたしはそれでもいいわよ」

「いや。やっぱりいい。考えてみたら、抜き差しは少ない方がいい」

二人は駅で落ち合い、特急列車で少し離れた場所まで行った。


そして、三角測量的手法により、エネルギーの発生源の位置が明確となった。

「これって、地林瓦斯戸集落のすぐ近くじゃないか」僕は驚いて声を上げた。

「『灯台元暗し』ね」

「確かに、伯父はあの村の緯度経度が特別な角度になっていると言っていた。あの村のすぐ近くだということは予想できたはずだったんだ」僕は気付けなかった自分を歯痒《はがゆ》く思った。

「じゃあ、出発よ」珠美は長い棒のようなものを差し出した。

「何だ、これは？」

「木刀《ぼくとう》よ。本当は日本刀が欲しかったけど、銃刀法的に難しいから」

「なんで、こんなものが必要になるんだよ？」

「知性を持った『幽霊』が存在すると言ったのはあなたよね？」

「ああ。可能性としてだけど」

「彼らは六千五百万年の間、仮想的な存在だった。それが馬子崎先生の装置のお蔭で漸く実体化できたのよ。もし、わたしたちがそれを止めようとしていることに気付いたら、どうすると思う？」

人類を滅亡させようとする？　いや。そんなことをすれば本末転倒《ほんまつてんとう》だ。

「しかし、彼らが実体化できるのは、人類の松果体のお蔭なんだから、人類を滅亡させる気はないんじゃないか？」

「そうよ。彼らにとってわたしたちは両刃《もろは》の剣な訳よ。でも、考えてみて、彼らが必要なのは生きた松果体だけなのよ。五体満足な人間は必要ない」

僕は恐ろしい可能性に気付いて、ぞくりとした。

「彼らに飛び道具は効果ない。逆に言うと、彼らの飛び道具も人類には効果がない可能性が高いということ。問題なのは彼らの文明の程度がわからないこと」

「彼らが実体化したのは、そんなに昔じゃない。文明を持つには至ってないだろう」

「実体化する前に六千五百万年の時間があったことを忘れていない？　人類が文明を持ったのはたかだか数千年前だけど、それ以前に数学空間の中で彼らが文明を持ってなかったとは言えないわ」

「自由意思もないのに？」

「文明に自由意思が必要だって、誰も証明していないわ」

僕は木刀を受け取った。

もし彼らの文明が僕らのそれを超越《ちょうえつ》していたら、こんな武器は何の役にも立たないだろう。だが、素手《すで》よりはましだろう。振り回せば少しは怖がってくれるかもしれない。要は装置を破壊するまでの時間稼ぎができればいいのだ。

8

僕と珠美は地図を見ながら、山道を進んでいた。

先日、二人が夜中に歩いた場所にほど近いところだ。なぜかせっかく決心して買ったスマホが使えなくなったので、地図と磁石を頼りに進むしかなかったが、現在地がわからず、結構苦労した。

「スマホが使えないのは例の装置のせいかもしれないわ」

「未知のエネルギーは松果体だけじゃなく、スマホとも相互作用ができるってことか？」

「そうじゃなくて、全世界の人間の松果体に影響を与えるほどのエネルギーを出している装置は、他の種類のエネルギーも出している可能性も高いってことよ」

「考えてみたら、そんな強烈なパワーを受けて、俺たちの松果体は無事なのかな？」

「多少は温度が上がってるみたいね」珠美は手持ちモニターを確認した。「一・五度ぐらいだから大したことないわ。五度以上、上がるとまずいけどね」

僕は自分の脳に針が刺さったままだということを思い出した。

「どうやら、ここからは道からはずれて、森の中に入らないといけないみたい」

「ある程度覚悟はしていたが、これから道なき道を進むのは相当きついよ」

「でも、装置があるということは馬子崎先生が行けたということだから、たぶん大丈夫よ」

そう言えば、伯父は探検家タイプではなかった。伯父に行けるなら、僕にも行けるだろう。問題は、この騒ぎを起こしているのが伯父だとしたら、彼は素直に装置を止めてくれるかということだ。

「目的地までの距離は？」僕は珠美に尋ねた。

「約五キロほどね。平坦な道なら一時間ぐらいだけど、森の中だから、それよりは掛かるとみておいた方がいいわ」

僕は時計を見た。「できれば日のあるうちに辿り着きたいところだ」

「じゃあ、急ぎましょう」

「いや。いったん森に入ると、現在地を見失ってしまう可能性が高い。詳細な計画を立てておいた方がいい」僕は地面に地図を広げた。「方角は磁石と太陽で確認できる。だから、目的に真っ直ぐ向かえば、かならず到達できるはずだ」

「日本では磁北と真北は数度のずれがあるから気を付けてね。たとえば五度のずれだと、五キロも進むと、四百メートル以上ずれるから」

「なるほど。偏角《へんかく》のことを今思い出したよ」

僕は方位磁石の方位を手計算で変換した。

「あとは道に迷った時の方策だが……」

「それはあまり気にしなくていいんじゃない。この森は周りを道路に囲まれているから、自分の居場所がわからなくなっても、最悪十キロほど真っ直ぐ進めば、どこかの道路に出られるわ。同じところをぐるぐる回ったら出られなくなるけど、そうなったらさすがに気付くと思うわ」

「よし。では出発しよう」


森の中に入って、数十メートルも進むと真っ暗になった。僅かに差し込む日光とそれに照らされる方位磁石が唯一の頼りだ。

「人の手が入ってない原生林だとしてもいくらなんでも暗すぎないかしら？」珠美は首を捻った。

確かに木々の密度が高過ぎる。これでは押し合いへし合いになって枝や根を張ることができないし、必要な日光も受けられない。

僕は森の樹木を慎重に観察した。

「なるほど。そういう訳か」

「どうしたの？」

「ここの木の半分は『幽霊』なんだ。元々この世界の森があった場所に、『幽霊』の世界の森が重なったんだろう。ほら。この部分、木の中を別の木の枝が貫《つらぬ》いているように見えるだろう」

「『幽霊』の世界にも木があるのね」

「厳密に言うと、僕たちの世界の木とは違う『木に似た何かの植物』と呼ぶべきだろうが」

その時、近くで微かに何かが歩く音が聞こえた。

僕は即座に音の方を見た。

珠美もほぼ同時に同じ方向を向いた。

「何かが動いた音がした」

「そして、見えないということは隠れたのね」

「可能性は大きく四つ。この世界の動物。この世界の人間。『幽霊』の世界の知的でない生命。『幽霊』の世界の知的生命。あとになるほど厄介だ」

「どうする？」

「最悪の場合を想定しよう。『幽霊』の世界の知的生命体だったとして、そいつの目的は何だろう？」

「わざわざ装置の近くにいるということは、装置を守るため？」

「装置を何から守るんだ？」

「わたしたちみたいに装置を壊そうとする人間でしょ」

「向こうはこっちに気付いているかな？」

「姿を隠しているところからして、確実に気付いているわ」

「困ったな。だとすると、そいつを倒しておかないと、ずっと不安だ」

「それに、わたしたちが来たことを他の仲間に伝えるかもしれないわ」

「他の仲間に伝える前に倒せば問題ない。ただし、やつが通信機の類を持っていないと仮定してだが」

「もし通信機を持ってたら、手遅れかもね」

「通信機はないと仮定するしかない」

「じゃあ、通信機がないと仮定すると、次は何をすればいいの？」

「隠れているやつの人数は一体だと仮定しよう」

「それも仮定するの？」

「もしそうじゃなかったら、まず勝てないよ。やつが一体で、こっちが二人なら勝てるかもしれない」

「挟《はさ》み撃《う》ちにするの？」

「そうだ。僕がこっそり敵の向こう側に回り込むから、君はここで待っていてくれないか」

「わかった。気をつけてね」

　僕はいったん敵が隠れている場所から離れると見せ掛けて、森の中を大回りして敵の背後から近付こうとした。

　近付こうとはしたのだが、慣れない森の中ですぐに道に迷ってしまった。今までは同じ方向に真っ直ぐ進むだけだったのだが、木が密集しているはっきりとした道のない場所なので、思う方向になかなか進めず、迂《う》回《かい》を続けているうちにすっかり方向感覚がなくなってしまった。太陽の方向を確認してじっくり考えればわかるのだろうが、敵が近くにいる状況で、そんな悠長《ゆうちょう》な真似《まね》をする余裕はない。

　まずいな。このままだと、僕が敵の背後に到着する前に、珠美に襲い掛かるかもしれない。そうなると、敵が一体だとしても、一対一の戦いになってしまう。もし敵が複数いたら、圧倒的に珠美が不利だ。

　僕はしゃがみ込み、目を瞑り、息をこらして、敵の気配《けはい》を探った。

　何も感じない。

　珠美が一人で敵と戦わなくて済む方法はないか？

　一つしか思い浮かばなかった。

　だが、これ以外の方法を考えている時間はない。今にも、敵は珠美に襲い掛かるかもしれない。

「僕はここだぞ!!『幽霊』め、掛かってこい!!」

僕は立ち上がると、絶叫《ぜっきょう》した。

物凄く間抜けな作戦だが、これで敵の関心は僕に向いたはずだ。珠美はひとまず安全だ。ただし、僕が一人で敵に対峙《たいじ》しなければならない。こんなことなら、さっきの場所で二人で敵を待ち受けた方がましだったが、今更どうしようもない。

ざわざわと何者かが森の中を近付いてくる音がした。

音の方向に身体を向けた瞬間、目の前に二メートル半もあろうかという巨体が現れた。

それは蜥蜴《とかげ》を思わせる形態だったが、人のように直立していた。尻尾《しっぽ》はないようだった。裸なのか、鱗上の衣服を着ているのか、よくわからない。手には槍《やり》のようなものを持っていた。道具を使うところをみると、知的生命体のようだ。つまり、最悪のパターンだったことになる。

目を大きく見張って、じっと僕を見下ろしている。


「ええと」僕はできるだけ穏《おだ》やかな調子で言った。「僕が持っているこれは武器みたいに見えるけど、ただの杖なんだよ。とりあえず、ここに座って二人で平和について語り合おうじゃないか」

「ツバクカンサルマ」蜥蜴人間が言った。

「そうそう。ツバクカンサルマだ」

僕がそう言った次の瞬間、蜥蜴人間は槍を振り上げた。

元々僕を攻撃するつもりだったのか、それとも僕が何かまずいことを言ったのかはわからない。とにかく、こいつは僕を殺そうと決心したようだ。

僕は一目散《いちもくさん》に逃げ出したくなるのをぐっと我慢した。

真っ直ぐ走ることもままならないこの森の中では、速く走ることはできない。こいつの方が僕より遥かに足が長いので、すぐに追い付かれてしまうだろう。

僕は腰に下げた木刀を逆手《さかて》に持って、すっと持ち上げると同時に蜥蜴人間の懐に飛び込んだ。

蜥蜴人間は腕が長い上に武器も長大なので、自分の身体に密接する僕にうまく攻撃できないはずだ。

僕は肘《ひじ》を添《そ》えて、木刀を蜥蜴人間の腹の辺りにぶち当てた。

蜥蜴人間は唸《うな》り声を上げた。だが、それが痛みによるものか、怒りによるものか判断が付かなかった。どちらにしても一撃では倒せなかったようだ。

この体勢《たいせい》で次の攻撃を繰り出すのは難しい。一歩下がって、もう一度突進するぐらいしか手がなさそうだった。

だが、その隙はなかった。

蜥蜴人間は槍を片手で持ち、もう一方の手で僕の肩を掴んだ。

ぐしゃっと、握り潰されそうだった。

僕はあまりの痛みに息もできず、その場に膝をついた。

こいつ、めちゃくちゃ強い。まあ体格から考えたら、そうなんだろうけど、腹が急所じゃなかった可能性が高いな。でも、体勢的に胸や頭を狙うのは難しかった。

顔を上げると、蜥蜴人間は槍を持ち直していた。たぶんこのまま突き殺すつもりなのだろう。

つまらない人生だったが、最後に珠美の命を救えてよかった。

「ティラノサウルスさん、わたしはここよ!!」珠美の声がした。

死の寸前の幻聴《げんちょう》にしては内容がおかしい。

声の方を見ると、十数メートル離れた場所で、珠美が木刀を振り回して叫んでいた。

「ログギミミビギダバ」蜥蜴人間は僕を思いっ切り突き飛ばした。

首と腰の骨が変な音を立てた。

蜥蜴人間は槍を珠美に向けて投げた。

珠美はちょうど木の枝に躓き、仰《の》け反《ぞ》るように天を仰いでいた。

槍先は珠美の喉を貫通《かんつう》した。

「畜生！　何しやがるんだ‼」

僕は痛みを無視して、飛び起きると、飛び上がり、蜥蜴人間の脳天を後ろから木刀で強打した。

蜥蜴人間はゆっくりと振り向いた。

どうやら、怒っているようだ。

だが、僕も怒っている。

僕は蜥蜴人間の頭をもう一度木刀で叩いた。

蜥蜴人間はふらついた。

さらに喉を突いた。

蜥蜴人間は喉を押さえて、体を曲げた。

僕は怒りに身を任せ、蜥蜴人間を叩き続けた。

気が付くと、蜥蜴人間は動いていなかった。

さらに顔面と胸の辺りを百発程殴《なぐ》ってから、鼓《こ》動《どう》と呼吸を確認したが、よくわからなかった。

「凄いじゃないの」珠美が言った。

「わっ！」

「どうしたの？　そんなに驚いて」

「でも、さっき槍が喉に刺さったじゃないか」

「嘘っ！」

「嘘なんかじゃないよ」

「そんなの全然気付かなかったわ。怪我一つしていないし」

「そうか、槍も投げれば飛び道具になる。我々が飛び道具で『幽霊』を攻撃できないように、『幽霊』も我々を飛び道具で攻撃できないのかもしれない」

「こいつどうするの？」

「もう死んでると思うんだけど、確証が持てない」

「じゃあ、万が一蘇生しても、追ってこられないようにしておきましょうよ。木刀を貸して」

「もう充分に殴ったよ」

「殴るんじゃなくて、梃子《てこ》の原理で手足の関節《かんせつ》を折ってしまうのよ」

可愛い顔をして、結構えぐいことを思い付く。理系女子というのはこんなものなのか？

二人の力でなんとか両肘と両膝《ひざ》を折った。

「そこらに尖《とが》った石はない？」珠美は言った。

「どうして？」

「目も潰《つぶ》しておくのよ」

僕は、どうか蜥蜴人間が死んでいますようにと、彼のために祈った。

9

それからは蜥蜴人間には出合わずに、目的地付近に到達することができた。

「どうやら、あの洞窟《どうくつ》のようね」珠美は指差した。

「地図には洞窟なんか載ってないよ」

「だったら、最近、人工的に作ったのかも」

「人工物だとすると、造ったのは人間か蜥蜴人間かどっちだろう？　さっきの蜥蜴人間だけど、どの程度の知能があったと思う？」

「わからない。原始的な武器しか持ってなかったけど、それを言うならわたしたちも同じだわ」

「服を着ていたのか全裸なのか、もう少しちゃんと調べてくればよかったかな」

「仮に全裸だとしても知性がない証拠にはならないわ。わたしたちとは全く違う文明なんだから。それに知能と文明レベルは必ずしも対応しないと思う。たとえば、ホモ・サピエンスは一万年ぐらい前に進化が終わっているけど、その頃の文明と現代の文明では比べ物にならないでしょ」

確かにそうだ。仮にあの蜥蜴人間の知能が人間より低かったとしても、充分な時間があれば、現在の人類を凌駕《りょうが》する文明を築いている可能性もある。

二人は周囲の様子を確認しながら、洞窟の入り口に近付いた。

「見掛けは自然の洞窟っぽいな」

「これだけのトンネルを機材なしで造るのは無理じゃないかしら？　ここには機材を運び込む道路がないわ」

「もし蜥蜴人間が超文明を持っていたら、この程度のものなら機材なしで造れるのかもしれないよ。まあ、超技術感は全くないけどね」

「とにかく、中に入らないと……。あら。入り口の近くに何かあるわ？」

それは死体だった。蜥蜴人間のものだ。すでに腐敗が進んで、蠅《はえ》がたかっている。死体の死亡時期についての知識はないが、少なくとも数日は経っていそうだった。

「蠅にも松果体があるのかしら？」

「松果体そのものはないと思うけど、それに相当する器官はあるのかも」僕は遺体に顔を近付けて観察した。「普通の蠅もいるけど、見たこともない昆虫《こんちゅう》も混じっている。きっと『幽霊蠅』だな」

「気味が悪いわね」

「問題はこいつを殺したのは誰かってことだ。仲間同士で殺したのかもしれないけど、場所が場所だけに人間が殺した可能性が高いと思う」

「人間が勝ったのなら、もう装置を破壊してるはずなんじゃやないの？」

「すでに破壊したのかもしれないよ」

「だったら、わたしたちにこの遺体が見えているのはおかしいんじゃなくって？」

「確かに。だとすると、まだ装置は無事のようだ」

「じゃあ、洞窟に入らないとね」

「ええと。懐中電灯は持ってる？」

「いいえ。でも、スマホが代わりになるわ」

「武器は木刀が二本に蜥蜴人間から奪った槍が一本」

「槍は要《い》るかしら？　狭い洞窟で邪魔にならない？」

「でも、殺傷力《さっしょうりょく》から言うと、木刀とは比較にならないからな」

「じゃあ、あなたが持っていってね」

「ヘルメットは被ったままかい？」

「そうよ。これから洞窟に入るっていうのに、ヘルメットを脱ぐのはおかしいでしょ」

珠美はスマホのライトを点けるとどんどんと洞窟の奥に入っていった。

洞窟は鍾乳洞の様相を呈していた。やはり人工物とは思えなかった。

僕は壁の色を確認した。

「そうか……」

「奥の方に灯りが見えるわ」珠美が言った。

「ゆっくり進もう。何があるかわからないから」

「また変なものがあるわ」

「また死体かい？」

だが、それは死体ではなかった。大量の物質が山のように積み上がっていて、そこから導線のようなものが出て、小さな箱のようなものに繋がっている。

「これは何かしら？」

「この物質は色からして、人類のものじゃない。僕の想像が当たっているかどうかわからないけど、人類の文明で似たものがあるとしたら、爆薬だな」

「なぜ、爆薬を？　人類がここを爆破しようというのならわかるけど」

「爆発で落盤《らくばん》を誘発《ゆうはつ》して、洞窟の入り口を閉鎖しようとしているんじゃないかな？」

「なるほどそういうことね。もし洞窟が塞《ふさ》がったら、装置に到達するのが難しくなるわね。今のうちに撤去《てっきょ》しておきましょうか？」

「いや。迂闊《うかつ》に触るのは危険だと思う。とにかく今は装置を止めるのが先決だ」

二人は先を急いだ。

先を進んでいた僕は何かに躓いた。

起き上がって、躓いたものに灯りを向けると、どうやらそれは白骨死体のようだった。

吐き気を押さえながら、骨の状態を調べると、大きさや形状から考えて、人間ではなく蜥蜴人間のものらしかった。

「やはりここには蜥蜴人間と対立しているものがいるようだな」

「蜥蜴人間の敵なら、人間か少なくとも人間の味方じゃないかしら？」

「そうとは限らない。『幽霊』の世界には蜥蜴人間以外にも知的生命体がいて、対立しているのかもしれない。そいつらは当然、人類の敵になりうる」

「『幽霊』の世界に蜥蜴人間以外の知的生命体がいる証拠はあるかしら？」

「装置が止まっていないことが証拠になるかもしれない。彼らも装置は壊されたくないはずだ。装置が止まれば彼らも『幽霊』に逆戻りだからね」

僕らは洞窟の中をさらに一時間は進んだ。

ひょっとすると、進むごとに少しずつ低くなっているかもしれない。入り口付近の地面は水に覆われていなかったはずなのに、すでに浅い流れの中にいる。

「今の音、何かしら？」

「どんな音？」

「水が跳ねる音よ」

「こんな音？」僕は足踏みをしてばちゃばちゃと水を跳ねさせた。

「そういう感じだけど、もっと遠くの方で聞こえたわ」珠美は前方を指差した。

「僕らの立てた音が反響しただけなんじゃないか？」

「そうは思えなかった。二人が歩いているというよりも、一人が水の中でもがいている感じだった」

「もがいているかどうかなんて、音だけではわからないよ」

「だから、そんな感じがするってことよ」

ばちゃばちゃばちゃばちゃ。

「今、何かが水の中でもがいているような音がしなかったかい？」僕は尋ねた。

「さっきからそう言っているわ」

「距離にしてほんの二、三十メートルぐらいの感じだな。よし、君はここで待っていてくれ」

「一人で行くのは危険よ」

「そうとは限らない。いきなり全滅するのを防げるかもしれない。勝てそうな相手だったら、さっきみたいに加勢してくれ。無理そうだったら、僕を放って逃げるんだ」

「一人では逃げられないわ」

「僕だってできれば見捨てられたくはないけど、人類の存亡が掛かっているんだから贅沢は言えまい。そのときは、できるだけ早く援軍をつれて戻ってきてくれ」

僕は息を殺し、音を立てないように進んだ。

そして、緩《ゆる》やかな角《かど》を曲がったところにそれはあった。

伯父の家で見た装置の数百倍、もしくは数千倍の大きさがあるだろうか。名状《めいじょう》しがたい色の光を強烈に放っていた。

どうすれば壊せるのかはわからないが、精密機械なら案外ちょっとした衝撃が致命的になるかもしれない。

僕は木刀を振り上げ、装置に近付いた。

そして、最も複雑な構造を持っている辺りが重要部だと当たりを付けて、木刀で全力で殴った。

ぼおおおおんという金属音が洞窟内に響き渡った。

「やめろぉ！」

突然、後ろから羽交《はが》い絞《じ》めにされた。

僕はふいを突かれたため、木刀を抜く暇《ひま》もなかった。

べとべとした手が鼻と口を塞いできた。

僕は必死になり、肘で背後の存在を攻撃したが、殆ど効いていないようだった。

一か八か大きく口を開ける。

生暖かくしょっぱかった。

そして、思い切り歯を閉じた。

僅かに肉を噛《か》むことができた。

「痛てててて!!」

その声に聞き覚えがあった。

「伯父さん」

「死ね!」伯父はふらふらと武器らしきものを振り回した。

伯父はもはや衣服なのかどうなのかもはっきりしない襤褸《ぼろ》のようなものを身体に巻き付けていた。おそらく何年も風呂に入っていないのだろう。全身が垢《あか》に塗れて凄《すさ》まじい臭いを発していた。皮膚の状態は正常ではなく、まるで鱗で覆《おお》われたような状態になっていた。髪の毛も髭《ひげ》も伸び放題で、全身の皮膚に湿疹や様々なできものが広がっているのが見てとれた。歯は殆ど残っておらず、目には目やにが溜まり、どんよりと曇っていた。

「伯父さん、僕だよ! 武人だよ!」

「武人だと?」伯父は目を擦った。「そんな馬鹿な。あいつは子供だ」

「あれから何年経ったと思ってるんだよ? 僕はもう大人だ」

「そうか。年月が流れたのか」伯父は呆然と言った。

「聞いてくれ」僕は伯父の肩を掴んだ。「伯父さんのせいで、世界が大変なことになってしまったんだ」

「わたしのせい?」

「そうだ。こいつだよ」僕は巨大装置を指差した。「この装置のせいで、世界は滅亡の危機に瀕《ひん》しているんだ」

「おまえは何を言ってるんだ?」伯父は虚《うつ》ろな目で応えた。「わたしは世界を守っているんだぞ」

「伯父さんは間違ってるんだよ。伯父さんがこれを作ったのは間違いなんだ!」

「わたしが何を作ったたって?」

「皿林さん!」背後で珠美の声がした。

「待っててくれって言ったじゃないか!」僕は珠美に苛《いら》つきながら振り返った。

「ごめんなさい。捕《つか》まっちゃった」

十メートル程後ろで、蜥蜴人間が珠美を盾にするように抱きかかえて喉を掴んでいた。

「なんで……」

「いつの間にか後を付けてきたみたい」

「愚《おろ》かな。これで何もかもおしまいだ」伯父は言った。

「ボンゴンバゾボソガセダブバギバサゴグヂゾボバゲ」蜥蜴人間は言った。

「何だって?」僕は言った。

「あいつの言う事なんか気にする必要はないぞ」

伯父は言った。

僕は木刀を構えた。

「無駄だ。可哀そうだが、仮におまえが勝てるとしても、あそこに行くまでにあの娘は殺されてしまう」

畜生《ちくしょう》。投げつけても、飛び道具は、珠美に当たるだけで、あいつには当たらない。

蜥蜴人間の槍が珠美の身体を素通りしたように。

待てよ。だとしたら、なぜ僕は蜥蜴人間の槍を掴めてるんだ?

そうか視覚で観察したから、松果体の働きで実体化したので、掴むことができたんだ。

だとしたら、なぜ珠美は傷付かなかったのか?。

――そんなの全然気付かなかったわ。怪我一つしていないし。

そうか。

「正相さん、目を瞑るんだ」

「えっ?」

「硬く目を閉じて何も見るな。そうすれば助かる。

僕を信じろ!」

「わかったわ」珠美は目を閉じた。

僕は槍を珠美に向かって全力で投げた。

槍は珠美と蜥蜴人間を共に貫いた。

蜥蜴人間は目を見張り、口をぱくぱくと動かした。

僕は珠美に駆け寄り、蜥蜴人間から引き離した。思った通り、槍は存在しないかのように珠美の身体を擦り抜けた。

「幽霊」の世界の物体は見ることにより、松果体と相互作用を起こし、実体を持つことになる。だが、見なければ、その人間にとって存在しなくなるのだ。存在しないものに貫かれてもダメージを受けることはない。

だが、安心はできなかった。槍が刺さっても、蜥蜴人間はまだ生きていた。

僕は木刀を構えた。

伯父もよろよろと錆《さ》び付いた刃物《はもの》のようなものを振り上げた。

珠美の木刀はさっきの騒ぎでどこかに行ってしまったようだった。とりあえず、彼女はその場に落ちていた石を両手で持ち上げた。

いかにも頼りげないメンバーだが、とにかく三対一に持ち込んだ。

突然、蜥蜴人間は装置に向かって走り出した。

伯父は反射的に進路を遮《さえぎ》るように飛び出した。

蜥蜴人間は腹に刺さっていた槍を引き抜き、そのまま伯父の腹に突き立てた。

「伯父さん！」

「先生！」

僕は背後から、蜥蜴人間の後頭部を木刀で殴った。

敵は怒りの形相で振り向いた。

槍を伯父の腹から引き抜き、僕の方へ向けた。

リーチは相手の方が遥かに長い。有利に戦うにはまた敵の懐に飛び込む必要があるが、槍先をこちらに向けられていては、それも難しい。

蜥蜴人間は牙を剥き、口から泡《あわ》を吹いて唸った。

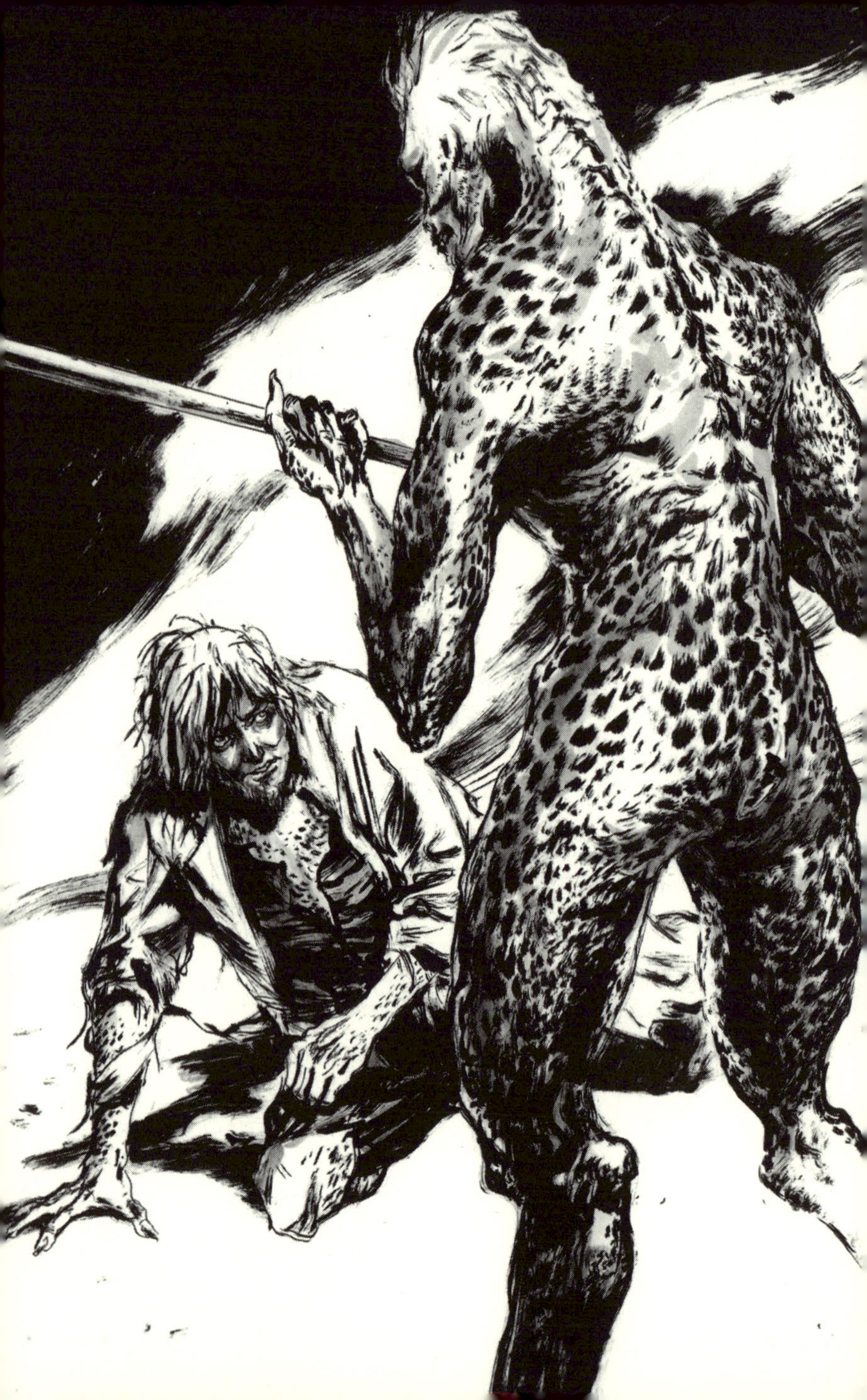

そうとう怒っている。まあ、腹に槍を刺された上に木刀で頭を殴られたのだから、無理もない。

珠美が石を投げた。

だが、石が重すぎて、全然届かなかった。敵の足元に落ち、ごろごろと転がる。

蜥蜴人間の注意が一瞬石に向いた。

正直に言うと、僕も石に注意が向いていた。だから、顔を上げるまで、伯父が敵の頸動脈《けいどうみゃく》を切ったことに気付かなかった。

敵は絶叫すると、その場に倒れた。

珠美は僕の木刀を取り上げると、何度も殴り、止《とど》めを刺した。

「伯父さん！」僕は伯父に駆け寄った。

伯父の血塗れの身体は大きな音を立てて、床に溜まっている水の中に倒れた。

僕は伯父の上半身を支えて、水の上に出した。

「すぐに病院に運ぶからね」

「いや。もう手遅れだ。ここだけじゃないんだ」

伯父は腹の傷を押さえた。「あいつらとの死闘で、全身のあちこちが骨折して、おそらく内臓のいくつかも破裂《はれつ》している。随分前から目も殆ど見えていなかった。生きているのが不思議なぐらいだ」

「どうして、こんなところにぐずぐずしていたんだよ？」

「人類のためだ」伯父は苦しげに言った。

「人類のためなら、とっととこの装置を壊せばよかったじゃないか」

「おまえは何を勘違いしているんだ？　わたしはこの装置を壊そうとしているんじゃない。守っていたんだ」

「守る？　この装置を？　何を言ってるんだ。伯父さんが作ったこの装置が、すべての元凶《げんきょう》じゃないか」

「わしが作った？　おまえこそ何を言ってるんだ？　わたしにこんなものが作れるものか？　わたしが作れるのはせいぜい集落一つ分の場を発生

させるおもちゃに過ぎん」

「じゃあ、誰がこれを作ったんだ？」

「彼らだ」伯父は蜥蜴人間の死体を指差した。

「そんな馬鹿な。こいつらは『幽霊』じゃないか。『幽霊』にこんなものが作れるのか？」

「おまえは勘違いをしている。いや。勘違いをしていたのはこのわたしだった。覚えているか？　わたしは六千五百万年前の隕石の落下が、『幽霊』の世界を作ったと信じていた」

「隕石の落下じゃなかったのかい？」

「違うんだ。隕石は確かに落下した。だが、六千五百万年前の落下じゃない。『幽霊』の世界を作ったのは一万年前の隕石落下だったのだ」

「しかし、一万年前には生命の大絶滅は起きていない」

「いや。一万年前に生命の大絶滅は起きたんだ」

「じゃあ、どうして今までそのことが知られていなかったんだよ？」

「人類は大絶滅のことを知ることはない。大絶滅を認識できないのだ。絶滅してしまった種族には」

「先生、何をおっしゃってるんですか？」珠美が言った。

「たぶん、瀕死《ひんし》の重傷を負ったため、意識が混濁《こんだく》しているんだ」

「わたしは正気《しょうき》だ」伯父は血塗れの手で僕の胸倉《むなぐら》を掴んだ。「『幽霊』は自分たちが『幽霊』であることが認識できないのだ」

「つまり、伯父さんは、我々人類こそが『幽霊』だと言ってるのか？」

「その通りだ。一万年前、隕石が落下し、今まさに文明を産み出そうとしていた我々人類は滅亡した。だが、生命の持つ慣性により、人類は『幽霊』となり、数学空間の中で計算上の文明を産み出し、大発展した。だが、それは架空の出来事なのだ。地球の真の支配者はこの蜥蜴どもだ。我々は白昼夢の中の影に過ぎないのだ。気付いているか？　この洞窟は彼らの世界のものだ」

「ああ。壁の色が僕たちの世界のそれとは違うからね」

「彼らは地盤が安定し、宇宙線の影響が少ないこの洞窟の深部に、この装置を作った。おそらく純粋な好奇心によるものだろう。そして、それを作動したとき、それまで架空の『幽霊』であった我々人類が実体化したのだ。今から、数カ月前のことだ」

「そんな馬鹿な。僕たちはそれ以前から存在していた。子供の頃の思い出もある」

「記憶もまた数学空間による計算結果に過ぎない。我々が実体化したとき、記憶もまた本物になった。記憶とはつまり過去のことだ」

「つまり、『幽霊』の世界が実体化した瞬間、過去まで含めて人類の世界が実体化したということなのかい？」


「そうだ。脅威は彼方《むこう》ではなく此方《こちら》だったのだ。この装置を作った蜥蜴どもの研究グループは、我々人類が実体化したことに腰を抜かした。そして、一通りの調査が終わった後、この装置を停止しようとした。わたしはそのことを察知し、なんとかやつらを皆殺しにしたのだ」伯父は大きく息を吸いこみ、水掻《みずか》きのある手を見せた。「水棲《すいせい》のやつらと同化したことが功《こう》を奏《そう》したのだ。わたしは彼らの世界の物質を自由に扱えたのだ」

「伯父さん一人で？」

伯父は頷いた。「ふいうちだからできたことだ。幸いなことに、彼らの世界で、この実験は極秘で行われていたらしく、騒ぎにはならなかった。だが、時折、何らかの異変に気付いた蜥蜴が何匹かここにやってきた。そのたびに殺してきたのだが、もう限界がきたようだ。ついにこれを使う時がきた」伯父はポケットから無線スイッチを取り出した。

「これを押せば、わたしの仕掛けた爆薬が爆発し、この洞窟は埋められる」

「そんなことをしても、また掘り返されてしまうんじゃないか？」

「そうかもしれない。だが、それで人類の寿命が少しでも延びるのなら、本望だ」伯父の手からスイッチが落ちた。「手に……力が入らない。武人……おまえが押してくれ」

「これを僕が？」

「人類の……ため……」伯父は目を見開いたままこと切れた。

僕はスイッチを拾い、立ち上がった。そして、ボタンに指を掛けた。

そして、指を離した。

「どうするの？」珠美は尋ねた。

「考えたんだ。伯父の言ったことが本当なら、蜥蜴人間はこの地球の正当な継承者なんじゃないだろうかって」

「正当とか、正当でないとか、誰が決めるの？」

「もしこの装置が壊れたなら、世界は元に戻るだけだ。別に人類が損をする訳じゃない」

「人類はチャンスを与えられたのに、それをみすみす棒に振るの？　地球の支配権を蜥蜴人間に返すのが、人類の総意だと思うの？」

伯父の言ったことがすべて真実だとしよう。

もしこの洞窟を封鎖《ふうさ》したなら、人類は幾《いく》ばくかの猶予《ゆうよ》を与えられることになる。そして、その猶予の間に人類はなんらかの抜け道を見付け出すかもしれない。

僕は巨大装置の方を見た。

この装置を破壊したなら、その瞬間、人類は数学空間の中の「幽霊」に戻ってしまうだろう。すべての人類から自由意思が奪われ、単なる計算結果のデータになってしまう。

伯父が間違っていたとしよう。

もしこの洞窟を封鎖したなら、「幽霊」たちの人類への脅威《きょうい》はしばらく続くことになる。多くの犠《ぎ》牲《せい》者が出続けることだろう。

この装置を破壊したなら、「幽霊」たちは消失し、地球は人類のものとなる。

僕は珠美の目を見詰めた。

珠美はゆっくりと頷いた。

僕は決心した。

10

僕がした決心。それは何もしないということだった。洞窟を閉鎖するにしても装置を破壊するにしても、僕にはあまりに荷が重すぎたのだ。僕一人が種族の存続に関わる決断をなすべきではない。かと言って、これは話し合いで決着が付く様な案件ではない。

だから、僕はこの決断をしたのだ。すべてを神の手に委ねようと。神の手という表現に納得できないのなら、偶然と言い換えてもいい。

このまま洞窟は何十年、何百年とそのまま誰の手も触れないかもしれない。あるいは、明日、ひょっとすると今晩にでも、人間もしくは蜥蜴人間があの洞窟に侵入して、決断を下すかもしれない。

その結果がどうあろうとも、僕は受け入れる決心をしたということだ。文明の死刑執行《しっこう》人になるなんて、真《ま》っ平《ぴら》御免だ。誰か他の者に押し付けさせてもらう。

僕は珠美の手を握った。

僕たちは天寿を全うできるのかもしれないし、一時間後には自由意思のない「幽霊」になっているのかもしれない。

どちらでも構わない。僕は彼女と生きていくと決めたのだ。

洞窟から出ると、空は燃えていた。

それは名状しがたい色の夕焼けだった。

からくりの箱

《羅門 祐人》（らもん・ゆうと）

一九五七年生まれ。一九八四年、エニックスから発売された『暗黒城』でゲームクリエイターとして、一九八九年に『自航惑星ガデュリン』シリーズで作家としてデビューする。ＳＦや架空戦記を主に執筆する。クトゥルー作品は本作が初めてとなる。

1

色のないモノトーンの風景。いつもは紅《くれない》に染《そ》まる夕暮れ時なのに、どんより垂れこめた黒く厚い雲と、絶え間なく皮膚を刺激する細い雨のせいで、高校から帰宅する道が見知らぬ世界のように沈んでいる。

色のない世界は嫌いじゃない……。

それは自分の心を映《うつ》す鏡のようでもあり、美しい夕暮れよりも、ずっと守居《もりい》鈴音《すずね》の心を休ませてくれる。

傘《かさ》を前に倒し、強まっていく雨足を避《さ》けながら早足で歩く。

目に入るものは、足もとの濡《ぬ》れた地面のみ。ただ歩く。ひとつの動作に集中していれば、今日、学校で受けた不快な仕打ちのことも忘れられる。

実のところ、最近の鈴音はクラスの中で浮いている。無視と無言の否定的圧力、チクチクと神経を逆撫《さかな》でするような言葉の暴力——今のところ肉体的な暴力はないが、陰湿《いんしつ》な集団イジメであることは間違いない。

今日の不快な出来事は、唯一の親友である典辺《のりべ》美子《よしこ》が約束を破ったせいだ。

放課後、いつもならすぐ帰宅する鈴音が教室へ残っていたのも、美子が一人でやっている部活が終わるのを待っていたためだ。

なのに美子は、約束の時間になっても教室へ戻ってこなかった。

そのかわり、他の部活を終えたクラスメイトが来た。

鈴音はごく普通の女子高生であり、身長や体重は平均値付近、顔の作りも中の上くらいはある。

女子高校生がやっている程度の薄い化粧《けしょう》もしているし、肩まで伸ばした髪も、毎日きちんと手入れしている。何もなければ、クラスの男子の一人くらいは告白してもいいくらい……。

だが鈴音は、入学早々、大失敗をしでかした。

不用意に漏《も》らした中学時代の心霊体験（のようなもの）のせいで、心霊現象を信じないクラスで実権を持つ女子グループから、頭がおかしいとレッテルを張られてしまったのだ。

女子の大半は心霊現象に興味津々で、あれこれ詮索してくる。

だが、自分がオカルトに興味を持っていることを男子に知られるのが恐い。

そこでスケープゴートをでっち上げ、その人物をいたぶることで自分を守る。それが学校という環境では、いとも簡単に集団化してしまう……。

標的になる者は、協調性に乏《とぼ》しい者だけでなく、たんに凡人《ぼんじん》が経験していないことを実体験として持っている、ようは目立つ子も含まれる。

よく帰国子女がターゲットになるのは、まさしくこの典型例《てんけい》だろう。

鈴音の場合、心霊体験を公開すべきではなかった。

皆の興味に合わせ、誰か別の人物の体験談にすりかえて話し、自分自身は懐疑《かいぎ》的に振る舞ってさえいれば、現在のようなイジメの対象にはなっていなかったはずだ。

新入学の新学期、同じ中学から来た生徒以外は見知らぬ者ばかりの世界。

それを見知らぬ明日への希望と思い、調子に乗って気を許してしまった。すでに親友だった典辺美子からは、耳が痛くなるほど慎重《しんちょう》に振る舞うように言われていたにもかかわらず、つい油断《ゆだん》して漏らしてしまったのだ。

もともと鈴音は心霊体験を疎《うと》ましく思っていたし、根が臆病《おくびょう》なせいで、できれば話題にしたくなかった。だから場の雰囲気に流されて口外したことを、自分自身が一番後悔している。

だから鈴音は、これ以上の変人扱いは御免《ごめん》だと思い、最初の話以上のことは一切口にしなくなった。

だが……それが墓穴を掘った。

心霊能力を鼻にかけているとか、能力のない者を馬鹿にしているなどと難癖《なんくせ》を付けられ、その結果、さらなる孤立と嘲笑《ちょうしょう》の対象になってしまった。

もし中学からの親友である美子が同じクラスに居なければ、とうの昔に登校拒否に追い込まれていただろう。

美子は心霊現象について独特の見識《けんしき》を持っている。

クラブとは名ばかりの、『非日常研究会』という名の一人同好会をやっているだけあって、中学時代に鈴音が体験したことを馬鹿にせず、ずっと親身になって付き合ってくれている。

しかも美子自身、かなり強力な霊能者であることを、鈴音は実体験として知っている。

そのせいなのか、美子は変人としてクラスメイトに完全無視されているにもかかわらず、まったく意に介さぬ態度を貫いている。必然的に、二人だけが浮いた存在になっていた。

美子いわく、「馬鹿はほっとけ」だそうな。

自分たちが心霊的に鈍感《どんかん》なのを棚《たな》にあげ、古来から神々や怨霊《おんりょう》と接してきた人々が実在することを、微々たる自分の人生体験だけで否定する輩《やから》など、所詮《しょせん》は井の中の蛙《かわず》と割り切っているらしい。

そこまで達観できない鈴音にとって、美子の意志の強さと特異な性格は、これからの高校生活を乗りきる上での必要不可欠な存在になっていた。

その美子が現れず、一人きりで教室にいた鈴音をからかおうとした級友を疎ましく思い、鈴音は早々に教室を後にした。

家に着いたら、スマートフォンで美子に愚痴《ぐち》のひとつもこぼしてやろうと思ったが、それも雨の中を歩いているうちに忘れてしまった。

ただ何も考えず、前にかざした傘の縁《ふち》から見える狭い前方の地面を見つめて歩く。

水溜《た》まりがあっても躊躇《ちゅうちょ》せず踏みつける。そのせいで、とうの昔に靴《くつ》の中と靴下はびしょ濡れだ。

そうしている間は、なぜか心が安らぐ。

自虐《じぎゃく》的な行為とはわかっていても、気が休まるのだからと自分に言い聞かせる。

灰色だった周囲の風景は、やがて薄暗い夕闇《ゆうやみ》に覆われてきた。

いつも通る道のはずなのに、なぜか街の灯が半分以下に感じられる。通りすぎるコンビニの店先ですら他人行儀《ぎょうぎ》で空々《そらぞら》しく、店の中にある風景すべてが偽物のように感じられた。

しばらく歩き、いつもなら信号機のある交差点に出る裏路地《うらろじ》の途中で、鈴音はふと、左手側に淡く暖かい色があることに気づいた。

黒灰色のモノトーンの世界に、一カ所だけ淡いオレンジ色の光が漏れている。

なんだろうと思い傘を上げ、左側を見た。

するとそこには、少し奥まった場所に見慣れぬ古びた店が一軒……。

どうやら骨董《こっとう》品屋かリサイクルショップらしく、歩道と小さな駐車場らしきスペースを隔《へだ》てた奥に家屋が建っている。

入り口の横にある狭いウインドウの中には、壊れかけた柱時計や汚れたアンティーク人形、古風な中国の壷《つぼ》、南方由来《なんぽうゆらい》の恐ろしげな仮面、木製の安楽椅子、なぜか純白のウエディングドレスを着たマネキンもあった。

その中に、どこか大正《たいしょう》時代を思わせるような、妙に凝《こ》った作りのスタンドライトがあり、アールヌーヴォー調のランプシェードを通した光がオレンジ色の正体だった。

店は開いているようで、中にはいくつもの明かりが灯されている。どれもが店舗《てんぽ》用の照明ではなく、それ自体が商品になっているシャンデリアや壁掛け灯、電気スタンドなどだ。

鈴音は、このまま帰宅するのも腹の虫が収まらないと思い、気晴らしついでに何気なく店のドアを開けた。

その途端《とたん》、騒々《そうぞう》しいガランガランという音が響いた。

ようやく頭上に真鍮《しんちゅう》製の鳴子《なるこ》があることに気付く。しかし、店の奥から誰かが出てくる気配はない。そのほうが気が楽と、鈴音は乏《とぼ》しい明かりの中を散策しはじめた。

昭和の戦後時代を思わせる古臭いプラモデルの箱が山積みになっていたり、錆《さび》の浮いたブリキのオモチャが無造作《むぞうさ》に展示されている。その横には、何の脈絡《みゃくらく》もなく、流し文字で書かれた古文書《こもんじょ》の束《たば》が置かれていた。

かと思えば、通路の奥のほうには、足のついた大きなブラウン管テレビがあったり、本当に売れるのか心配になるほど古い、重そうな昭和初期の電気冷蔵庫まである。

ともかく店全体が取りとめのない印象に溢《あふ》れていて、真面目に商売をしている気配がない。

最初に感じたわずかな好奇心も失せた鈴音は、誰も現れないことを良いことに、さっさと帰ろうと思いはじめた。

その時、左手がテーブルの上にあった何かに触れた。

固く冷たい金属の感触《かんしょく》……。

思わず手を引っ込め、顔を左へ向ける。

テーブルは木で作られた安っぽい代物《しろもの》で、掃除《そうじ》もろくにしていないのか、どの品もうっすらと白く埃《ほこり》が積もっている。

その中で、鈴音の左指の形に埃が払われ、その部分だけ鋭い銀青色の反射光を放っている物があった。

大きさは一辺が八センチほど。小さな正立方体だ。

手にとってみると、見た目よりズッシリと重い。単なる金属の削り出し立方体かと思ったが、良く見ると表面にうっすらと複雑な境界線が見える。

その線は、精密に研磨《けんま》された金属同士をぴったりと密着させた時にできるもので、直線や曲線などが複雑に組み合わさり、立方体のすべての面に刻まれている。


鈴音は、線の組みあわせや立方体の外観から、これは複数の金属片を巧妙に組みあわせたパズル様の玩具《がんぐ》らしいことに気付いた。

妙に、気に入ってしまった……。

青く冷たい金属の感触は、まるで今日の自分の心そのもの。他人を拒絶するように組み合わされた複雑なパズル形状は、解けるものなら解いてみろと挑戦しているようにも見える。

これもまた、クラスの雰囲気——下衆《げす》なおもねりや孤立恐さに付和雷同《ふわらいどう》する大勢を、あえて拒絶している自分に似ているような気がして好感が持てた。

「……いらっしゃい」

いきなり背後から声を掛けられた。

思わず鈴音は、立方体を落としそうになった。

慌てて掴《つか》みなおし、そっとテーブルの上に置く。

ふり返ると、自分とさほど背丈《せたけ》が変わらない、小柄《こがら》な老人が立っていた。

鼻の下と顎《あご》に白い髭《ひげ》を生《は》やしている。顔は皺《しわ》だらけだが、恐い感じはしない。頭は禿《はげ》を隠すためか、ニット製の帽子《ぼうし》をかぶっていた。

「気に入ったかね？　それはクライムの箱といって、昔、アメリカで作られたものらしい。なに、儂《わし》も箱に添付《てんぷ》されていた説明書を流し読みしただけだから、詳しいことは知らんが」

「店……の、御主人？」

もともとコミュニケート障害の気がある鈴音は、そう質問するのが精一杯だった。

もし自分が豪胆《ごうたん》で弁舌《べんぜつ》に長《た》けていたら、そもそも孤立していない。心に思ったことの十分の一も口に出せない臆病な性格のせいで、よけいに誤解を招く結果になった。そして鈴音は、そのような自分の性格を何より疎ましく思っている。

「はいな。とはいっても爺《じじい》の趣味でやってる店だから、気がむいた時しか開けないけどね。しかし今日は、なぜかお客が来そうな気がして、早めに開店したんだよ」

こんな遅くの時間に店を開いて「早め」と言うのであれば、いつもの下校時間に開いていないのも当然だ。

ようやく合点《がてん》がいった鈴音は、最初の狼狽《ろうばい》からやや立ち直った。

「あの、これ」

「買うのかね？」

鈴音は、あからさまに躊躇《ちゅうちょ》した。

今は学校帰りのため、小遣《こづか》い程度しか持ち合わせがない。もし由緒《ゆいしょ》ある骨董品であれば、とても手が出せる額ではないはずだ。

「高くはない。しかし安くもない。値段なんぞ、所詮は買う者の価値観に左右される……。とはいえ、そいつは玩具の部類でプレミアも付いていないから、そう気構《きがま》えなくてもいいよ。

そもそも、儂がアメリカへ古物の買い出し旅行に行った時、ちょいとダウンタウンのフリーマーケットへ立ち寄った際、妙に気になったからタダ同然で手に入れたもんだ。そうだな……三〇〇〇円でどうかな」

予想外に安い値をいわれ、鈴音は反射的に小さな財布《さいふ》をスカートのポケットから出した。

中を確認すると、二六八〇円。

「……少し足りない」

お昼までは三〇〇〇円あったのに、美子が学食に誘うから、つい三二〇円のカレーセットを頼んでしまった。そのぶんが、そっくり足りない。

「んー。まあ、いいか。手持ちのぶんまで、まけてやろう。ただ、ひとつ条件がある」

「条件?」

鈴音はそそくさと財布の中身を手渡しながら、恐る恐る聞いた。

「あんたが明日までに一カ所でもパズルを動かせたら、それで良しとしよう。もし何もできなければ、明日のこの時間に返品するか、もしくは残りの……ええと、三二〇円だな。それを持っておいで。

その玩具は、一定条件が揃うと、合わせ目ごとに動くらしい。全部動かし終わると、なにか良いことがあるそうだ。そう説明書に書いてあったが、儂は一カ所も動かせなんだ。それが口惜《くや》しゅうてな。だから、これが条件」

鈴音は即答で了承した。

なぜか気になって仕方がない代物だったし、もし動かせなくても、残りのお金くらいどうとでもなる。

しかも明日に期限を切られたことが、なんとなく店主からの挑戦状みたいな感じがして、妙に胸が躍《おど》った。

「それじゃ、気をつけてな。でもって、これが説明書。そうそう、これも説明書に書いてあったことだが、いくら動かせるようになっても、一日に二カ所以上を動かしてはいけないそうだ。動かすとどうなるかは知らんが、一応伝えておくよ。では、まいど」

店主は、安っぽい紙製の袋に立方体と一枚の折りたたまれた説明書を入れると、店の入り口の扉の所まで見送ってくれた。

店を出るとすぐに、扉に『閉店』の看板が掲げられ、店内の電気が消える。たちまち店全体が闇に沈み、人の気配がしなくなった。

もう周囲には夜の帳がおりている。逢魔《おうま》が時は過ぎ去り、魑魅魍魎《ちみもうりょう》が活性化する時間だ。

思ったより長居《ながい》してしまったことに気付いた鈴音は、再び傘をさすと慌《あわ》てて帰りを急ぎはじめた。

2

「……で、それがこの部分かいな」

典辺美子は立方体を手に取ると、一部だけ赤色に変化している部分をつついた。

いまは午後の六時限め。本来なら英語の授業のはずだが、教師が急に体調を崩したとかで自習時間に変更された。

しかし監督《かんとく》する教師がいないため、自習とは名ばかりの雑然とした雰囲気になっている。

あちこちで生徒たちが集まり、他のクラスに聞こえない程度の小声で雑談している。

大騒ぎすれば他のクラスの教師がやってきて、せっかくの自由な時間が台無しになってしまう。それを未然に防ぐため、誰もが暗黙《あんもく》の了解のもとで行動していた。

むろん鈴音と美子はクラス全員に無視され浮いたままだが、少なくとも美子は気にしていない。いまも椅子の背側に向かって馬乗りに座り、うしろの席にいる鈴音へ話しかけている。

しかたなく鈴音は、昨日からの出来事を話すことになった。

「結局、家に着いたのが午後十時頃で、それから遅いご飯を食べてお風呂に入ったから……これを触りはじめたのは午前零《れい》時頃かな。でも、いくらこねくり回しても、ちっとも動かなかった。少しヤケになって頑張ったけど、午前三時くらいになって、ふいに今日の英語テストのこと思いだしたの。

やばい！　マジ、焦《あせ》った……すっかり忘れてたから。でもって、パズルやってる暇《ひま》なんかない、テスト勉強しなきゃって思って、机の横に置いたら……コレが勝手に動いたの。

ちょうど赤い部分の反対側にある細長い長方形の切れ目部分が、すーっと持ち上がって、一旦そこで止まった。最初、チンって澄んだ金属音がした気がする。その後、チッチッチッ……って、なんか歯車《はぐるま》みたいなのが回る音がして、今度は動いた部分が元に戻りはじめた。

それと同時に、他の部分があちこち動きはじめて、四角い立方体が勝手にデコボコに変形しちゃったの。驚いて見てたら、今度はデコボコした部分が回転したり、切れ目ごとに動いて別の組みあわせになったりして、次第にもとの立方体に戻りはじめた。

そして結果的には、その赤い一カ所が変わっただけで、あとは元どおり……ね、変でしょ？」

いま自習になっている英語の時間は、本来ならテストの時間だった。

幸いにも先生の体調不良でテストが潰《つぶ》れたせい

で、鈴音は酷《ひど》い点を取らずにすんだが、夜中に立方体を触っている時は、テストのテの字も思い出さなかった。それだけ夢中になっていたわけだ。

「なんか話を聞いてると、箱根名物の寄木細工《よせぎざいく》のひとつ……秘密箱みたいなオモチャだねー。ただ秘密箱は、木材を巧妙に組みあわせてパズルにしたものだから、こいつみたいに機械仕掛けじゃないけど。

鈴音がどこかを触ったことで、内部に運動エネルギーが蓄積されたんじゃないかな。おそらくゼンマイ仕掛けだろうけど。後の動きは、全部ゼンマイが勝手にやるから、一見すると勝手に動いて不思議に見える。

まあ、最初のゼンマイを巻く過程を、いかに遊び手に気付かせないかが、この種の玩具のミソだよね。下手すると、店の主人が最初から知ってて、ゼンマイを巻いた状態で売ったのかも。

それにしても……青い部分はチタン合金みたいだけど、赤い部分はわからないなー。表面に色を塗ってあるんじゃなくて、金属そのものの色みたいだし。さらに言えば、全部がチタン合金《ごうきん》で出来てるなら、こんなに重くない。持った感じじゃ、全部が鋼鉄《こうてつ》の塊《かたまり》の立方体より重いから、中には鉛とか銀とか、鉄より重い金属が仕込まれてるはず。

ここまで精巧《せいこう》に作られてる機械仕掛けの金属玩具が三〇〇〇円って安すぎる……。いくらなんでも、中に金塊が入っているとは思えないけど、それ相応《そうおう》の重厚さって値段に比例するのよね。その値段だったら、あたしが買いたかったわよ」

本気で欲しそうにしている美子を見て、鈴音はかすかに笑った。

美子は黒縁《くろぶち》のメガネをかけていて、髪の毛も無造作に左右の三つ編みにしている。化粧はまったくしていない。女子高校生の色気など微塵《みじん》もなく、セーラー服を着ていること自体が、なにかの間違いのように思えてくる。

それでいて、じつはかなり有名な会社の社長令嬢なのだから、世の中わからない。

もっとも当人は、「あたしの本性《ほんしょう》は見た目じゃわからん」と言い切り、女らしくするつもりはないようだ。

自分の家を自慢することもないため、クラスの者も大半がお嬢様であることを知らない。現在の孤立状況を見る限り、おそらく知っているのは鈴音だけだろう。

たしかに、美子は常人とは違う。

多少の霊感はあると思っている鈴音から見ても、美子の霊能力と心霊体験は度を越して凄いのだから、だてに「非日常研究会」の会長をしているわけではない。

「動かせたんだから、もう二六八〇円ね。今日の帰りに店に寄って、きちんと報告するつもり」

「あたしも行く。絶対に行く！」

美子は、言い出したら止まらない。

しかも場所が、不思議大好きな美子にとってはパラダイスのような所なのだから、鈴音を引きずってでも行くと言うに決まっている。

「あら……また二人で、恐い話してるの？」

いきなり横から、坂本理恵《さかもとりえ》が割り込んできた。

坂本は、鈴音たちを陰湿なイジメの対象にしているグループのナンバー2で、もっぱらリーダーの国見律子《くにみりつこ》にネタを供給する役目を担《にな》っている。

化粧もかなり濃く髪も染めているが、教師の指摘には、すべて生まれつきの姿形《すがたかたち》だと言い張っている。

それでも納得しない場合は、中学時代の写真を見せたこともある。その中学時代からして化粧と髪染めをしていたのだから、写真の顔が幼いぶん無理がある。現在のほうが成長したぶんだけ自然に見えるため、教師も納得するしかない……。

彼女は、いわゆる腰巾着《こしぎんちゃく》タイプだ。ボスにはおもねり、格下《かくした》には偉《えら》ぶる。そして自分の地位を守るため、嘘も方便の情報操作で武装している。

だから理恵に睨《にら》まれると、ある事ない事告げ口され、最後にはクラス全体から侮蔑《ぶべつ》の視線を向けられることになる。そういった点では、決断だけ下すリーダーの律子より恐い存在かもしれない。

「あんたにゃ関係ない話だよ」

恐いものなしの美子が、いつも通りの口調で返事した。

理恵にとっての美子は、いわば天敵のような存在だ。

いくら陰口《かげぐち》を叩いても動じない、クラス全員の敵意を集中させる工作を行っても、まるでそよ風のように無視してしまう。しかも美子は得体《えたい》の知れない部分があり、下手《へた》に追い込むと予想外の反撃を食らう……。

美子は当然のように、親の社会的地位を利用した事態収拾《じたいしゅうしゅう》を行う傾向《けいこう》がある。校長を抱き込むくらい平気でやる。

ただし、それを知っているのは鈴音のみのため、相手は自分の策が暴《あば》かれた時、なにか超自然的な力が働いたような気になり、次第に薄気味悪くなってしまうのだ。

いわば美子は、触れてはならない危ない存在……これがクラスの常識となっている。

必然的に、理恵の攻撃は鈴音に向けられた。

「ふーん。なに、それ。変なもの持ってるわね。それ、女の子が持つような物じゃないと違う？　なんかキモい。それに角張ってて危なそう。あんまり変なの教室に持ちこむと、先生に没収《ぼっしゅう》されちゃうかもねー」

理恵がこういう口調の時は、必ず誰かに密告する。

今回は先生と名指《なざ》ししている以上、どんな手を使っても、教師による抜き打ちの持ち物検査まで持ち込ませるつもりだ。

鈴音は威圧《いあつ》されて固まってしまったが、代わりに美子が先手を打った。

「あんたが告げ口しなきゃ、没収もされないよ」

「いつ私が先生に言うって言った!? それに、あなたに言ったつもりはないんだけど。私はたんに、鈴音さんを心配してあげただけなのに、変な言いがかり、やめてよね！ まったく、恩《おん》を仇《あだ》で返すなんて……どうやったら、そんな感じに受けとれるのかしら。だからあなた、オタクとか腐女子とか言われるのよ。ああ、考えかた自体が気持ち悪い！」

いきなり態度を豹変《ひょうへん》させた理恵を、美子は平然と見上げている。

「あ……」

鈴音は理恵の左の肩越しに、なにかが見えたような気がした。

黒くてもやもやとした存在。それでいて、はっきりと敵意が感じられた。

「なによ！」

鈴音の上げた小さな声に、素早く理恵が反応する。

すると美子が、さりげなく鈴音へ手を差し伸べ、動きを封《ふう》じた。その上で、重ねるように理恵に告げた。

「あんた、こんなとこで油売ってないで、さっさと律子のとこに戻りなよ。そして好きなこと言えばいい。何言われても、あたしたちは気にしないし相手にもしない。お互い無干渉でいいじゃない。先生に告げ口してもいいけど、その場合は覚悟しといてね。これまでの一切合財《いっさいがっさい》、職員会議の議題にしてもらうから。こちとら証拠なら腐《くさ》るほどあるからね」

有無《うむ》を言わせぬ美子の態度に、初めて理恵が怯《ひる》んだ。

美子のことだ。下手をするとイジメに関する録音やら隠し撮りやら、本当にしているかもしれない。そう思わせるような胡散《うさん》臭さが確かにある。

「だから、密告なんかしないって言ってるでしょ！　ああ、話になんない。馬鹿じゃないの。もう行く!!」

完全な逃げ口上《こうじょう》だが、理恵は強引《ごういん》に背を向けると、自分たちのグループのいる場所へと戻っていった。

二人だけに戻るとすぐに、美子が口を開いた。

「鈴音……あんた、見たでしょ？」

美子が言っているものが、理恵の肩口にいた何かのことを指しているのは間違いない。

理恵との悶着《もんちゃく》をまったく無視しての質問だったため、鈴音は直感的に、これは美子にとって重要な事なのだと理解した。

「うん、なんか黒いのが見えた。こんなの久しぶり……」

「あれは猿だよ。理恵に取りついてる低級な猿の動物霊。だからキーキーうるさい。あそこで鈴音が見えたことを指摘していたら、たぶん正体を見破られた口惜しさで、何しでかすかわからなかった。だから止めた」

あの状況でも、美子は冷静だった。

しかし、そこに思いが至る前の時点で、鈴音は頭が混乱しはじめていた。

目に見える霊現象なんて久しぶり。中学時代に見たのは白い人影だったが、今回のは黒かった。

黒い存在といえば、高校に入ってすぐの頃に美子がらみで見たことがある。

美子はオカルト関連では結構有名なため、彼女が開いているネットのホームページを見て、心霊相談を願い出る者もいる。中には深刻な霊障《れいしょう》を受けている事案もあり、その場合は無償で除霊《じょれい》することもあった。

ただ、実際に会った段階で、あまりにも相手が若すぎることに驚き、信用できずに帰ってしまう事も多いらしい。

そのような場合には、美子も後追いはせず、縁がなかったと割り切ることにしているようだ。もともと無償の行為だし、最終的には当人の判断が優先されるべきというのが信条になっている。

そのような事例の中で、たまたま高校の下校時に、近くに住む依頼者と待ち合わせしていたところに鈴音が居合わせたことがあった。

霊視《れいし》の結果、依頼者の主婦は、住んでいるマンションで飛び降り自殺した者の霊に憑依《ひょうい》されていることがわかった。早急に除霊しないと意識を乗っ取られ、主婦まで飛び降り自殺してしまうらしい。その除霊を、鈴音は目撃することになったのだ。

美子が言うには、かなり恨《うら》みの情念が強い悪霊だったようだが、鈴音には除霊の瞬間しか見えなかった。

しかも、今回に比べると薄ボンヤリとした曖昧《あいまい》なものでしかなかったため、その時はさほど恐いとは思わなかった。

美子によれば、白い存在は無害だから心配しなくていいと言うが、それならば今回のものは有害ということになる。

鈴音は、自分が臆病なのを熟知している。

だから得体の知れない霊的存在なんて見たくない。心霊現象なんて真《ま》っ平《ぴら》御免。そう思い、なるべく考えないようにしていたのに、また見てしまった。

「恐い……」

「大丈夫だよ。あの猿、理恵の性格の丸写しだから、親分がいなきゃヘタレだもん。

ただ、鈴音を恐がらせるくらいは出来るから、なるべくターゲットにならないよう意識をそらせてやったんだ。

丁度いい機会だから、これだけは忘れないで。ああいった存在は、物質で構成されている三次元世界……この世界のことだけど、ここでは何か物質的な媒体《ばいたい》がなければ悪さできないの。だって、あいつら自身は、たんなる霊的なエネルギーが凝集したものにすぎないから。

この世界は、エネルギーが物理的な作用を発現するためには、必ず物質を介在させなければならない。それが物理法則って言われるもの。だから、あいつらが人間に悪さするためには、嫌でも物質をどうにかしなきゃならない。

方法論としては、もっとも簡単なのが憑依だね。人に憑依して、その人の意識を乗っ取れば、物質である肉体を自由に操ることができる。生命を持たない物質に憑依した場合には、ポルターガイスト現象といって、物質そのものを動かすこともできる。

ただし、それには条件があるの。人といっても人それぞれ……鈴音みたいな心霊体質の持ち主もいれば、まったく鈍感《どんかん》なやつもいる。

霊能力は、生まれつきの才能と後天的に努力して獲得するものがあるけど、後天的なものは、あくまで先天的な才能を伸ばすだけで、まったく才能がない人はいくら努力しても駄目なんだ。

先天的に一の才能を持つ人が努力すれば、三の能力を開花する可能性がある。でも、先天的に一〇〇の才能を持つ人なら、三〇〇の能力を得る可能性がある。そういうことよ。

実はさ、あたしより鈴音のほうが才能あると思ってる。でも、あんたは才能を伸ばすどころか、恐い一心で抑制してる。そうだな……元が一〇〇くらいあるのに、いまは五〇も出ていない。

その点、あたしは生まれつき七〇くらいだけど、色々やってるせいで一二〇くらいにはなってる。でも鈴音が本気出せば、三〇〇まで行けると思う。まあ、あたしも努力次第で二一〇くらいまでは行けるって思っているけどね。

でもって、さっき言った条件だけど……物の怪とか化け物、魑魅魍魎、霊、魔物とかいう心霊エネルギー体は、人の持つ思念エネルギーに感応して初めて、自分の存在を明らかにできるのよ。

不公平なようだけど、心霊能力が高い人ほど、あいつらの影響を受けやすいってわけ。鈍感な人は、たとえ側に大魔王がいても気付きもしないし、大魔王も波長が合わずになかなか悪さをできない。

だから鈴音のように先天的な能力を持つ者は、連中の影響を受けたくなければ、意図的に意識の外へ追い出すしかない。

簡単に言えば、気にしないこと。恐い恐いって思えば思うほど、連中は擦《す》りよってくる。いまの理恵なんて、フルコースのご馳走を並べたテーブルみたいなもんよ。誰だって食らい付く。

だからさっきも、わざと意識をそらさせて、猿のやつが悪さをするのを防いだの。

本来ならこれは、鈴音自身がやらなきゃいけないことだよ。いつもあたしが守ってられるわけじゃないし。いい機会だから、しっかり覚えておいてね」

恐がってはいけないと言われても、恐いものは恐い。

何も言い返せず、すがるような目つきになった鈴音を見て、美子は大きくため息をついた。

「んー。すぐには無理か。こうなったら、おいおい鍛えるしかないかな。まあ鈴音も、そんなお年頃になったってわけで、諦《あきら》めて訓練しなさい。

それより……その立方体、ちょいと気になるのよね。説明書、貸してくんない。明日かえすから。一晩、調べさせてもらうわ」

「でも、今日の帰りに……」

店主の反応《はんのう》によっては、どうなるかわからない。

それを心配した鈴音は、ここで説明書を渡すことを躊躇した。

「だーかーらー、あたしも一緒に行くって言ってるじゃん。そんでもって、あたしから店の人によろしく言ってあげる。それでいいでしょ」

この決めつけが出ると、もうテコでも動かない。

しかたなく鈴音は、下校ついでに美子を店へ連れていくことにした。

だが……。

それから三時間。

鈴音と美子が地をさらうようにして探しまわっても、例の店は見つからなかった。

3

店は見つからない、美子はまだ探すと駄々こねるで、もう散々な一日だった。

ようやく帰宅できたのは九時過ぎだった。

二日続きの夜間帰宅ということで、母だけでなく、会社から帰ってきた父にまで説教されてしまった。

父も母も、鈴音が学校で孤立しているなど夢にも思っていない。

両親に知られると面倒な事になると思い、ぎりぎりまで内緒にしておくつもりだったから、これは仕方のないことだと諦めた。

ただ、一緒にいたのが美子とわかり、なぜか両親には受けがいい美子のおかげで、ようやく無罪放免となった。

「なによ、もう……」

カバンから立方体を取り出し、自室にある学習机の上へ置く。

考えて見れば、これを理恵に見られた時から、なんだか今日の不運が始まっている。そう考えると、理恵に対して無性に腹がたった。

「猿に憑依されてるくせに……。あのうるさい口も、きっと猿がわめいてるに違いない。ううん、あれは理恵の本性か。となると猿の霊は、自分と似た存在だから憑依してることになる……自業自得《じごうじとく》ね。それにしても、うざったい口」

思い出すだけで恐い。恐さを紛《まぎ》らわすため、あえて理恵に対して怒る。

人前では相手の反応が怖くて感情をあらわにできない鈴音も、一人のときなら感情豊かになれる。いわば怒りは、自分の弱さをごまかすための方便だった。

——チン。

唐突に、昨夜同様、立方体に動きが出た。

今度は別の面にある三角形が持ち上がり、それが角の部分で上にある面へ倒れかかった。すると上の面にある五角形の部分が沈み、三角形はまた元の場所へ戻る。沈んだ五角形の部分には、左側にある四角と右側にある三角がスライドして穴を埋め、新たにできた二カ所の窪みには、下から赤い二つの図形がせりあがってきた。

これで赤い部分は三つ。ただし全体からすれば、まだわずかな面積でしかない。

鈴音は、いつ自分が立方体に対し、動くきっかけとなるエネルギーを与えたのかわからなかった。

もしかすると、自動巻きの腕時計みたいに、カバンの中で揺さぶられることにより、内部にあるゼンマイか何かが巻き上げられる仕組みなのかもしれない。

そのほうが、美子の言う店主のイタズラ説より説得力がある。それならば、動くきっかけは、ただ触るだけでも良いことになるからだ。

「痛……！」

変化を見つめていた鈴音は、いきなり眉間《みけん》の奥深くで、疼《うず》くような痛みを感じた。

冷たく暗く、身体に震えがくる不快な痛み……。

「嫌っ！」

昼間の霊視現象のこともあり、恐ろしくなってベッドに飛びこむ。

この立方体には、何かしら人を不安にさせるものがある。さらには、美子の言うことが本当なら、鈴音が立方体に意識を向けることで動くのかもしれない。

その結果が、いま起こっている頭痛であれば、なんらかの反動の可能性もある……。

まとめれば理路整然としているように思えるが、いまの鈴音が考えたことは、もっと不明瞭《ふめいりょう》で渾沌《こんとん》としたものだ。

それゆえに、より一層得体の知れない不気味な感触が強まり、それは速やかに恐怖へと転換されていく。

意識をそらして、眠らなければならない。

そう自分に言い聞かせてみたが、思えば思うほど立方体の姿が脳裏《のうり》に鮮明に浮かんでくる。

心理学的には、「気にするな」は「最優先で気にする」と同意である。それを知っていれば、もっと別の回避《かいひ》方法もあるのだが、一介《いっかい》の高校生である鈴音には心理学の知識もない。

結局のところ、盛大に気にした結果、痛みは消えることなく眠りに落ちるまで続いた。

＊

翌日、鈴音は珍しく遅刻した。

眠りに落ちた後も妙な悪夢に苛《さいな》まれ、疲れて起きることができなかった。

夢なのに、細かい部分までリアルに感じられた。

夜、誰もいない街路を歩いている夢。

すると幽《かす》かに甲高《かんだか》いきしむような音が聞こえ、それと同時に、夜の闇が霧《きり》のように襲いかかってきた。

闇は服の隙間《すきま》から、容赦《ようしゃ》なく忍び込んできた。

あやふやな存在のくせに、その時は、触れればわかるほどの実体感があった。

肌にねっとりとこびりつく感触は、粘度《ねんど》の高い油をそそがれたようで気持ち悪く、しかもそれが、意志を持ってあちこち這《は》いずりまわった。最後には下着の中にまで侵入《しんにゅう》し、耐えきれずに鈴音は夢の中で悲鳴を上げた。

悲鳴を上げながら逃げた。しかし、逃げても逃げても、闇は追いすがってくる。

永遠に続くような逃走と追撃。足もとの地面すら、鈴音を邪魔するかのように波打ちはじめ、最後のほうは走ることすらできなくなった。

そこで、ふと美子の言葉を思い出した。

——意識をそらせろ。気にするな。

それは言葉自体が輝くような光を伴《ともな》い、鈴音を覆《おお》い包んだ。

言葉によって作り出された光の泡……。

その中で鈴音は、必死になって耳を覆い、目を強く閉じて念じた。

これは夢、これは悪夢。夢は醒《さ》めれば消える。

夢は現実じゃない。存在しない世界。夢よ、醒めて！

ふと気付くと、ベッドの上でぐったりとしている自分に気付いた。

睡眠をとったというのに、恐ろしく身体が重く、まったく力が入らない。起き上がることすらできなかった。

頭痛も酷《ひど》い。それは痺《しび》れるような感触というより、すでに脳を絞《しぼ》るような激痛になっていた。

登校時間になり、心配した母親が様子を見に来たので、体調が悪くて起きられないから、もう少し寝るとだけ伝えた。

登校できたのは昼休み前になってから。

家に常備されている市販の鎮痛薬を飲んで、いくぶん頭痛が和《やわ》らいだのと、薬を飲むために母親が作ってくれたお粥《かゆ》を少し食べたせいか、ある程度は動けるほどの体力が戻ってきたからだ。

それでも学校まで歩いて行くのはしんどいとのことで、母親が車で送ってくれた。

まだ食欲がない鈴音に、美子がパンと牛乳を買ってきてくれた。

食堂に行かない時は、いつも校舎の屋上《おくじょう》で昼食をとるのが、二人だけの決まりだった。

「その立方体、調べたわよ。正式な名前は、『クライムの幸運パズルボックス』って言うみたい。アメリカ国内で発売されたのが五〇年ほど前で、当時でも五万円くらいしたらしいよ。でも、すぐに発売した会社が倒産しちゃって、その後の情報はなんもなし……。

でもってクライムってのは、それを作った会社の社長の名前なんだけど、フルネームのオーガスト・クライムで検索かけて見たら、ちょっと面白いことがわかった。

どうもクライムさん、以前は胡散臭い宗教関連グッズを売る会社を経営してたみたいで、けっこう儲《もう》かってたみたい。でもなんでか、せっかく稼いだお金すべてをつぎ込んで、地方にある古い民家を購入してるのよ。

その家の以前の持ち主が、ティリンギャーストっていう発明家だったって。何の発明をしたのかまではわからなかったけど、なんか文献検索してたら出てきた。

なんでも人体の痕跡器官とかいう、退化してしまった器官を再生する機械とかなんとか……。まあ、当人は研究途中で脳出血を起こして死んじゃったみたいだけど。

問題なのは、クライムさんがこの家を買ってから半年後に、いきなり新会社を立ち上げ、パズルボックスだけ売り出したってこと。儲かってた前の会社を解散してまで、新たな会社を設立する意味がわかんないでしょ？

全部のパズルを解くと幸運が訪れるっていうキャッチフレーズだったみたいで、最初はけっこう人気高かったみたい。その痕跡が、アメリカの地方新聞のアーカイブに幾つか見られたから。

でも、そのクライムさんも、なんでか二カ月後には拳銃自殺してしまい、一人で切り盛りしてた会社も倒産しちゃった。……これがネットでわかったすべて。

他のアプローチとして、「クライムの幸運パズルボックス」でも検索してみたけど、ほれ、あたし英語があんまし得意じゃないでしょ？　なんか幸運じゃなく不幸のボックスだとか、少しだけネガティブな情報が出てきたくらいで、あとはスラングとか専門用語ばっかで、よくわかんなかった。

ネットの悪評なんて、どんだけ優《すぐ》れた製品でも腐るほど出てくるんだから、たとえ五〇年前に発売された品物であっても、今もどこかで古物商品として流通している限り、悪評も必ず出てくる。

だから、この情報については完全に役立たずのハズレね」

自分用に買ってきた焼きそばパンを頬張りながら、美子は淡々と報告を行った。

メロンパンを手に持った鈴音は、どうにも食べる気にならず、そのままの姿勢で話を聞いている。

「……そういえば、店のお爺さんも、全部パズルを解くといいことあるって言ってた」

「そりゃ、説明書にそう書いてあるからでしょ？　本当に幸運が訪れるなら、三〇〇〇円ぽっちで売ったりしないわよ。

胡散臭いオカルト雑誌によくある、例の幸運グッズみたいなものね。幸運を呼ぶ水晶とか売ってるけど、実際問題、水晶そのものに幸運をもたらす効果なんてないのよ。

ただ、水晶は一定周波数の電気に反応して振動する性質を持っていて、それに近い思念周波数でも共振する。ここで言う思念周波数ってのは、脳が発する電気信号だから、いわゆるα波とかβ波とかいうやつ。

これらを発生させている根元的なエネルギーが思念エネルギーなんだけど、それを現代の科学技術では検出できないから、仕方なく副次的に発生する脳波パルスってことでごまかしてるのよねー。

だから、元になる思念エネルギーがプラス思考なら幸運が、マイナス思考なら不幸が訪れる可能性が高くなる。そうなるよう、水晶が思念エネルギーを増幅するから。

おそらくその立方体も、似たようなメカニズムで造られていると思う。

でも見た限りじゃ、かなり手の込んだ代物みたいだから、新品価格で五万円でも安いような気がする。だいたい、元が五万円相当の品っていうのに破格値の三〇〇〇円で売るなんて、その爺さん、目利き悪いわね」

どうやら美子は、口で言うほど古物には精通していないらしい。

いくら売り値が高くとも、古物の値段は需要《じゅよう》と供給《きょうきゅう》によって決まる。誰も欲しがらなければ、元値がいくら高かろうが価値はないのが常識になっている。そこらあたりの事は、ネットオークションを見て回るのを楽しみにしている鈴音のほうが詳しい。

その時、また頭の奥で鋭い痛みが発生した。

一瞬、意識が遠退《とおの》くほどの、強い閃光《せんこう》に似た痛み。

同時に、下のほうから女子の叫び声が聞こえてきた。

「ん？　なんだ!?」

好奇心にかけては誰にも負けない美子が、すぐに屋上フェンスへ駆けより、下を覗《のぞ》きこむ。屋上は四階にあたるが、場所が直下に近いため良く見えるようだ。

「あー。誰か怪我《けが》したみたい。うわー、血出てる」

見たくはなかったが、鈴音も誘われるようにしてフェンスの際《きわ》まで歩みよった。

「……あれ、理恵じゃない？」

校舎の前にある花壇《かだん》のところで、口元を両手で抑えて座り込んでいる女子がいる。言われてみれば、クラスにいる坂本理恵のようにも見えた。

遠目にも大怪我なのがわかる。口元を覆った両手の周囲が、屋上からでもはっきりわかるくらい大量の血で染まっている。それも止まらないらしく、スカートの膝《ひざ》の部分や下の地面が、次第《しだい》に真っ赤な色に染まりはじめた。

騒ぎを聞きつけた教師が駆けつけ、一瞬棒立ちになった。

それほど出血が酷かったのだ。やがて保健担当の先生がやってきて、応急処置を施《ほどこ》しはじめる。

しかし血が止まらないらしく、最後には救急車が呼ばれた。

「気持ちが悪い……」

眉間に手を当てた鈴音は、もう見ていられないほど頭痛が酷くなっていた。

「嫌なもん、見ちゃったもんねー。大丈夫？」

鈴音の体調悪化を精神的なショックと思った美子が、背中側に回って支える素振《そぶ》りを見せる。

その直後……。

校内一斉放送が行われ、全生徒は教室へ戻るよう指示が下された。

＊

「昼休みに坂本が大怪我をした……」

クラスに戻ると、すでに担任が教壇のところにいた。

すぐに話が始まる。

「いまは病院に運ばれ、手術を行っているそうだ。怪我の原因はまだわからないが、どうも転んだ拍子《ひょうし》に、花壇の縁石に顔をぶつけたらしい。手術するほどだから怪我の程度は酷いようだが、幸いにも命には別状ないと、先ほど警察から連絡を受けた。むろん、事件性はない。自分で転んで怪我をした単独事故だと、近くにいた者も確認している。

ともかく皆も、学校だからといって気を抜いていると、思わぬ怪我をすることもある。そこのところを、校長先生からも重々注意するように言伝てされた。

ただ、いくら先生が無茶するなと言っても、お前たちが言いつけを守らなければどうしようもないのだから、規則はきちんと守るように。

それと坂本自身も、酷いショックを受けているだろう。戻ってきたら、皆でしっかりサポートしてほしい。また、今回のことは不慮《ふりょ》の事故であり、誰のせいでもない。いいな?」

どうやら教師達は、学校の監督不行《ふゆ》き届きのせいで事故が起こったと疑われないか、それに気を取られているらしい。

救急車を管轄《かんかつ》している消防署から警察へ連絡が行っている以上、高校の父母会も黙っていない。最悪でも訴訟《そしょう》沙汰《ざた》にだけはしたくない思惑《おもわく》が滲《にじ》んでいた。

鈴音の前の席で、美子が幽かに聞こえる程度の失笑を漏らした。おそらく学校側の動揺《どうよう》が滑稽《こうけい》で、それに苦笑したのだろう。

だが、その声にならない声を聞いても、鈴音は答えることができない。あの後も頭の痛みがおさまるどころか、かえって強くなっている。

そして、痛みに耐えるだけでも精一杯なのに、言い知れぬ不安まで感じ始めていた。

どこか本格的に悪いのかもしれない。脳に異常があったらどうしよう。そう考えるだけでも、鈴音は胸が締《し》めつけられるほど怖くなる。

悪いことに、恐怖は痛みを増大させる方向へと働いた。

結局のところ五時限めの冒頭、いきなり吐き気を催《もよお》して保健室行きになり、そこで意識が朦朧《もうろう》となった。

連絡を受けた母親が車で迎えに来たのも、あまり覚えていない。

そのまま市内の病院へ連れていかれ、頭部のCT検査や各種の神経学的検査を受けたが、何も問題ないと診断が下った。

おそらく級友が大怪我をした場面を目撃したショックで、一時的に自律神経失調症状が出たのだろうという結論になった。自律神経安定剤と頓《とん》服《ぶく》の鎮痛剤をもらい、今日は自宅で静養するよう言い渡された。

4

「理恵が怪我したせいじゃないわ。そんなのでショック受けないから」

薬をのんで自室のベッドに横になっていた鈴音のところへ、放課後になって美子が見舞いに来てくれた。

どうやら美子は、自分が不用意に事故を見に行ったせいで、釣られて鈴音まで見てしまい、その結果として寝込んでしまったと思い、自責の念に駆られたらしい。

「だよねー。あいつがどうなろうと、あたしたちには関係ないし、じつはちょっぴりだけど、ざまーみろって思ってたりするもん」

鈴音と美子は、ことさら人情に薄い性格なわけではない。

日頃の仕打ちが酷すぎたせいで、同情する気にならないだけだ。もし、ただのクラスメイトだったら、年頃の女子高校生らしい感情を抱いたかもしれない。

「でも……となると、鈴音の頭痛の原因がわからなくなる」

美子に寝ていろと言われたが、どうにも話しづらいため、ベッドの上で上半身だけ起こしている。

頭痛は薬のせいで軽くなっているが、消えてはいない。

「私、これが原因じゃないかって思うんだけど……」

そう言うと、手に持っている立方体を見つめた。

「あたしもそう思ったけど、なんも感じないのよねー。人間に悪影響を与える霊的物質の代表例として九十九神《つくもがみ》があるけど、そいつはそんなに時代を経ているわけでもないし、だいいち何かの霊障があるとすれば、あたしに感知できないはずがない。

万が一、あたしの能力を遥《はる》かに上回る強烈なヤツが本気で霊気を隠していることも考えて、ちょっと午後の時間を使ってこれを作ってみた」

そう言うと美子は、胸ポケットから折りたたんだ紙を取りだした。

「それ、ノートを切った紙じゃない」

なにか大層なものかと思えば、ノートのページをカッターか何かで切り取り、そこに筆ペンで文様のようなものを書いただけの代物だった。

「そう馬鹿にもできないわよ、これ。なにせ、あたしオリジナルの呪符《じゅふ》だからね。瞬間的に対応できないほどの強い相手でも、時間をかけて念を蓄積させた呪符なら対抗できることもある。

ただ呪符は、あくまで蓄電池みたいなもの。だから念の蓄積には限界がある。ノートの切れ端《はし》だろうが高級和紙だろうが関係なく、紙には紙の蓄積限界があるってことね。

だから、これ以上の念を蓄積するには、物質密度の高い岩石とか金属が必要。だけど、それはそれで重くなるし、念を封じる時間もかかるから、早々簡単に用意できない。やっぱ手っ取り早く作れて数もこなすには、紙が一番だってこと。

これは念封じの呪符だから、それが霊物であれば、張りつければ何か反応があると思う。

あ、最初に言っておくけど、紙に書かれている文字は、念を封じる時に集中しやすいよう工夫されたものだけど、それ自体に特別の効用があるわけじゃないからね。何度も同じ文字を書くことで、いつしか精神集中が容易にできるようになる。そのための方便なの。

だから、たとえへのへのもへじであっても、何万回も思念を込めて書き続ければ、それは立派に呪符としての効果を発揮するようになる。

ここらへんのこと、オカルト関係者たちは絶対に口外しない。そうでないと、オカルトグッズで金儲けできなくなるもんね」

美子は立方体を受けとると、小さく低い座卓《ざたく》の上に置いた。

そして呪符の端を摘まむと、慎重《しんちょう》に立方体へ被せていく。そのまま五分ほど観察したが、何の変化もなかった。

「やっぱ、これが原因じゃないかも。

ただし、事が霊的なものじゃなく、物理的に悪影響を及ぼす何か……たとえば毒物とか麻薬とか、もしくは神経ガスとかを中に仕込んでいる場合も影響が出る。

だけど、もしそうだったら、あたしにも影響が出てるはず。んー、となると、やっぱ原因は別か」

何らかの変化を期待していたらしい美子は、露骨に残念そうな表情を浮かべた。

「まっ、いいか。本当にお医者さんのいう通り、自律神経失調が原因かもしれないし。それでも用心に越したことはないから、その呪符は持ってなよ。なんか起こった時、それが封じてくれるから。

それと……これもあげる」

美子は、自分の左手首に付けていたミサンガを外し、鈴音の左手首につけた。

「それもあたし特製のやつ。自分で編んだんだよ。

呪符はあんた専用に作ったけど、ミサンガは自分用に作ったやつだから、少し効力が落ちると思う。でも無いよりマシだから、今日のところはつけといて。そのうち、あんた専用のを作ったげるから」

先ほどの美子の説明に照らすと、ミサンガもまた、編まれた糸の物質的性状に応じた念が封じられていることになる。

それはおそらく紙の呪符よりも強力だが、編みながら念じたものが特定個人に効果が出るよう調整されているため、他人が使うと威力が減少してしまうらしい。

「いろいろ、ありがとう……」

かなり常識を外れているが、美子は本気で心配してくれている。

その思いが切々と伝わってくるだけに、鈴音は提供されたものを断ることができなかった。

「それじゃ長居するのも何だし、下でお母様に挨《あい》拶《さつ》したら帰るわ」

そう言い残すと、美子はさっさと部屋を出ていった。

その後、母に聞いたところでは、下でちゃっかり紅茶とケーキをご馳走《ちそう》になったらしい。

ただ、長く話していると頭痛が酷くなりそうな気がしていた鈴音は、それもまた美子の気配りだと思い、ゆっくり休むことにした。

*

眠りに落ちるとすぐに、また悪夢が襲いかかってきた。

場所は自室なのだが、電気はついていない。なのに部屋全体が青白く光って見えている。

見慣れた自分用の学習机、床のカーペット、小さく低い座卓、スライド式の本棚、窓につけたお気に入りのカーテン。畳んだ状態のノートパソコン……。

前回に見た夢と比べると、すべてが現実に即したものであり、本来なら夢とすら認識できないものだ。

しかし夢の中の自室は、現実のそれとは明らかに違っていた。

部屋にあるすべての物が、なにかどろどろとした粘液のようなものに覆われ、それが青い燐光《りんこう》を発している。

光の元はと見回してみると、座卓の上にある立方体が青紫色に輝いていた。

何かが起こっている……。

そう思い、身体を起こそうとする。

しかし動けない。金縛《かなしば》り状態だ。目だけは動く。

すると、唐突《とうとつ》に学習机の上にあるノートパソコンが開き、勝手に起動した。ソフトのランチャーも自動的に開き、やがてネットテレビのニュース画面が表示された。

これは夢だ。

鈴音は自分にそう言い聞かせようと懸命になったが、あまりにも現実に近い夢のため、どうしても無視することができない。その上、また頭が痛くなってきた。

ニュースキャスターが、どこか地方にある町の中学校で起こった集団イジメ事件のことを報じている。イジメられた生徒が自殺したことで、事件が発覚したらしい。

自殺した生徒の残したメモに、六名の男女の名が記されていたらしいが、警察や学校は苛《いじ》めの実体が無かったとして、自殺した生徒の被害妄想ではないかとの見解を発表したらしい。

鈴音は、ついニュースに引き込まれた。

イジメは、苛められた者にしか本当のことはわからない。

苛める側は用心して証拠を残さない。学校の先生など、何も気づいていない。自分の境遇がそうだけに、本能的にそれがわかる。

自殺した生徒の残したメモこそが本当のこと。

命を捨ててまで訴えたかった生徒の思いが、そのメモには込められている。

そんな魂《たましい》の叫びを踏みにじった学校関係者や警察に対し、鈴音は、苛めた六名の生徒に対してと同じくらい強い怒りを感じた。

むろん頭の片隅では、すべては夢の中の出来事と認識している。しかし、それでもなお怒りは強く、とても制御できそうにない。

――チン。

それは、立方体の奏《かな》でる声に聞こえた。

願いをかなえてやろう――そう聞こえた。

「待って！」

慌てた鈴音は、夢の中で声を張りあげた。そんなつもりじゃない。いまのは怒りを感じただけで、願い事なんかじゃない。

一瞬だが、鈴音は怒りを感じた者たちに対し、強い殺意を感じた。

むろん、ただ思っただけだ。それも次の瞬間には、そのような恐い事を考えた自分に不快な思いを感じ、慌てて振り払っている。

だが立方体は、見逃してはくれなかった。

ふと気付くと、汗まみれになって上半身を起こしている自分がいた。

まだ夜半にもなっていないらしく、部屋の中は暗いままだ。そう長くは眠っていなかったらしい。

こちらは現実の世界だけに、すべてが正常のはず。それを確認するため、目を凝らして部屋の中を確認しはじめた。

焦《こ》げ臭い……。

何が起こったのかと、臭気の元を探す。すると座卓に置いてある立方体の上で、美子がくれた呪符がくすぶっている。

そういえば夢の最後の場面で、呪符が勝手に動いて立方体に被《かぶ》さったような記憶がある。だが、こちらは現実のはず……。

混乱しつつも、急いで薬を飲むために用意してあったコップの水をかけた。

目を醒ましてみれば、いつも通りの自室。

しかし立方体の上には、焼け焦げた呪符が張りついている。そこだけが異常な空間となっているようで、暗闇の中、淡い青紫色の光がぼんやりと輝いていた。

夢が現実と錯綜《さくそう》している。そう気付いた時、鈴音の口から悲鳴がほとばしった。

5

風呂上がりにネットを散策していた美子は、鈴音の母親からの電話を受けた。

母親の声と内容が、ただ事ではない……。

そう感じ、自転車を全速で走らせ、一〇分後には鈴音の家の一階リビングへ到着していた。

「部屋から悲鳴が聞こえたもので、慌てて見に行くと、この子、ベッドの隅《すみ》で身を縮《ちぢ》こまらせて震えていたんですよ。

なにか座卓のほうを指さして言ってるんですけど、よく声が聞き取れなかったので、ともかくリビングへ連れていくことにしました。

そうしたらいきなり、お母さん危ない！　って大声を出して、私の肩の所に手を伸ばしてきたんです。何だろうと思って見ると……これだったんです」

鈴音の母親は、自分でもショックを隠しきれない様子で、床の上に折りたたまれた新聞紙をめくりあげた。

すると、そこには体長二〇センチはあるだろうか、大きなムカデの死骸《しがい》があった。どうやら何かで押し潰されたようで、まだ新聞紙にはべっとりと体液がこびりついている。

「鈴音が手で弾いてくれなければ、噛《か》まれていたかもしれません。これまで一度もムカデなんて出たことないのに……。

それで、私がムカデをスリッパで踏みつけている最中に、鈴音がいきなり吐きはじめたんです。

そしてうわ言みたいに、典辺さんを呼んでというもので……娘の携帯がリビングで充電中なのを思いだし、ともかく二人して一階に降りた後、お電話をさし上げたんです」

母親としては、昼間の病院騒ぎに続いてこれでは、鈴音の身体を心配するのも無理はない。その娘が親友を呼んでと言うのなら、それを叶えてやるべきと判断したようだ。当然、美子の父母にも、事情を説明した上で来てもらっている。

美子は母親に、鈴音と話がしたいから、少しのあいだ二人にしてくれるよう頼んだ。母親も一時の動揺から回復しつつあるらしく、「あら、お茶も出さずに」と苦笑いしながら台所へ移動していった。

「……鈴音、なにがあった？」

リビングのソファで横になっている鈴音に、刺激を与えない程度の声で呼びかけた。

しかし鈴音は、顔じゅうの筋肉に力を入れ、両の瞼《まぶた》をぎゅっと閉じたままだ。

「目を開けたくないのね。なら、そのまま聞いて。あたしがあげた呪符、どこにあるの」

一瞬、鈴音の身体がびくんと震え、すぐ後に、口元が小さく開く。

「……燃えた。あの立方体が動きはじめて、菫《すみれ》の色に似た青紫色に光って、そしたら頭が物凄く痛くなって……。

その時、立方体の上に呪符が勝手に移動して……そして燃えたの。でも、あれは夢……でも、燃えたのは現実……。ああ、わからなくなってきた！」

困惑《こんわく》と恐怖のせいで、目を閉じた鈴音の顔は、日頃にないほど引きつっている。

それは美子も、これまで見たことのない表情だった。

「ふーん、盲点《もうてん》だったわ。あの立方体、稼動《かどう》してる時だけ霊気を出すタイプだったのか……。ねえ、鈴音の部屋、ちょっと見てきていい？」

「ダメ、危ない!!　あれは危険!!」

思いのほか強い声が、鈴音の口から飛びだした。

「でも現場を見ないと、何が起こっているかわからないでしょ」

「もう私の部屋を越えて、ここにも影響が出てる。美子には見えないの？　リビングも菫色に染まってる。

それに、お母さんはムカデって言ってるけど、私が見たのは、ぬめぬめした粘液に覆われた大きなミミズみたいな胴体の先に、歪《ゆが》んだ人間の顔がついたお化けだった。それがお母さんの首筋に噛みつこうとしたから、無我夢中で手を出したの。そうしたら、何か強い力で弾き飛ばされた。飛ばされたのはお化けも同じだけど……」

「それ、左手？」

「うん」

「ミサンガが守ってくれたのね。でも、もう大丈夫のはず。たしかに霊気みたいなものは感じるけど、何も見えないから」

「えっ？　普通に見えるの？」

予想外のことだったらしく、鈴音は目を閉じたまま驚いている。

「うん。いつもの鈴音んちのリビング。むこうのダイニングでお母さんがお茶入れてる」

鈴音は美子の言葉を信じ、恐る恐る目を細く開けはじめた。

「嘘！　普通なんかじゃない!!　だって部屋中が青紫色に染まってるし、なんか気味悪いのが、あちこち飛び回ってるじゃない！」

鈴音には、何かが見えている。

しかし、より霊感が強いはずの美子には見えず、感じられる程度でしかない……。

いきなり鈴音の霊感が飛躍《ひやく》的に向上したとも思えず、美子は少し考え込んだ。

「あ、そうか！」

何か思い当たることがあったらしく、美子は鈴音に顔を近づけた。

「見て。あたしのメガネ、紫外線除去コーティングされてるのよねー。どれどれ外してみよう……。

うわー！　こりゃ凄い。みんな雑魚《ざこ》の物の怪《け》だけど、紫外線っていうか、なんでここまで明瞭に見えるのかわからんけど……。これ電磁波も影響してるのと違う？

たぶんあの立方体が原因なんだろうけど、幽霊とか物の怪が出現するとき電磁波が観測されるっていうの、世界的に有名だし。だからこいつら、それに引き寄せられてるみたい。

紫外線は人間の目には見えないけど、幽霊とかには見えるみたい。裏を返せば、紫外線領域の光なら、幽霊も照らすことができる。これは主流じゃないけど、けっこう古くから心霊関連では言われてきたことなの。

だから霊能力者と言われる人たちは、好んで紫外線を弾くメガネとかサングラスをかける傾向がある。なまじ能力があると見えすぎるから、日常生活を平穏《へいおん》に営めない。そこで普段は見えないようにしておき、いざという時だけ外して見る。

それは、あたしも同じ。

美味しくご飯を食べてる時、目の前で粘液滴《したた》らせた軟体動物みたいな物の怪が見えたら食欲なくなっちゃう。トイレの途中も勘弁してほしい。だからあたし、お風呂でもメガネかけてるんだよ。

でも物の怪は、メガネを外せばあたり前のように見えるし、ごく日常的に存在しているのも確か。あたしは慣れてるから大丈夫だけど、これ鈴音が見たらショックだよねー」

メガネを外して周囲を見ている美子を、鈴音が細目で見ている。

「悪さしないの?」

「この程度の物の怪、そこらじゅうにいるって。みんな気づいていないだけで、まあ空気みたいなもんね。

それに、前にも言ったけど、見えないってのは意識をそらす最強の方法なんだよね。あたしが微弱な霊気しか感じられなかったのも、このメガネのせい。

どうも紫外線は、物の怪を照らしだすライトみたいな役目を果たしてるみたい。そういえば紫外線の一種にブラックライトってのがあるけど、あれ、海外では、幽霊探しに使われてるの思いだした。

だから、普段なら薄ボンヤリとしか感じられない程度の最底辺クラスの物の怪でも、紫外線を照射されると明瞭に視認できる。なおかつ意識を引きつけるせいで、日頃以上に悪影響を与えてしまうってこと。

でも意識をそらせば大丈夫よ。

それよりも、紫外線が見えることのほうが常識外れてる。なんでだろ……。

それに紫外線と電磁波、あんな小さな立方体から出るにしては強すぎる。何か特別のエネルギー源を内部に持っているか、どこからか供給を受けてるのか……。

だいいち、家の壁をすりぬけて紫外線が届くなんて、物理法則に反してる。電磁波は周波数によっては届くけどね。

そもそも紫外線って、可視光線の枠外にあるから紫外線って言うんであって、目に見えるんなら紫外線じゃない。この現象、なんか既存《きぞん》の物理法則とは違うものが働いてるわよ」

恐くはないと言われて、ようやく鈴音は目を開いた。

しかし、空中を浮遊《ふゆう》する半透明のゼリー状物体が近づくたびに、小さな悲鳴を上げて身をこわばらせた。

「しょうがないわねー。それじゃあたしのメガネ、ちょっと使いなよ。度が入ってるから見にくいとは思うけど……。

あ、あたし、この程度なら無問題。

ねえ、鈴音のパソコン、一階でも使える？」

美子はかけていたメガネを鈴音の顔にあてがい、自分は目を細めながら話している。

「うん、無線LANでつながってるから、ホストルーターのあるお父さんの部屋の近くなら使える。でも私のパソコン、二階の部屋にあるから……」

「ちょっと、取ってくる。なーに大丈夫。じゃ待ってて」

美子は止める間もなく階段を駆け上がり、一〇秒後にはノートパソコンを抱えて部屋を出てきた。

「ふあー。ありゃ、長居できんわ。思ったより事は深刻みたい。室内の空間に歪みが生じてるのがわかったもん。

あのまま放置しておくと、いずれ異界への門が開くかもしれない。そうなると、無害な物の怪も異界のエネルギーを吸収して活性化するから、どう変貌《へんぼう》するかわかんない。

それにしても厄介《やっかい》だねー。ちょうどあの立方体が、黒魔術で使う魔方陣の役目を果たしてるみたい。あ、魔方陣てのは、異界への門を人為的《じんい》に開く手段のひとつだけど、それには術者個人の能力が必要になるの。

でも、あの立方体は機械仕掛けだから、人間みたいに不安定じゃない。エネルギーさえ供給されれば確実に作動する。電源を入れたテレビとかパソコンと同じよね。だから、余計に厄介なの。なんとかしなくっちゃ」

ノートパソコンに電源を繋ぎOSを立ち上げながら、美子は平気な顔で、この世ならざる話をしている。鈴音は何か、自分が正常な世界から遠ざかりつつあるように感じてきた。

すると、ちょうど母親が、紅茶と茶菓子を盆にのせて戻ってきた。

いきなり現実に引きもどされ、また眩暈《めまい》がする。

「鈴音は吐いたばかりだから、何か別のもののほうがいいと思うけど……」

「とりあえず、自律神経安定剤とお水をやってください。吐き気をおさめないと、痛み止めも飲めませんから。吐き気が治まってから、消化の良い食べ物を少しと鎮痛剤を飲ませるべきだと思います」

美子は紅茶に手を伸ばしながら、目をパソコンに釘付けさせたまま、なぜか専門的なアドバイスをしている。

鈴音にとってはいつも通りのことだが、美子の雑学は、いくつかの分野においては専門家なみの知識に達している。いま告げたことも、無駄に医学に関して物知りな一面にすぎない。

鈴音が吐き気止めを兼ねている自律神経安定剤を飲んだ頃には、美子の作業も終盤に近づいていた。

「あったー！　やっぱ紫外線ってのがキーワード

だったな。痕跡器官とかティリンギャーストだけじゃ、対象を絞りきれなかったもん。『痕跡器官紫外線　ティリンギャースト』をAND検索かけたら、一発で出てきた。

なになに……ティリンギャーストの発明した機械は、未知のエネルギーを導入することにより、脳の松果体《しょうかたい》を活性化させる作用を有していた……となな。

痕跡器官である脳の松果体は、通常、思春期を境として次第に石灰化《せっかい》が進み、脳としての機能を果たさなくなる。しかしティリンギャーストの機械は、いかなる作用機序によるものかは定かでないが、退化していく松果体を活性化させ、最終的には全能力を開放するという。

松果体活性化のレベルは、肉眼による紫外線の視認に始まる。次に異形の者どもが視認できるようになるという。

全活性が達成された場合にどうなるかは、ティリンギャーストの研究日誌にも記されていない。なぜなら彼は、それを待たずに他界したからである。

これらの出来事は、全般的に脚色された上で、作家ラヴクラフトにより小説化されている。しかし実際には、現実に起こった出来事を伝聞により知ったラヴクラフトが、毛色の変わった短編小説に仕立てたようだ。

……って、何これ、偉そうなこと書いてあるけど、誰が書いたんだろ。

あ、ラヴクラフトは、この手の作家じゃ大御所《おおごしょ》だから、あたしも知ってる。うちにも何冊か関連本あるし」

行き着いた英語のサイトを見回していた美子は、ようやくサイト主のプロフィールを見つけた。

「……オーガスト・クライムの共同研究者かつ共

鳴磁性体研究の第一人者、トーマス・J・カイン博士……って、誰よ。知らない。

でもまあ、クライムとティリンギャーストの間に明白な関連性があったことだけは確かね。そうじゃなきゃ、このカイン博士が、こんなサイト開くはずないもん」

探り当てた名に覚えがなかった美子は、見るからに落胆した表情を浮かべた。

「なんだか、良くわからない……」

美子が読み上げた英語のサイト記事は、美子の翻訳《ほんやく》がいい加減なこともあり、かなり理解しずらいものだった。それゆえに、鈴音が困惑するのも当然だろう。

「その松果体とかと鈴音の頭痛には、何か関係あるんでしょうか？」

心配で気が気ではない母親が、話に割って入った。

「おそらく頭痛の原因は、松果体が急激に活性化されたせいでしょうね。

普通の人は、大人になるにつれて機能を失う器官なので、お母様みたいな大人だと、よほどの事がない限り盛大に活性化されることはないと思います。

でも、あたしたち思春期、とくに女の子は影響が出やすい。さらに言えば、このサイトの記述を読む限り、大人の松果体であっても、ある程度は影響を受けるみたいです」

「松果体が活性化されると、どうなるんです？」

母親は、もっとも知りたい事を質問してきた。

「ぶっちゃけて言えば、普段は見えないものが見えるようになる。たとば幽霊とか物の怪とか。

あ、これオカルトじゃないっすよ。科学的に説明すると、心理学の認知論的な問題……。

たとえばさっきのムカデ、あれを松果体が活性化された人が見ると、ムカデをデフォルメしたバケモノに見えるんです。

もともと実体のある存在が、普通じゃない形に見える。だから幻覚とは違います。たしか、そんな精神疾患もあったと思います。

松果体の全能力が開放されたら、おそらく人ですら人には見えなくなるでしょうね」

ここで超常的な路線に母親を誘うのは、あまりにも危険すぎる。

そう感じた美子は、すかさず常識論で武装しつつ説明を行った。

しかも、いま告げたことは事実だ。

視認能力に異常を来《きた》すのは紫外線が見えることでも立証できているし、何らかの生命体や物体に霊的な憑依現象がある場合には、実体のあるものでもデフォルメされて見える。

ただ、根幹部分にある霊的なことは、まだ親には知らせるつもりはなかった。

「なぜ、鈴音がそんなことに！」

「それを説明するには、いろいろ込みいった話になるんだけど……。結論から言うと、二階の部屋にある小さな立方体が原因です。

昔アメリカに、松果体を活性化できる機械を発明した学者がいた。その学者は研究途上で死んじゃったけど、機械と設計図は家に隠されていた。

その家を、立方体を作った会社のクライム社長が購入……。たぶん機械の原理とかを知って、時代に合わせて立方体のパズルに仕立てあげた。

その目的が何だったかは、社長が自殺してるからわからない。

ただ、ティリンギャーストの出来事については、ラヴクラフトという作家が小説にしてる。

また、クライム社長と立方体の製作で関係あったのが、おそらくトーマス・J・カインって博士……それが、このサイトの主ですね」

美子の秀《ひい》でた頭脳は、瞬《またた》く間に因果《いんが》関係を結び付け、一連の事件の背後にあるものを的確に浮かび上がらせた。

「大変……！」

何を思ったか、母親はいきなり立ち上がり、二階へ駆け上がっていった。

「あらら……鈴音、ここは任せて」

何かに気付いた美子が、そう言い捨てると後を追う。

任せてと言われても、自分の母のことだ。一人でリビングにいるのも不安ということで、鈴音も恐る恐る二階の自室へ向かった。

「なに……これ！」

鈴音が部屋に入ると、母親が中腰になって座卓に両手をさし延べている。

その手には、しっかりと立方体が握られているが、どうやらまったく動かせないらしい。

「なんなの、これ！　全然持ち上がらない!!　これだけじゃなくテーブルまで、床に根が生えたみたいに動かせない……」

鈴音には、通常に近い光景が見えている。メガネをかけているせいで、部屋の様子は普段通りだ。ただし度があってないぶん、ぼやけて見えている。だから母親の動作と言葉は、いかにも理不尽に思えた。

「お母様、無理ですよ。すでにこの部屋の物理法則はネジ曲げられています。おそらく重力の異常が発生しているんでしょう。

その立方体は休止しているあいだ、自分を守るための防御《ぼうぎょ》手段を発動するみたい。だから、すぐ手を離して部屋を出るべきです。これ以上、鈴音の症状を悪化させないためにはね」

母親の背後で、ため息混じりの美子が告げた。

何が起こっているのか知りたくて、鈴音はほんの少しメガネをずらし、上目使いに部屋を見た。

「ああっ！」

思わず叫びが漏れた。

部屋全体が、右回りにねじれて見えている。母の顔も美子の顔も、デフォルメされたように変形していた。

その中で、母の手の中にある立方体だけが、きらめくような菫色に輝いている。

空中には物凄い密度で半透明の何かが飛び回り、母親や美子の身体にも何匹か纏《まと》わり付いていた。

美子は休止していると言ったが、それはパズルとして動いていないだけであり、紫外線と電磁波の放射は常時行われているらしい。

それが重力とどう関連性があるのかわからない。

だが、結果的に部屋の空間を歪曲させ、物の怪どもを召喚《しょうかん》しているのは確かだった。

鈴音のためといわれ、母親は反射的に手を離した。どうやら諸悪の根元を、自分の手で処分しようと思い立ったらしい。

すぐに美子がフォローに入り、母親を庇《かば》うようにして部屋の外へ出てきた。

そこまで見た時点で、鈴音は耐えられないほどの頭痛に襲われた。

ふたたびメガネ越しの視線に戻る。

「全部で六カ所が赤……か。一、二、三って加算方式で変化するみたいだね。でもって、異常な現象もそのぶん加速する……か。となると、あんまし時間はないかも」

二人に一階へ戻るよう促しながら、美子だけは、メガネをかけていない両目で、しっかり立方体を観察していた。

6

ほどなくして、鈴音の父親が帰ってきた。そして尋常ならざる気配に驚き、何があったのかを問い正しはじめた。

「僕の目には、何も変わったことは見受けられんがなあ……」

リビングから二階へ通じる階段を見ながら、父親が半信半疑で口を開いた。

最初は緊張していた父親も、美子の丁寧《ていねい》な説明を聞いて、母親以上に納得したらしい。

しかも鈴音の母は少し神経質なところもあるが、父親はまったく霊的な能力を持っていないらしく、いたって常識的な判断しかできない。

性格的にも優しいため、たとえ自分が信じられなくとも、母と子が脅《おび》えている様子を見て、自分の思いは横に置き、ひとまず状況確認を優先させたといったところだろうか。

「あの立方体は、ある程度の持続的な接触を持たないと、人体に影響を及ぼしません。しかも大人への影響は小さいんです。

でも、このリビングもすでに影響下に入っていますので、ここに居続けると、そのうちお父様にも同じ症状が出ると思います。

お母様はじかに立方体を触ってるし、影響を受けた時間も長いから、少し変化がわかるんじゃないですか？」

さすがに相手が父親ともなると、美子の口振りも礼儀正しくなる。

質問された母親は、不安そうな表情で部屋の隅を指さした。

「ええ……あそこと、あそこ。それに鈴音の部屋のドア付近に、なにか黒い霧のようなものが見えます。

そういえば先ほどから、少し頭の奥が痛い感じがするわ……。鈴音の気持ち、少しわかった気がする。

これから私たち、どうなるんでしょう？　どうすればいいの？」

すっかり美子を信用したらしい母親が、すがるように聞いてきた。

「ともかく、ここにいて良いことは何もないと思います。私のほうで、いろいろ当たってみますけど、その間、皆さんは家を出て、別の場所に宿泊されることを強くお薦《すす》めします」

「あなた……」

まだ半分疑っている表情の父親に、母親が有無を言わせぬ視線を送る。子供の一大事ともなれば、母は強い。

「それで、お前たちの気が休まるなら……。そうだな、駅前のシティホテルなら二四時間受付してるから、あそこへ泊まるとするか。支払いはカードでやればいいし、値段も手頃だ。

僕は明日、あそこから出勤する。しかも明後日は土曜で休みだから、土日はずっと一緒にいれるし……」

毎日利用している駅だけに、父親としても見慣れた宿泊施設らしい。

美子も見覚えがあるらしく、それは好都合と賛成した。

「あ、そうそう……」

ようやく一家の行動方針が決まったと見た美子は、持ってきたデイバッグをまさぐり、中から大小のミサンガを取りだした。

「こっちの大きいのはお父様へ。こっちの小さいほうはお母様。家にあった在庫なんで、まあ気休め程度ですけど。少なくとも鈴音には効き目あったみたいだから、お二人も左手に付けておいてください。

それじゃ、早々に出るとしましょう。あたしも……メガネ外してるから、ちょっと頭が痛くなってきました」

さしもの美子も、圧倒的な立方体の発するパワーに対し、防御グッズなしでは辛いらしい。

家族三人は、自家用車で駅前へ。美子は乗ってきた自転車で、いったん自宅へ戻ることになった。

「美子さん……今日の学校、どうするの？」

別れ際になって、唐突に母親が日常的な会話をした。

「しっかり、サボリます！　学校の一日と鈴音の一大事を比較したら、後者が無限大に重要ですから。

それに、うちの両親、そこらへんいい加減だから、出席日数と成績さえ足りてれば問題なしってことになってます」

この子にしてこの親ありと言うが、どうやら美子の両親もかなり変わっているらしい。

しかし社会的地位だけは十分すぎるほどあるため、鈴音の両親も信頼しきっている。その両親が問題ないとなれば、今は美子の好意に甘えることにしたようだ。

＊

それから数時間後……。

夜が明けても、美子は仮眠すらとっていない。

朝っぱらから携帯とパソコンのネットを駆使《くし》して、集められる情報のすべてと、長年培ってきたオカルト関係の人脈を活用し、なんとしても立方体を封じ込める方法を探し出すつもりだ。

そこへ再び、ホテルから鈴音の母親の電話が入った。

鈴音が、テレビのニュースを見て錯乱状態になっている。すぐ来てくれとの事。

しかたなく美子は、作業を中断して出かけることにした。

「ありゃー」

ホテルの鈴音にあてがわれた部屋に入るとすぐに、美子は、鈴音が我を失った原因を知った。

ベッドの上に、さも当然といった感じで、あの立方体が居座っている。予備のメガネを外した美子は、そこがすでに異界の浸潤《しんじゅん》を受けていることを知った。

隣にとってある両親の部屋へ戻った美子は、そこで母親の話を聞いた。

「あの立方体のこともそうなんですけど……それ以前に、三人で食事でも取ろうとこの部屋に集まり、なにげなくテレビを付けたんです。食事といっても、コンビニの弁当ですけどね。

それで、ちょうどニュースをやってたんですが、それを見ていた鈴音が、急に私のせいだと騒ぎはじめて……。

わけがわからないまま、ともかく部屋で休ませようと、隣《となり》の鈴音の部屋へ連れていったら、アレがあったんです。そしたらもう、鈴音が止めようもないほど取り乱して……」

場所がファッショナブルなシティホテルだけに、騒ぐのはあまりにも非常識だ。

そこで両親は、ともかく自分たちの部屋へ鈴音を抱え込み、落ち着くのを見計らってベッドへ寝かしつけた。そしてすぐに、美子へ電話したのだった。

「ニュースって、どんなニュースだったんです？」

原因がそこにあると睨んだ美子は、覚えている限りのことを教えて欲しいと言った。

返答は、一緒にニュースを見ていた母親が行った。

「あれは、たしか例の、集団イジメ事件の続報っていうか……。なんでも苛めていた子供たちと学校関係者、そして担当の警察官が、昨夜、学校の教室で現場の検証っていうか、確認みたいな事をしている最中に、いきなり全員が、刃物《はもの》とか鈍器《どんき》、拳銃まで使って殺し合いを始めたみたいです。

それを学校の外から生中継していたマスコミが、ブレイキングニュースとして生放送したとか。先ほど見たニュースは、昨夜起こったことをまとめたニュースだったと思います。

ともかく前例がないほど異常な事件ですし、続報で全員が死亡したと出ましたので、教室で何が起こったのかは、まだわからないそうです。

刑事事件の専門家も、世界的に見ても類例のない、まったくもって理解不能な事件だと匙《さじ》を投げてました。

警察は、生徒の自殺はイジメと無関係って言ってましたけど、まさかこんな大惨事になるなんて……。きっと、なにか裏に重大な秘密があるんじゃないかしら。

そうでなければ、中学生が刃物や鈍器で先生や警官に襲いかかるなんてありえないし、先生や警官まで、拳銃まで使って反撃するなんて、まるで映画の中の出来事みたいじゃないですか。

あ、そうそう、このニュースの途中で、鈴音が突然、私のせいだとか言いはじめて、気分が悪いから部屋に戻ると言い出したんですよ。

それから、鈴音自身も学校でイジメの対象になっているってこと、廊下に出るまでのあいだに、初めて教えてくれました。

自分の身近な出来事だから、ニュースに過剰《かじょう》反応したのでしょうか。親として、すごく自責の念を感じてます」

いま鈴音は眠っている。

医者に処方された安定剤をのませたせいらしいが、たんに気力が尽きたのかもしれない。

ここまで事が深刻になると、父親も出勤するわけには行かず、娘と妻が最優先とばかりに、会社へ急な体調悪化につき欠勤するとの電話を入れたらしい。

「わかりました……。それについても、少し調べてみます。

それと、あの立方体は、どうやら追尾《ついび》機能を持ってるみたいですね。持ち主の鈴音が移動すると、自分も空間移動して追いかけてくる。となると厄介だな……。

しかたないので、ともかく誰かコンビニかスーパーに行かれて、アルミホイルを大量に買ってきてください。

買ってきたら、隣の部屋に面している壁一面に、アルミホイルをくまなく張りつけてください。これは壁を通りぬける電磁波を遮断《しゃだん》するためです。

張り終わったら、アルミホイルの端にクリップ付きのケーブルを挟み、ケーブルのもう一方はテレビのアンテナ端子《たんし》にあるアース線に接続してください。

当然、両方の部屋には、立ち入り禁止の掛け札をしてくださいね。ホテル側が掃除とかに入ったりしたら、大変な騒ぎになっちゃいますから。

あの立方体の影響は、まず第一に電磁波によるものと思われますので、鈴音や御両親にこれ以上の影響を及ぼさないためには、こうするしかないんです。

紫外線のほうは、そもそも物理法則を無視した放射をしていますので、今のところ防ぎようがありません」

本当は、この先がある。

立方体が電磁波を放出していることは確かだ。

しかしそれは、こちらの三次元世界の物理法則に縛られているせいで、それしか検知できないといったほうが正しい。

あの立方体の真の能力は、副次的に発生する電磁波などではなく、おそらく次元の壁の向こうに根元がある未知のエネルギー源——重力制御《せいぎょ》を含む、もっと壮大なもののはずだ。

あの立方体の仕組みには、三次元世界とは別の時空間で通用する法則が使われている。電磁波は、それらを橋渡しするための仲介役にすぎない……。

そうでなければ、異界との関門が開くなどありえない。

だが、それをここで両親に告げれば、恐らく逆効果になる。

あくまでこの世の産物による影響だと思わせないと、対処するどころか拒絶反応を示すことになるはずだ。

世の中には、現代科学で解明できないものを拒絶する人たちがいる。それが大半であるといっても過言ではない。理解するのではなく拒絶することで安心を得る心理が働くせいだ。

そのせいで、助けられるものも助けられない。これまで何度も、似たような苦い経験をくり返してきた美子にとって、二度と同じ轍《てつ》は踏みたくなかった。

7

雑然としたコンクリート製の大部屋に、これでもかと何かの装置やガスボンベ、そしてコンピュータの端末などが置かれている。それらの間をコード類や配管・スイッチ端末・金属を蒸着《じょうちゃく》させせたフイルムなどが這いまわり、一見すると足の踏み場もない。

ここは国立信濃大学にある物理学部の研究室のひとつ。

室内にある高度な科学装置に比べると場違いなほど古臭い入り口の木製扉には『粉体・磁性流体物性研究室』と書かれた粗末《そまつ》なプレートが掲げられている。

「また徹夜したのか？　監督教授の私が言うのも何だが、この研究課題、少し変更したほうが良いように思えるのだが……。

このままだと、たとえ成果が出てもスポンサーが付かないから、そのうち資金難で中断せざるを得なくなるぞ」

僅《わず》かに空いた床の空間に、アウトドア用の狭い簡易《かんい》ベッドを置き、その上でだらしなく寝ている男に、初老の宮本学教授が声をかけた。

「……うー。もう朝ですか？　それに、その話については、以前に申し上げたように、資金切れになってから考えますよ」

一度、ベッドの上で大きく背伸びをした大野木《おおのぎ》簾哉《れんや》は、メガネをかけたまま寝込んでいたことに気付き、慌てて壊れていないかチェックした。

「粉体形状の磁性流体を用いて、集束的に強力な電磁渦流を発生させるという着眼点は面白いんだが……それにより局所的かつ量子力学的な極小重力変動を発生させようとする段階で、すでに既知《きち》の理論から逸脱《いつだつ》している。

そして最終的な実験目的が、重力・電磁気力・弱い力・強い力に続く、いまだ未知の領域とされている第五の力の検証ともなれば、もし成功すればノーベル賞も夢ではないが……。少なくとも金にはならん。

それよりも、粉体の特性を生かした磁性流体の商業利用方法を考案したほうが、遥かに実利的なんだがな。

それに、もし君が言うように、電磁気力と重力が相互変換可能なことを立証できれば、これはもう拡張された大統一理論の完成に繋がる。

そうなれば人類は重力制御まで手に入れることができ、人類全体が巨大なエネルギー革命の恩恵《おんけい》を受けられるだろう。

それをせずに、理論物理の検証だけを求めるというのは、悪く言えば人類の幸福に対する造反《ぞうはん》……。せっかくの才能を、自己満足を満たすだけに使う悪《あ》しき行為ではないのか?」

どうやら大野木は、監督教授にとってもお荷物の問題学者らしい。

それでいて研究室を追いだされず、しかも単独で研究課題と研究室を与えられているのだから、少なくとも類を見ないほど優秀な知能の持ち主であることだけは確かだ。

「そんなもの、僕の基礎理論が完成すれば、すぐ誰かが完成させますよ。でも、いま現在やっている基礎研究は、あまりにも既存科学の常識から外れているせいで、誰も手を出さない。だから僕がやってるんです」

汚れた白衣のポケットに片手を突っ込み、大野木は朝まで行った実験のデータを確認すべく、早くもコンピュータ端末の前に座っている。

「先に資金のメドさえつけば、そんな学内の古いコンピュータなど使わず、国家規模のスーパーコンピュータを時間単位で借りることができるというのに……。

しかし、いま君に資金を提供しているビヨンド・コーポレーションも、よくまあ博打《ばくち》みたいな研究に金を出す気になったもんだ」

大野木の研究は、直属上司の宮本教授ですら大学の予算を割り振れないほど認められていなかった。この研究室にある資材一式から大野木の給料に至るまで、一切合財がたった一社の資金提供で賄われている。

日頃からスポンサー探しで苦労している宮本教授からしてみれば、それは羨《うらや》ましい状況であると同時に、そう長く続くものではないと感じられるようだ。それが言葉の端々《はしばし》に滲んでいる。

「それについては、ちょっとした繋がりがありまして……おっと！」

白衣のポケットに入れていた携帯電話が鳴り、大野木はゆっくりとした動作で通話状態にした。

これ以上の会話は無駄と思ったらしい宮本教授は、他のもっと有望な研究室を見に行く気になったらしい。何も言わず背を向けると、幾多ある障害物を乗り越えながら部屋を出ていった。

電話は美子からだった。

二人の間には、美子が小学生の頃からの繋がりがある。しかし、それ以上に強い繋がりは、美子の父親が経営しているビヨンド・コーポレーションがスポンサーに付いていることだった。

ビヨンド・コーポレーションは、まだ設立して二〇年ほどしか経っていない若い会社だが、今では一部の嗜好《しこう》家や研究者向けの流通組織を独占し、オカルト関連の出版社から真面目な科学技術関連の特殊製品を扱う商社まで子会社として持つ、一種独特の中堅ベンチャー企業体に成長している。

もともと隙間産業的な性質の会社のため、世の中の景気に左右されにくい。しかも求められる製品が特殊なため、常に一定の需要がある。

そこに目を付けた美子の父親は、まさに先見の明があったと言えるだろう。

その父親が、大きな関心を示して大金を援助しているのが大野木なのだから、小さい頃から美子も気になっていた。そのうち、勝手にオカルト関連において繋がりを持ってしまったのだ。

『あたしのサイトで話しましょう。そっちのほうがわかりやすいから』

美子はそう告げると、さっさと電話回線を切った。

苦笑いを浮かべた大野木は、私用のごついハンドヘルドコンピュータを立ちあげ、美子が運営するホームページに移動する。その上でＩＤとパスを入力し、特別会員専用のページに飛んだ。

そこでボイスチャットを立ちあげ、チャット掲示板に参加する準備を完了する。

『急がせてごめん。でも、ちょっと緊急事態なんだよね。ともかく、これ見てくれる』

美子の声が通話用ヘッドセットから流れるとすぐ、掲示板に画像が張りつけられた。

画像には四角い立方体が写っている。

最初は通常の可視光画像のため、なんの変哲《へんてつ》もない金属の立方体にしか見えなかった。

しかし次に掲示された紫外線画像には、まばゆいばかりの紫外線の放射と、周囲の空間の歪曲《わんきょく》、そして得体の知れない物の怪の姿が写っていた。

「……なんだ、これは!?」

単に紫外線を照射して紫外線帯域用のカメラで撮影しても、空間の歪みや物の怪が写ることはない。物の怪だけであれば、ある条件が幾つか重なれば、辛《かろ》うじてボンヤリと写ることもあるが、空間の歪みは起こらない。

『言っとくけど、これデジタル・コラージュじゃないからね。今朝早くに撮影したばっかの、まっさらの原本データ。

実は……あたしの親友が、こいつに取りつかれちゃったみたいなの。この立方体、あたしの見立てじゃ、あんたの研究と深いところで繋がってるように思える。

紫外線の放射の他に電磁波も出してるみたいだし、空間の歪みに関しては、これはもう重力変動でしょ？　それらを立方体が作り出しているとしたら、それ相応のエネルギー源が必要じゃない。

だけど立方体は、たかだか一辺八センチしかない。見ての通り、ベッドの上に置かれてるだけだから、どこからもエネルギーの供給を受けてないの。いかに高性能の内蔵電池を持っていると仮定しても、とても賄えるエネルギー量じゃない。

こうなるともう、時空間を越えて供給されてるとしか思えないでしょ？　この三次元空間では不可能なことでも、より高次の世界を経由すれば、不可能が可能になる。そうあんた、いつも言ってるじゃない。だから連絡したの。

ともかく、こっちは切羽《せっぱ》詰まってるから、説明は後。夕方までには来れるでしょ？　いま言った現象を解明できるだけの測定装置と、こいつを何とか封じ込める道具、急いで持ってきて。

封じ込められたら、もうあたしの用事は済むから、あとは好きなように始末していい。それが条件。

これはあたしの予想だけど、この立方体、あんたの研究を大幅に加速するか、もしくは完成させちゃうかもよ。ということで、早く来てね』

さっさと話を切り上げようとした美子に、大野木は慌てて声を重ねた。

「おい、ちょっと待て。いつもながらだけど、今回も質問させないつもりか？　見た限りじゃ物の怪が写ってる以上、そっち方面の領分だろうが。こっちは物性物理学なら得意だが、オカルトはそんなに詳しくないぞ」

『この立方体には、五〇年以上前に発明された技術が使われてるらしいの。痕跡器官・紫外線・

ティリンギャーストでAND検索をかけてみて。そしたら概要は掴めるから。

あたしはあたしで、ちょっとシャレにならないくらい忙しいの。なんせ人の命に関わることだから。

うちの親にも、あとできちんと報告しておく。たぶん特別予算が出ると思うから、資金面は心配しないで。こっちに来るのも、研究がらみの出張ってことで……。それじゃ』

今度は本当に切れた。

スポンサーの親まで持ちだされては、行くしかなくなる。しかも特別予算が出れば、少しでも研究の助けになる。

大野木自身、立方体の不可思議な画像から、なにかインスピレーションのようなものを感じていた。美子のいう通り、研究の大幅な進展に寄与するかもしれないと思いはじめた。


「しかたがない、行くか。まずは準備だが……アレとコレ、それから列車の座席予約も必要か。まてまて……まずは捕獲《ほかく》方法からだ。心霊現象を伴うエネルギー発生体を安全に確保するには、アレが最適かな。いや、アレだけじゃ脆《もろ》い。補強するためには……えーと」

ぶつぶつ独《ひと》り言を呟きながら、大野木は研究室のあちこちから、ひとつまたひとつと何かの物体やら装置やらをかき集めはじめた。

それらを移動用として愛用している軽金属製のキャリングケースに押し込むと、最後に携帯電話を取り出し、特急列車の座席を予約しはじめる。

これほど急なのは珍しいが、美子に呼び出されるのは初めてではない。

美子は自分の手に負えないと判断すれば、躊躇なく人脈を利用する。その見返りも、それぞれに妥当《だとう》なものを与えるせいで、美子の人脈が協力を惜しむことは少なかった。

　だから大野木も、今回の件に対処できる装備さえ整えれば、あとはいつも通りに行動すればよかった。

8

「国立信濃大学物理学部研究員の大野木です。専門は粉体を用いた流体物理です」

　半日以上が経過した夕方になって、美子が大野木簾哉を連れて戻ってきた。

　時間経過から考えると、あの後すぐに研究室を飛び出て列車に乗っても、ぎりぎりで間に合う程度しか余裕がない。そこまで美子に義理立てする理由があると大野木が判断していなければ、とても常識では考えられない行動だった。

　美子はオカルト関連を通じて、幅広い人脈を有している。その中には、オカルトとは最も遠い存在に思える現代物理学の研究者もいた。大野木もその一人だ。

　もっとも、SF作家のアーサー・C・クラークが提唱した、「充分に発達した科学は魔法と見分けがつかない」という有名なフレーズを、数多くの科学者が肯定している。そう考えると、美子のアプローチは正しいのかもしれない。

　しかも彼は、美子だけでなく、彼女の父親の会社からもスポンサードを受けている。間違いなく、美子たち親子にとって最重要人物の一人だった。

　鈴音の両親は、半日の間に、言われた通り、隣の部屋に面した壁の全面へ隙間なくアルミホイルを張りつけ終えていた。

　むろん、テレビのアンテナ線を用いたアースもなされている。そうしないと、電磁波によって電荷を与えられたアルミホイルが燃えだす危険があるからだ。

鈴音の父親は、上司から、急に休まれては困ると叱責《しっせき》されたらしい。

だが、娘を第一に考えている父親は、わざとらしく病状をでっち上げ、ついでに、やりかけの仕事を部下に任せる旨《むね》まで上司に手配してもらうよう頼み込んだという。

「美子……全部、私のせいなの」

目を醒ましたらしい鈴音が、青白い顔で見つめている。

「あの立方体は、願いを叶えてくれる。それも悪い願いだけ……。

はっきりわかったのは、今日の朝。覚えている限りでの最初の願いは、英語のテストが中止にならないかなと思ったことだった。二度めは、理恵に怒りを感じて、なんとか黙らせられないかと思ったこと。

そして三度めが、今回のニュース……。

私はイジメをする連中が許せない。そしてイジメの実態を記録した大切なメモを無視した大人や警察も許せなかった。だからテレビでイジメのニュースを見た時、本気でみんなを憎いと思った。そして思った瞬間、あの立方体が動いた……。あれは確かに、願いを叶《かな》える機械なのよ！」

かなり精神的に参っているらしく、それは美子に告げるというより、自問自答しているような感じすらした。

たしかに鈴音の言う通り、個々の事件と鈴音の願いを照らし合わせて見ると、無視できないほどの関連性が見て取れる。一度や二度なら偶然かもしれないが、三度めの異常な殺人事件だけは、なにか常識とは異なる力が働かなければ起こらなかった。

つまり鈴音の話は辻褄《つじつま》が合っていて、オカルト的に見れば信憑《しんぴょう》性もある。

「そうかもね。でもそれは、鈴音のせいじゃないわよ。この三次元の世界では、いくら人が願っても、あらゆる事象に物質が介在しているせいで、思いはダイレクトに願いへ変換されないの。この世界は物質で構成されているからね。

そして物質は、それそのものがエネルギーの塊《かたまり》。鈴音やあたしの身体も物質で構成されてる。人間一人ぶんの物質が内在しているエネルギーをすべて開放したら、直径数十キロ内が蒸発してしまうくらい凄いの。

これは物理学的にも、対消滅《ついしょうめつ》という現象で立証されてる。対消滅で放出されるエネルギーは、核融合反応の数倍から数十倍もあるんだから、まさに宇宙最大のエネルギー放出ってわけ。

だから人は昔から、物質に内在しているエネルギーを、なんとか利用できないか試行錯誤《さくご》してきた。それも科学が未発達な時代に。

その結果、物質世界の外にある異界へ思いを馳《は》せた。物質世界の法則が通用しない異界なら、思いが結果に直結するかもしれない……そう考えたのね。それが魔法や神業の原点だもの。

そして、それはある意味正しかったの。生物の発する思いは、思念エネルギーの端的な表れにすぎない。

思念エネルギーは、まだ現代科学では検出できない未知のエネルギーだから、いま最先端の物理学では、そのエネルギーの存在を懸命に探ってる。

大野木君の研究も、それに関するものなの。

たしかに物質に内在するエネルギーは莫大。でも人間は、そのごく一部を思念エネルギーに変換出来る程度。その程度の思念エネルギーじゃ、せいぜい人に呪いをかけるのが精一杯なの。

人を呪うだけでも大量の思念エネルギーを消費しちゃうから、呪った人物もタダでは済まない。だから、いくら鈴音が真剣に願っても、この世界では、なかなか実現しないわ。それを実現するには、あの立方体の機能が必要不可欠になる。だから諸悪の根元は、あの立方体なの」

「私、もう嫌！　こんなの恐すぎる!!」

美子の言葉も、ろくに耳に入らないらしい。

「鈴音、これとあたしのメガネ、交換して。紫外線を完全に除去する、光学研究用のゴーグル。無理いって、大野木さんに持ってきてもらったの。御両親のぶんもあるから」

そう言うと美子は、鈴音から自分のメガネを外し、不骨なプラスチック製のゴーグルをかけてあげた。

「あの……大野木さんは、それだけのために？」

信濃大学といえば、旧帝大のひとつだった名門国立大学だ。

そこで専門の研究を行っている人物ともなれば、将来有望間違いなしと太鼓判《たいこばん》を押せる。おそらく研究は超多忙のはず……。なのに、美子の求めで急遽《きゅうきょ》駆けつけてくれたらしい。

それがわかるだけに、権威に弱いらしい母親は、なんとも申しわけなさそうな顔になっている。

もっとも大野木の現実を知る美子だけは、まるで評価していないように見えた。

「あ、そういう訳ではありません。典辺美子君とは、何といいましょうか、互いに貴重な情報源として支え合う間柄《あいだがら》でして。彼女の突飛《とっぴ》な発想が、僕の研究に大いに役立っているからこそ、僕としても彼女のたっての望みとあらば馳せ参じねばと……」

紹介じみた話を始めた大野木を見て、美子がいきなり横から口を挟んだ。

「はいはい、お世辞《せじ》はそれくらいでいいわよ。うちの親との関係もあるから、来たくなくても来るしかないって事情もあるしね。

ともかく今一番大切なのは、この一家に災《わざわ》いを及ぼしている諸悪の根元を、最低でも無力化することでしょ？　それには、あんたの研究が有用で、持ってきてもらった品が役に立つ……かもしれないってこと。

そこまでわかってるなら、さっさと準備しなきゃ。まさか忘れたなんて言わせないわよ」

完全に高飛車な物言いだったため、大野木が苦笑している。

いつもは猫を被っている美子が、本性を隠せなくなっている。初めて見せる美子の荒っぽい態度に、鈴音の両親も驚いていた。

それだけ彼女にも余裕がなくなっていることに気付いたのは、実のところ鈴音だけだった。

「きちんと持ってきたよ。僕としても得難《えがた》い研究素材になりそうなんだから、持ってこれる可能な限りのものを持ってきている。可能なら研究室へ持ち帰りたいから、それらの装備も用意してある。

とはいっても、ホテルにトラック一杯の荷を持ちこむわけにもいかないから、持ってきたのはキャリングケース一個だけだ。最低限の装備だけど、おそらく大丈夫だと思う」

見れば部屋の入り口付近に、大きな釣り用クーラーボックスに相当する、軽金属製のキャリングケースが置かれている。

「ただ、問題もある。その立方体が君の言うような代物だとすると、それを隔離《かくり》するには強力なエネルギー源が必要になる。

でもって、僕らに使えるのは電気だけだ。しかも、どれくらいの電力が必要なのか、皆目《かいもく》見当がつかん。下手すると、ホテルの主電源パネルが焼損してしまうかも。それでもやるのか？」

「やらなきゃ大変なことになるって言ったでしょ？　後のことは……まあ、うちの両親に任せる。ああ見えても、けっこういろんな方面に力持ってるから」

さりげなく美子は、とんでもない事を口にした。

しかし事情を知っているらしい大野木は、それで納得したらしい。

「鈴音さん。嫌なのはわかっているけど、あと一度だけ、立方体を動かして欲しい。僕らの隔離作業は、立方体が異次元空間からエネルギーを導入している最中に行わないと意味がないんだ。どうも稼動している時以外は、鉄壁の重力制御で守られているらしいから、現状では細工する隙がない。出来るかな？」

「嫌！」

反射的に、鈴音は拒絶した。

すでに鈴音の目には、特製ゴーグルを通してさえ、ぬらぬらと蠢《うごめ》く物の怪どもが見えはじめている。それでもゴーグルによって幾分かは軽減されているのだ。

だから、もし隣の部屋に入ったら、自分がどうなってしまうかわからない。それが何より怖かった。

「鈴音、これ見て」

美子はおもむろに、右手の腕をまくりあげた。白くなめらかな前腕の肌に、くっきりと六個の歯形……。しかも肉食獣特有の深く丸い牙《きば》の跡《あと》が刻まれている。不思議なことに、血は一滴も出ていない。

「……どうしたの⁉」

「さっき、噛まれた。まあ、あんまし痛くはないけど、ちょっと油断してた。

予備のメガネから、鈴音がかけてたやつに交換するとき、一瞬だけど肉眼で見ちゃったんだ。肉眼で見ると意識を集中させる結果になり、いつもは鈍感なあいつらでも気付く。

　見えなきゃ問題ないって油断してた。だから見えた途端、あいつら襲いかかってきたんだ。ミサンガをつけた左手でカバーしたけど間に合わなかった。もちろん、その後で退治したけどね。

　この傷を見てもわかる通り、普段は無害に近い物の怪が、物理現象まで引き起こすくらいに増強されつつある。つまり立方体の放つ異界のエネルギーを受けて、物質世界での実体化が始まってるってこと。

　しかも、かなり狂暴になってる。このまま放置すると、鈴音の御家族だけでなく、そこらへんにいる人間に対しても、手当たり次第に襲いかかるようになる。

　完全に実体化したら、まったく能力を持たない人間にも見えるから、やつらも人間の存在を確認できるようになるし、噛みついたら現実の傷が形成される。そうなってからでは遅いの。

　いまは視認しない限り悪さできないレベルだけど、そのうち見えない人にも物理現象を起こせるくらい強くなると思う。そうなったらもう、手当たり次第に噛みまくるわよ。

　まあ、相手が物の怪レベルなら大したことは出来ないけど、そのうち必ず魔物とか禍日神《まがつがみ》クラスが出現する。そうなれば死人が出る。喰い殺されるわ。

　事の始まりとなったティリンギャーストも、ラヴクラフトの作品によれば、周囲にいた召し使いを喰い殺させてるし、機械を受け継いだクライムの周辺でも、彼が自殺するまでに二六名もの猟奇《りょうき》的な連続惨殺事件……。しかも未解明なやつが起こってる。

まあ未解明といっても、ネットで調べた限りじゃ、クライムが拳銃自殺するまでの二カ月間に、会社があった地方都市で、一七件の連続殺人事件が発生したのは確か。

その犠牲者が二六名ってわけね。でもって地元の警察とマスコミが、すべて自殺したクライムの仕業として処理しようとしたけど、まず殺害方法が異常、クライムにアリバイがあった、確固たる動機がないなどの理由で、裁判所が死亡後のクライムに対し無罪を言い渡してるの。

一例をあげると、ある女性の被害者は、胴体の真ん中を大型の肉食獣に噛み千切《ちぎ》られ、下半身のみが発見されてる。上半身は、いまだに行方不明のまま。普通に考えれば、これ、喰われちゃってるわよねー。

で、問題は、死体に残されてた歯形から、体長一二メートルほどのシャチに、頭から呑《の》まれて食いちぎられたんだって。これ、町の路上での事件よ。

アメリカ中部、海から数百キロも離れた町で、シャチに食い殺されたとおぼしき被害者。これをクラインのせいにするの、無理ありすぎるでしょ？

すべての事件が大なり小なり異常だったせいで、ぜんぶ裁判で真犯人は他に存在すると判決が下り、結果、事件丸ごと未解決扱いになったみたい。これが未解明の理由ね。

それがまた、この日本で起ころうとしてるのよ。このまま放置しておくと、大勢の死者を出した上で、立方体の持ち主である鈴音が自殺しなきゃならなくなる。

そんなの、あたしが許さない。何としても封じ込めて、無害な存在にしてやる。だから鈴音も、勇気を出してほしい……」

日頃は絶対に無理強《じ》いしない美子が、鈴音に無理を言っている。

それだけ重要な事だということが、脅えて思考がまとまらない鈴音にも、なんとか理解できた。

「でも……店のおじさんが、一日に二度動かしてはならないって」

「たしかに、それは気になってる。昨晩に動いたから、まだ二四時間たってない。ここで動かすと何が起こるのか、まったくわからない。でも……深夜まで待つのは得策じゃないと思うよ。

あの調子だと、深夜までに相当なエネルギーを放出しちゃうから、異界への門が開いて魔物の召喚まで行っちゃうかもしれない。そうなったら、ちょっと、あたしたちでも対処できなくなる」

美子が無理というなら、もはや処置なしだ。

まだ方法はあるかもしれないが、それには美子を中心として、大規模かつ専門的な準備が必要になるだろう。その間も、立方体は事態を悪化させていく。

決断を迫られた鈴音は、心細そうに聞いた。

「私にできる？」

「あたしがサポートする。伊達《だて》に非日常研究会の会長してるわけじゃないわよ。ある程度までの連中なら、あたしが退治してあげるから、あんたは大野木君の作業の手伝いに専念すればいいの」

鈴音は過去に一度だけ、美子の行う退魔術を見たことがある。

それは中学時代に体験した白い幽霊とは別物で、高校に入ってすぐの頃のことだ。

あの時は、近所の主婦に憑いた悪霊《あくりょう》を払うためだったが、今ほど敏感ではなかったせいで、何かうっすらとした黒いものが、美子の用いる呪符と結印《けついん》、そしてマントラの詠唱《えいしょう》で退散したのを見ただけだった。

美子に言わせれば、呪符は呪者が込めた残留《ざんりゅう》思念の媒体《ばいたい》でしかなく、結印とマントラ詠唱は、たんに精神を一点に集中するための方便らしい。あくまで異界の者を退《しりぞ》けるのは、人間の精神が放つ思念エネルギーということだった。

それは強弱こそあれ、誰でも持っていると美子は言った。

その中でも、鈴音は格段の素質があると言われてきた。なのに鈴音が能力を十分に発揮《はっき》できないのは、ひとえに臆病な性格だからという。

気を張るという表現があるが、あれは思念エネルギーを発する時の心の状態を表しているらしい。それが臆病だと発揮できない。

たとえば、三メートル幅の地割れを飛び越えるだけの体力を持つ者であっても、地割れを前にして臆病風に吹かれてしまえば、足がすくんで飛べなくなる。それと一緒だ。

その臆病な自分の性格を正さねば、両親はむろんのこと、無関係な大勢の人々まで巻き込んでしまう。

皆を助けてあげて……。

美子の言葉には、切実な親友としての願いが込められていた。

「恐い……でも、やらなきゃ、もっと恐いことが起こる。そうなんでしょう？　だったら私、美子を信じる。でも、絶対に私を守って……そしたら出来るかもしれない」

「美子さん、鈴音じゃないと駄目なのか？」

思いあまった感じで、父親が口を挟んだ。

みすみす娘を窮地《きゅうち》に追いやることなど、実の父親に容認できるはずがない。自分が代われるものなら何でもする……そう顔に刻まれていた。

「残念ですけど……あの立方体は、鈴音だけを持ち主と認識しています。他の人間じゃ駄目なんです。他人でいいなら、とっくの昔にあたしがやってます」

「そうですか……」

駄目だと理解した父親は、母親の肩を抱いて、力なくベッドに腰を降ろした。

すでに影響が出ている母親は、鈴音以上に耐性がないらしく、空中に蠢く透明な何かに脅えきっている。もし夫がそばにいなければ、とうの昔に精神の失調を起こしていたはずだ。

「時間が惜しい。すぐに始めましょう」

最初に動いたのは美子ではなく、大野木だった。

足早にキャリングケースのところまで行くと、合わせ鍵《かぎ》を回して蓋《ふた》を開ける。

中から直径三〇センチほどの透明なガラス状の物質で作られた球体と、その球体を覆う黒っぽい厚みのある容器が取り出された。

さらに、容器のあちこちに突き出ている金属端子に接続するコード類、最後に堅牢《けんろう》な作りの工事現場で使用するようなハンドヘルド・コンピュータを並べていく。

それらを確認すると、いくつか配線を接続したり調整したりした後、いったん中へおさめ、ケースを抱えあげた。

9

幸いにも、ホテルの通路は無人だった。

鈴音の部屋のドアには、『ドント・ディスターブ』と書かれた睡眠中につき立ち入り禁止の札が掛けられている。ただ見れば、なんの変哲もないホテルの通路風景にすぎない。

しかし、すでに立方体の影響下にある鈴音と美子は、アルミホイルの張られた部屋から出た瞬間から、一段と激しくなった頭痛に悩まされている。

　これが通常の電磁波によるものなら、とうの昔に電気製品――たとえば天井の照明などに影響が出ている。

　それがないところを見ると、立方体から出ている電磁波は、人間の脳、とくに松果体を構成している物質のみに影響を与える周波数に限定されているらしい。

　ドアの前で、大野木が注意事項を説明した。

「いいですか。中に入ったら、たぶん話をする余裕はないと思います。まず美子君が、立方体のあるベッドの所まで道を切り開きます。そうしたら鈴音さんは、立方体を手に取って、何かネガティブな願い事をしてください。

　注意すべきは、その願いは必ず実現するということです。だから実現しても大事にならない程度の、チープなやつをお願いします。

　願いを聞きつけた立方体は活性化し、変形行程に入ります。その時がチャンスです。変形し終わる前に、僕が封印作業を実施します。

　ただし、封印作業は立方体にとって敵意ある行動なので、この時に何が起こるかわかりません。

　そこで美子君が可能な限りの霊的なカバーを実施しますから、鈴音さんは美子君のカバーできる範囲内に退避してください」

「簾哉までは、カバーできないよ」

　無情な返事が、美子の口から出た。

「それは承知している。だから今日は、下に耐電磁スーツを着込んできた。アースする必要がない、でかい容量の固体コンデンサ付きのやつだ。フードも付いてるから、ある程度までなら頭部も守れる。

　それに僕は、この中で一番影響を受けていないから、かなりのレベルまで鈍感でいられるはずだ。

むろん、正常空間ですらパワーを発揮できる魔物クラスが来れば、ちょっとヤバいかもしれない。その時は頼む」

「可能な限りのサポートはするけど……あくまで鈴音優先だからね」

「わかっている。それじゃ始めるぞ」

大野木は口を閉じると、ドアノブに手を延ばした。

その途端、静電気というには大きすぎるほどのスパークが発生する。

しかし着込んでいる耐電磁スーツと絶縁手袋のせいで感電することはない。流れた電流は、すべて手袋とスーツに仕組まれた電線を通じ、腰に下げている大型の固体コンデンサへ吸収されている。

ドアが開いた。

「うわ……」

途端に美子がのけぞった。鈴音も口元を抑え、思わずしゃがみこむ。

ゴーグルとメガネ越しにもかかわらず、二人の目には、濃密な半透明のゼリー状物質が、ドアの形を保ったまま、まるで内部から押し出されるかのように溢れるのが見えたのだ。

それはほとんど実体化した物の怪の集合体であり、物理的な圧力を有している。まるでドアから溢れ出た巨大なトコロテンに押し戻されたようだった。

ドアの反対側にある通路の壁際まで押された美子は、鈴音を背中側に庇いつつ、なんとか態勢を立て直した。ドアが開放されたことで通路まで電磁波の影響が強まったのか、とうとう廊下の照明が点滅しはじめる。

「破邪《はじゃ》退散！」

手品のように、美子の両手に多数の呪符が現れた。いずれも手製のもので、スカートのポケットに忍ばせていたらしい。

それらを前方へ突き出し、溢れてくる物の怪たちを押し返そうとする。

呪符は、残留思念が蓄積されたもの……。したがって、物の怪を滅却《めっきゃく》するため思念エネルギーを消費すると、呪符自体も発熱して燃え上がる。

高性能の蓄電池を急速放電させると、時として炎上爆発することがある。この三次元世界においては、たとえ思念エネルギーであっても、例外なく物質世界の物理法則に従わねばならないのだ。

一歩進むごとに、呪符が一枚ずつ燃え尽きる。

美子が言うように、呪符が残留思念の媒体であるのなら、いま燃えているのは、美子の込めた思念エネルギーによって焼きつくされる物の怪そのもののはず。

強力な念を込めた呪符ですら、一歩しか持たない。それだけ相手が力を増大させている証拠だった。

「このままじゃ持たない……。一気に行くわよ」

右手の呪符がすべて燃えつきた瞬間、美子は緊張した声を出した。

まだ入り口から五歩しか進んでいない。右手にバスルームへ通じる入り口があるものの、立方体があるベッドまでは、最低でも一〇歩ほどの距離が残っていた。

そのあいだの空間すべてが、みっちりと物の怪の集合体で埋め尽くされている。このままでは、呪符が尽きてもたどり着けない。明らかに美子の計算違いだった。

左手の呪符を残し、右手を自由にした美子が叫ぶ。

「オン・バサラ・ダ・ト・バン!」

右手で印《いん》を結び、マントラを一語ずつ唱えはじめる。

一語を声にすると同時に、結んだ印を前方へ突きだした。本来の結印は両手を用いて行うが、所詮は思念集中のための方法論と割り切っている美子は、片手でも結べる簡易な印を独自に開発していた。

呪符が残留思念なら、マントラはダイレクトかつ即時的な思念の放射だ。

使った瞬間にのみ効力を発揮するため、常に放射していないと相手につけ込まれる。この点は呪符に劣るが、瞬間的な効果はエネルギーの集中度が段違いのため、マントラ詠唱のほうが遥かに大きな威力を発揮できる。

その念が、空中に密集している物の怪の集合体に、大きな風穴を開ける。

まるで綿菓子《わたがし》の塊の中心部へ、バーナーで強い炎を当てたかのようだ。見る見る念を当てられた部分の物の怪が溶け崩れ、人一人が通れるくらいの空間が開けていく。

「鈴音、行って！」

ベッドまでの残りの空間に、目に見えるトンネルが形成された。

今を除いて、もうチャンスはない。美子の声と同時に、大野木が鈴音の背を軽く押した。

ぽっかりと開いた清浄《せいじょう》な空間。そこを鈴音は、息を止めたまま走った。

無我夢中で、ベッドの上にある立方体へ手を伸ばす。あと少しのところで、伸ばした腕に激痛が走った。

「痛ッ！」

半袖《はんそで》にしている右の前腕に、カカカッと牙の跡が刻みこまれる。

直感的に噛まれたと確信する。

血は出ない。もしかすると血液は、出た瞬間に吸い取られているのかもしれない。

恐怖のあまり、鈴音の動きが止まった。

「放気！」

二メートルほど手前まで来た美子が、二本の指で指刀《しとう》を作り、大きく空間を切った。

マントラ詠唱より、さらに短時間での爆発的な念放射、それが放気だ。極端に短い時間に巨大な気を集中する技のため、そう何度も使えるものではない。

「鈴音、急いで！　あまり持たない!!」

いかに美子が優秀でも、同時にふたつの事はできない。

そのための思念の使い分けなのだが、すでに呪符の残りも少なく、美子自身も気力を使い果たしつつある。持続的手段が尽き、瞬間的な手段も燃料切れとなれば、一気に形成は不利になる。

「えいっ！」

鈴音は渾身の気力をふり絞り、噛まれた右腕を引っ込める代わりに、左手を伸ばした。

たちまち物の怪が襲いかかる。だが、左手の手首に付けられたミサンガの残留思念が、物の怪の牙を弾き返した。

二度、三度と牙を弾き返し、そのたび左手も反動で押し戻される。ミサンガはあちこちほつれを見せ、いまにも千切れそうだ。こちらも後がなかった。

そして四度目。ついに左手の指が立方体に触れた。

――お願い！

鈴音は、前もって考えていた願い事を、必死になって念じた。

本気で念じないと、立方体は反応しない。だから、すべての思いを振り払い、ただ願いだけを考えた。

――チン！

動いた。

作動開始を意味する澄んだ金属音が、たしかに部屋全体に響いた。

同時に、立方体が休止している時の防衛手段である重力制御が解除される。どうやら重力制御を解除しないと、立方体自身も動くことができないらしい。

理屈から考えれば当然のことで、重力は空間全体に作用する力のため、どこか都合の良い一点のみに作用を発現させることは不可能なのだ。

「あとは僕がやる！」

大野木が、乱暴に鈴音を押しのけた。

二つに分離しているガラス状容器の中へ、すくい上げるようにして立方体を取りこむ。

すかさず容器についている金属製の結束アームを動かし、二つ合わせて球形の容器を作りあげる。

「……ヤバイ。急いで！」

大野木の後で、鈴音を抱きかかえるようにして印を結んでいる美子が、天井を見上げながら叫んだ。

立方体の直上の空間に、強烈なねじれが発生していた。

それまで見えていた空間の歪みどころではなく、洗濯機に入れられた水が渦を巻くかのように、空間そのものがねじれて渦巻き状に変形しはじめている。

大野木は、上を見もせずに作業を続けている。そのため異常な変化には気づいていない。もし見ていたら、物理学者としての本能が見入ることを強いる結果、作業が止まっていたかもしれない。

まさに知らぬが仏だった。

側まで抱えてきたキャリングケースから黒っぽいカバー容器を取り出し、その中にガラス状容器を入れる。そして前と同じように、カバー容器の

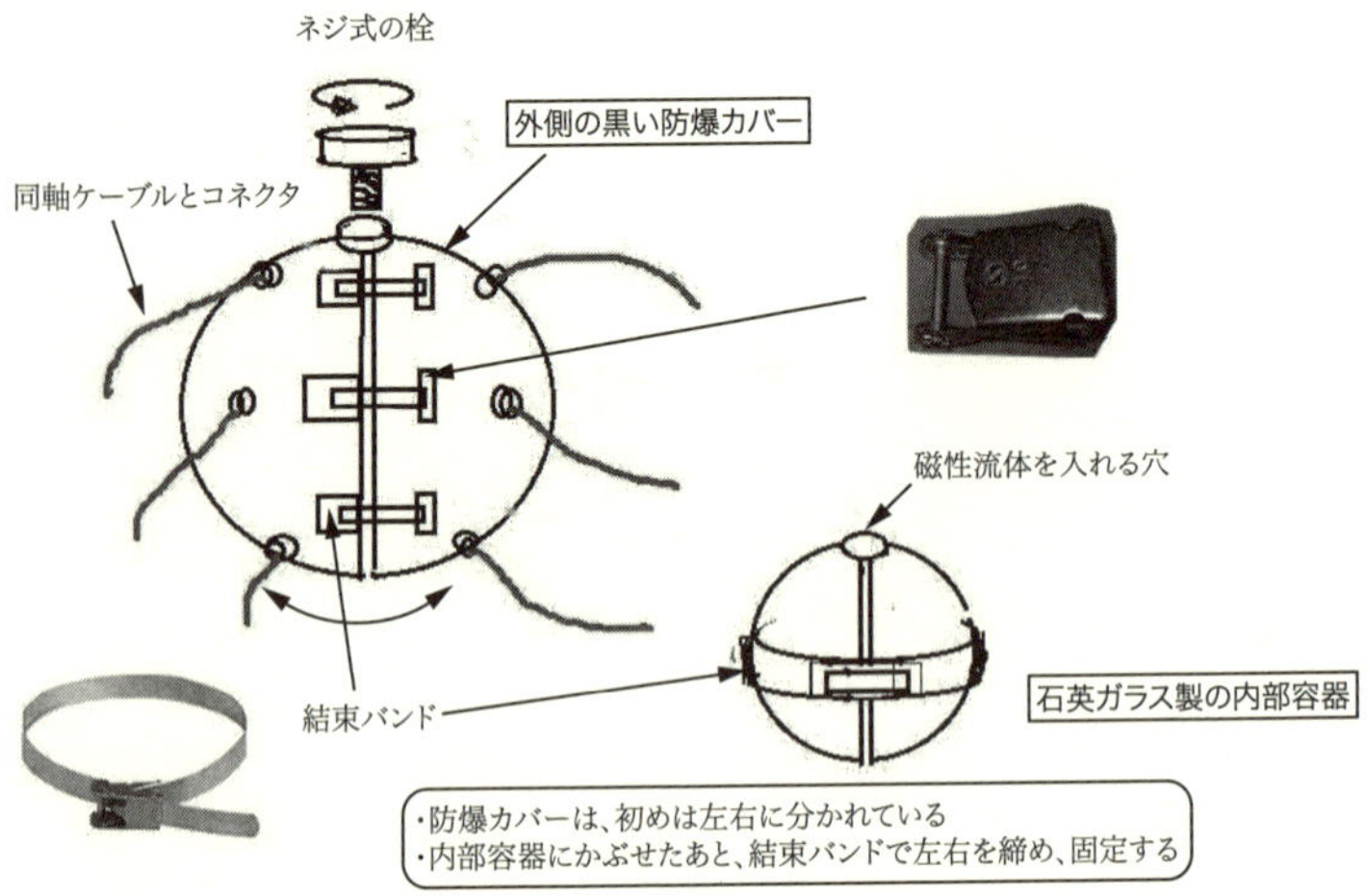

結束アームを動かし、直径四〇センチくらいの黒い球体を作りあげる。

次に、カバー容器のあちこちにあるコネクタへ、耐電磁対策が施された同軸《じく》ケーブルを何本も接続していく。その多数のケーブルは、すでにキャリングケースの側面にあるコネクタへ接続されていた。

最後に、魔法瓶《びん》のような金属製の容器を取り出し、中に入っている黒っぽい粉末状物質を、容器の上部にある穴から注ぎこむ。それが終わると、ネジ式になっている蓋を回して密閉し、容器を床に置いた。

「二人は下がって、電源を頼む！」

すべてを終えた大野木は、何かを振り払うようにしながら、じりじりと後ずさりを始めた。キャリングケースを抱え、同軸ケーブルを引きずりながら、美子たちのいるバスルーム入り口地点まで戻っていく。

鈴音と美子には、思念の放射効果が無くなり、トンネルが閉じようとしているのが見えている。そのせいで、退避しつつある大野木に、無数の物の怪が襲いかかるのが見えた。

しかし幸いにも大野木は、まだ松果体がほとんど活性化されていない。そのため物の怪の認識もおぼろげであり、結果的に、物の怪が与える影響も小さくなる。

おそらく今の大野木には、襲いかかってくる物の怪の大群も、違和感のある異臭をともなった重い空気程度にしか感じられないはずだ。

そもそも……。

大野木が鈍感なままであることが、美子に大胆な策を思いつかせたのだ。もし三人の松果体が同レベルの活性度であれば、とても現状のような策を計画できなかったに違いない。


美子は大野木の指示に従い、バスルーム入り口付近にあるコンセントへ、キャリングケースから延びる太い電源コードのコネクタをさし込んだ。

その途端――。

ブンと、空気そのものが振動する音が聞こえた。

「さあ、始まるぞ」

鈴音たちと合流した大野木が、まるで実験を行う学生のような声を上げた。

「ガラス状の内部容器は、すべて純粋な石英ガラスで造られている。そこに一定周波数の電流を流すと、クオーツ振動が発生する。

そして内部容器には、僕特製の粉体……約一〇ナノメートルサイズのガドリニウム系磁性流体を注ぎ込んだ。

この磁性流体は、クオーツ振動と立方体の放射する電磁波の相互作用により、立方体が巻き起こす空間渦流《かりゅう》を阻害する方向へ動くんだ。まあ簡単に言えば、立方体の変形と空間変移を物理的な力で妨害するってこと。

さらには、超微粒子《びりゅうし》のため立方体内部まで粉体が浸透《しんとう》するから、内部のメカニズムに強烈な磁性摩擦《まさつ》を発生させる。その結果、立方体内部には過度の物理的・電気的な抵抗が発生し、それを無視してエネルギーを導入すれば、いずれ物質である限り塑性変形……物的破壊が発生する。

メカニズムを破壊された機械は動きを止める。これが道理だ。

そして外部容器は、カーボン・グラファイトとケブラー繊維《せんい》、それにチタン合金で補強した耐圧構造になっている。これは現代戦車の装甲《そうこう》なみの強度だから、万が一内部で立方体がエネルギー爆発を起こしても、そこで食い止めることができる。

……どうだ、完璧だろう？」

自信満々に説明した大野木だったが、鈴音は何のことやら理解できず、美子は鼻から信用していない目つきで聞いていた。

「結果が出ればわかることを、長々と自慢しないの。それより、あんたには天井の渦が見えないの？」

「なんのことだ」

肝心なことが、大野木には見えていなかったらしい。

「……………」

これは想定外のこと。そう美子の表情が物語っている。

大野木が気づいていないとなれば、あの渦に対する対策は何もなされていない。そして悪いことに、大野木の立方体に対する処理が終わった後も、渦は消滅していない。

つまり、手付かずのままだ。

「ねえ、処置の時間を早められない。なんか悪い予感がする」

あの渦は、立方体が封印された後も存在し続けている。ということは、渦の発生そのものは立方体のせいだとしても、いま現在の状況は、立方体とは無関係の場所からエネルギーを供給されていることになる。

渦が何もない空間に存在している以上、エネルギーの供給源は、渦のむこうに広がる異次元の世界しかありえない……。

つまり、まさに今、異界への門が開こうとしている証拠だった。

「ケース内にある昇圧装置で電圧を上げれば可能だけど……ホテルの電気系統に負荷がかかると思う。いまでさえ限界ギリギリだから」

すでに立方体とは無関係の現象が発生しているのだから、いまさら立方体の処理を急いでも意味がない。そう言いたげな大野木の態度だったが、ひとまず美子の意見を聞いてみることにしたらしい。

「やりなさい！」

さっさと立方体の作動を停止させないと、次に何が起こるかわからない。

むろん立方体の処置が完了しても、渦の処置は別。

しかし、まず一方を完璧に処理しなければ、他方に手が付けられない。そう美子の声が物語っている。

このさい、ホテルの被害は二の次だ。

立方体も渦も、放置していれば大変なことになる。とくに渦のほうは、どこまで拡大するか予想も付かないため、ホテル全体が異界へ取りこまれてしまう可能性すらあった。

大野木がケースの中に手を入れ、昇圧《しょうあつ》装置のダイヤルを回す。途端に、部屋に充満していた振動音が大きくなった。

「見て……」

鈴音の震える声に、二人がふり返る。

同軸ケーブルにつながれた大野木の装置が、ゆっくりと空中へ持ち上がっていく。

何本ものケーブルが、装置にすがり付くような感じで垂れ下がりはじめた。

「重力変動だ！　電磁力を重力に変換するには、大統一理論の完成が不可欠……。あの立方体は、間違いなく未知の科学理論によって造られている!!」

大野木の目には、立方体が貴重な宝箱にでも見えているのだろうか。

たしかにハワード・ジョージとシェルドン・グラショーが提示したものの未完成のままに終わっている大統一理論（完成形は重力を統合したもので、超弦理論などは候補のひとつ）が立証されれば、人類は重力と電磁相互作用、そして弱い相互作用、強い相互作用の個別的な相互変換が可能になる。

そして大野木の研究により、これら四つの力を仲介するための第五の力——思念エネルギーが介在することが理論的に実証されれば、それは確実に、人類にとって未曾有《みぞう》の巨大なエネルギー革命をもたらすはずだ。

時間と空間を自在に制御し、三次元宇宙の果てまで短時間で到達できる航行技術、さらには物質を各種エネルギーへダイレクト変換できるため、文字通り無限に近い巨大エネルギーが獲得できる。

その大きなヒントが、いま目の前にある……。

大野木が、オカルティックな美子に肩入れしている理由も、これら未知の科学を解明するための方便だったはず。これでは興奮するなと言うほうが無理だ。

肝心の渦は、一瞬、小さくなったように見えた。

しかし消滅はしていない。

その時、天井の照明が瞬いた。

「あ、いかん！」

電力の過大使用により、ホテルのブレーカーが落ちかかっている。

ブレーカーが落ちなければ、配電盤そのものがショートして火災が発生するのだから、事前にブレーカーが落ちるのは正しい安全措置《そち》といえる。

だがいまは、余りにもタイミングが悪すぎた。

——ゴッ！

短いが凄《すさ》まじい轟音《ごうおん》が響く。部屋の内部が大きく振動し、三人は床に転がりそうになった。

同時に渦が、一瞬にして直径二メートルほどまで急拡大する。

「ひっ！」

美子が悲鳴を上げた。

滅多《めった》なことでは動じない娘だけに、大野木が驚いて美子を見ている。

鈴音は、自分の目で見たものを容認できず、一瞬見ただけで意識が吹き飛んでしまった。

だが、最後に見た光景は、脳裏に焼きついている。

ぽっかりと空いた渦の中心……。

それは異次元世界とこの世界を繋ぐ、異界への次元トンネル。

それが立方体の最後の抵抗により、限界にまで広げられた。

そして……。

そこから異界の住人が顔を現した。

イソギンチャクのようにも、ナマコのようにも見える、極彩色《ごくさいしき》に縁《ふち》取られた長いぶよぶよとした胴体。蛍光《けいこう》を発する極彩色の胴体は、それを包む大量の粘液により、さらに吐き気を催す輝きを放っている。

現れた者は、逆さまになっているらしい。

いや、すでに部屋全体の物理法則が混乱の極にある現在、こちらが逆さまで、むこうのほうが正常な位置にあるのかもしれない。

あくまで逆さまというのは、美子や鈴音の立ち位置から見た場合だ。結果的に、その異形の者が天井付近にあるトンネルから顔を出したように見えたにすぎない。

そして異形の者は、こちらの空間に達するや否や、先端部をぱっくりと開き、滴る瘴気《しょうき》をともなった粘液と無数の青白く輝く触手《しょくしゅ》をくり出しはじめた。

触手に縁取られた内側には、湾曲した金属質の無数の牙がわさわさと蠢いている。そして中心部には、巨大な目がひとつ……。

「ノウマク・サマン・ダ、バサラ・ダン・カン！」

無意識のうちに唱えたのか、美子のマントラ詠唱が、三人の前に思念エネルギーの結界を張った。

結界を張らなければ、猛烈な瘴気によって、全員悶死していたはずだ。それほど現れた異形の者は、物の怪とは比較にならないほど強く邪悪な波動を発する存在だった。

美子が残しておいた最後の気力。

それを、すべて思念として放射する。

どれだけ持つか、美子自身にもわからない。美子の思念集中が尽きた時、三人の運命も終わりを迎える。それだけは、全員が理解していた。

その間も、異形の者の動きは止まらない。

延びた燐光《りんこう》を発する触手が、空中に浮かんでいる大野木の装置を掴んだ。

その瞬間――。

目にも止まらぬ速さで触手が縮退《しゅくたい》し、同時に化け物の本体もトンネルの奥へと消える。

――ドゥン！

地響きに近い轟音《ごうおん》が響き、トンネルが閉じた。

「……………」

誰も、言葉すら出ない。

「鈴音！　大丈夫か!!」

ドアの外から、父親の声がした。

その声を合図に、怒涛《どとう》のように日常が戻ってきた……。

10

『お客様……他のお客様から騒音が酷いと苦情が来ております。どうかお静かにお過ごし下さい。

これ以上の苦情があれば、当ホテルとしても、然《しか》るべき対処を行わざるを得ませんので、なにとぞ宜しくお願いします』

立方体が消え去った直後。

部屋に据えつけてある電話が鳴り、ロビーから苦情が届いた。

電話には美子が出た。

「すみません、ちょっと調子こきました。深く反省してます。今後は静かにしますので、他のお客さんにも、なにとぞお許しくださいと謝っていた、そうお伝え下さい。本当に御迷惑をおかけしてすみませんでした」

これほどの怪異現象が、騒音被害だけで収まれば儲けもの……。

膨大な量の物の怪の集合体も、異形の者が滴らせた粘液も、部屋を揺るがした大地震なみの振動も、所詮はこちらの世界とは切り離された次元の境界領域で起こったことのため、異界の門が閉じると同時に、奇麗さっぱり元どおりになっていた。

そうでなければ、鈴音の部屋は惨憺《さんたん》たるありさまになっていて、ホテルの基礎構造にも影響が出ていたかもしれない。そうなれば、いかに美子の親が助力しても、なんらかの影響がこの世に残っていたかもしれなかった。

だから美子が舌を出しておどけて見せたのも、内心の安堵《あんど》感を表したものだ。

まさに薄氷《はくひょう》を踏むような勝利であったことは、美子が一番感じているはずだった。

「終わったの？」

意識を失ってしまった鈴音も、いまは元に戻っている。

だが、自分の目で最後の部分を見ていないだけに信じられないらしく、不安そうに尋ねた。

「あの立方体に関しては、たぶん終わりかもねー。異界へ渡った三次元の物質は、おそらく元の物質的性状を維持できないと思うから。でも、発売された数だけ立方体は存在してるから、まだ世界のどこかで同じような事が起こる可能性はある。

まあ、その時は、あたしがオカルト関連のサイトで対処法を広めとくから、なんとかなるとは思うけどね。それでも駄目なら、きっと大野木君のところへ救難依頼が届くはず。

それよりさ。鈴音、最後の願い、なにを思ったの？　鈴音のことだから、酷い事にはならないよう気を付けてたとは思うけど、ちょっと気になってさ」

鈴音がネガティブな願い事をしなければ、立方体は動かない。

願ったからこそ、動いた。

そしてその願いは、即時実行される……。

「……美子の高飛車な物言いが、なにとぞ、できなくなりますように」

「ちょ、ちょっとー！」

疲れ果てているにもかかわらず、鈴音は冗談を言えた自分に驚いた。

「嘘。一所懸命になって考えたけど……ネガティブな願いって難しい。心底から願わないといけないんだから、心が苦しくなる。

ならばいっそ、立方体そのものを願いの対象にしたらいいって思ったの。あんなパズル、もう要らないって。これなら、心の底から願えた……」

話を聞いた美子と大野木は、思わず顔を見合わせた。

「ふえー。危ない橋、渡ったもんだ。あの立方体と鈴音は、下手すると一心同体の関係にあったかも知れないのに。こりゃ先に注意しとくべきだったなー。あたしの大失敗だ」

いまになって親友を失う危険を犯《おか》していたことに気付いた美子が、冷や汗を垂らしはじめた。

「そうか、君たちの言ってた渦と現れた怪物って、鈴音君が呼び込んだものだったのか！

立方体は必ず願いを叶える。そして機械らしく律義《りちぎ》に実行した。自分の駆使《くし》するエネルギーを上回るほどの強大な怪物を誘導することで、自らを異界へ誘《いざな》い、鈴音君の希望を叶えた……。今回の犠牲者は、立方体自身だったんだ」

ようやく合点がいった感じで、大野木が状況を説明した。

「あの願いじゃ、いけなかったの？」

自分の願いが引きおこした事態に、鈴音は困惑している。

「いや、大正解だ。たしかに美子君の言う通り、ある程度の危険性はあった。だけどそれは、僕の装置によってエネルギーを一点に封じ込められた立方体により、怪物の注意が立方体に集中したおかげで、こちらにまで影響が及ばなかった。つまり……僕らの作戦勝ちだよ。

それに所詮は機械なんだから、与えられたメカニズム通りに動くことしかできない。生命体のように自分を守ろうなんて考えないから、すんなり怪物に自分の身を託すことができる。

考えてみれば、最良の手段だったかもしれない。

ただ……異次元の世界から何が現れるかまでは、僕らには想定できなかった。

もっと強力な魔王とか、異界の神クラスが現れても不思議じゃなかった。そうなっていたら、果たして立方体の願いを叶えるだけで引っ込んでいたかどうか……」

なにかひとつの齟齬《そご》でもあれば、鈴音は異界へ連れ去られていた可能性が高い。

最悪の場合だと、強大な力を持つ異形の者がホテル全体を食い尽くし、多数の行方不明者を出していたかもしれない。まさに破滅と紙一重の勝利だった。

「あの……もう私たち、大丈夫なのでしょうか？」

夫にしがみついたままの鈴音の母が、早くこちらへ来いと鈴音を誘いながら、心配を丸出しで聞いてきた。

返事は美子がした。

「立方体がこの世から消滅した以上、もう鈴音に影響が及ぶことはないと思います。当然、もう御自宅に戻られても大丈夫。

鈴音も、明後日の月曜からは学校へ行けると思います。もちろん、あたしが朝に迎えに行きますけどね」

「……よかった」

気を張っていた支えが取れたのか、母親は涙顔になった。

「お母さん、お父さん、ごめんね。私が変なの買っちゃったせいで……」

両親のところへ戻った鈴音が、しおらしく頭を下げる。

「いや、鈴音の学校での孤立を見抜けなかった、僕たちにも責任はある。今後は親子で隠し事なしにしよう。

学校に対する処置は、おまえと十分に話しあってから決める。

それから……いつも鈴音を守ってくれていた典辺さんには、なんとお礼を申したら良いか。そして図々しいようだが、これからもよろしく鈴音を頼みます」

さすがに父親だけあって、取り乱すようなことはなかったが、言葉の端々に、親としての限界を感じている様子が見て取れる。

とくにイジメの件を親だけで処理できないと口にすることは、心の底から忸怩たる思いに駆られての事に違いなかった。

「頼まれなくても、あたしは鈴音の面倒を見なきゃならない責務がありますから、そこは任せてください。

たしかに立方体は消滅したけど、活性化した松果体まで元に戻るわけじゃないんです。ですから影響を受けた鈴音とあたし、それにお母様は、今後、松果体が加齢によって自然退化していくまで、相応の期間、霊的現象が身の回りで発生すると思います。

そのサポートは、あたしの役目。それに対策というか、御自身も霊的な対処方法を学ばなければなりませんので、それもお教えします。

なーに、恐いのは最初だけですって。

慣れてしまえば、そこらにいる昆虫とか爬虫類くらいにしか感じなくなります。まあ、たまに猛獣クラスもいますけどね。

それが嫌なら、次善の策として、紫外線対策を施された伊達メガネをかける方法もあります。

とくに鈴音には必須の品になるでしょうね。学校ってとこは、それはそれは魑魅魍魎の溜まり場的なとこがありますから。そして肝心な時だけ、メガネを外して私と一緒に排除する。

この段取りさえきちんとしておけば、よっぽどのことが無い限りは大丈夫。それでも駄目な場合には、また大野木君か誰かが、道具一式抱えて来てくれますって」

そう母親に告げた美子は、鈴音を見据えて言った。

「もうこうなったら、鈴音も覚悟を決めるしかないわよ。あんたもこれで、立派な霊能力者だもん。そこらへんにいる並の霊能力者なんて、ゴミみたいに見えるレベルで覚醒してるんだからね。

ようこそ、こちらの世界へ……非日常研究会への入会が、もう決定事項だからね。これからみっちり、自分自身とお母様を守る方法、教えてあげる。

そしていずれ……第三者を助ける事もあると思う。なんせ人生長いし、松果体が元のレベルまで劣化するには、あと数十年必要になると思うから。

その間、せっかく授けられた能力を世のため人のために使わなきゃ、それこそ神罰が下るって」

鈴音にとってはとんだ災難だが、なぜか美子は嬉しそうだ。

これまでずっと、独りぼっちでやってきた。変わり者の両親にサポートされていたとはいえ、美子もまた孤独だったのだ。

それが、学校での親友だった鈴音がこちらの世界に来ることで、生涯を通じての盟友となる……。嬉しくなるのも当然だろう。

「私にできるかな」

「まずは、その自信のなさを治さなきゃ、なにも始まらないよね。なんなら使い魔とか式神とか、思念エネルギーで自在に使役できる物の怪たちの操縦法、これから教えようか」

とんでもないことを言い出した美子を見て、大野木が横から口を挟む。

「おい、美子君。恐がってる鈴音君をなおさら恐がらせるようなこと、よく平気で言えるな。

だいたい使い魔とか式神って、かなり魔道とか陰陽術に精通してないと使えないはずじゃなかったか？」

「いまの鈴音は、すでにそのレベルに達してるってことよ。いずれあたしも上回り、世界でも有数の能力者になれるはず。

あんたにとっても、得難い協力者ができたんだから、つまらん心配なんかする必要ない」

「ふーむ。てことは、あの立方体とかティリンギャーストの機械とかは、うまく使えば大霊能力者を量産できる画期的装置だったわけだ。

そうとわかっていれば、内部のメカニズムを少しでも解明しておくべきだったな。これは科学の発展にとって、大いなる損失だ……」

自分こそ科学者としてのモラルを放り投げるような事を口にした大野木だったが、まんざら冗談でもないらしい。

それを察した美子が、いつもの説教口調に戻って言った。

「アレに関わると、あんたまで自殺することになるから、やめときなって。アレはこの世界にあってはならない物なの。

そもそもティリンギャーストだって、たぶん異界の者と接触した結果、向こう側に操られてた可能性が高い。触らぬ神に祟り無しだわよ」

いくら美子が諫めても、生っ粋の科学者気質の大野木は、未練たらたらの態度を見せている。

しかし、急に研究途中の課題を思いだしたらしく、慌ててキャリングケースを担ぐと、信州へ帰ると言い出した。

かくして……。

ティリンギャーストが仕掛けた機械仕掛けの種は、思わぬところで芽を出し、いくつかの不幸な出来事を発生させ、そしてひとまずの決着を見た。

しかし、撒かれた種はひとつだけではない。

クライムの手により引きつがれ、それは今も世界のどこかで芽をふく機会を待っている。そして立方体が動くとき、彼方から異形の者がやってくる。

それは、この世界に仕掛けられた時限爆弾のようなものだった。

了

Far From Beyond

《小中 千昭》(こなか・ちあき)

1961年、東京生まれ。1988年、ビデオシネマ『邪願霊』で脚本家としてデビュー、1994年「蔭洲升を覆う影」(『クトゥルー怪異録』収録)で小説家デビュー。クトゥルー神話が登場する作品としては、脚本では『インスマスを覆う影』『ウルトラマンティガ』『アミテージ・ザ・サード』など、小説では『怪獣文藝の逆襲』『ご当地怪獣異聞集』「キングダム・カム」(『遥かなる海底神殿』・CMF収載)など、多くの作品を発表している。

【登場人物】

Act.1

クロフォード・ティリンガスト（31）……物理形而上学者
ヘンリー・アンスレー（30）……小説家志望者

Act.2

ジム・ファーガソン（34）……信号波エンジニア
グレアム・チェイス少尉（33）……プロジェクト長
ユージン・コシンスキ一等兵（19）……ジムの助手
男（ジムを迎えに来た）……陸軍諜報部員

Act.3

岡沢健治（37）……フリーライター
樋口美穂（36）……岡沢の同級生

Act.1

1　街から郊外へ続く道／外／夕刻

古いT型フォードが舗装《ほそう》の無い道を走って行く。
運転している男、小綺麗《こぎれい》な格好はしているが、裕福そうな訳でもない。

ヘンリー　「（モノローグ：以降「M」）**早く行かねば――、何者かが私の心にそうせき立てていた。**
何か悪い事が起こっているのだ、あの陰気な彼の家で――」

車は落ちかかる陽《ひ》に向かって走っていく。その先には寂《さび》しげに木々が立つばかりの荒涼《こうりょう》とした風景が広がっていた。
スーパー・インポーズ（以降：「S」）「1920 Providence RI」

2　バネヴォレント通り／外

街道から右に、細い路地《ろじ》へと車は入っていく。

気のせいか、路地を進むに従って周囲の木々が奇妙な形に折れ曲がり、枯れているものが目に付く様になっていく。

ヘンリー　**「――（M）彼、私の最大の親友、クロフォード・ティリンガストとは、二カ月半前に嫌な別れ方をして以来会っていない――」**

薄暗くなってきた道をよく見ようと、ハンドルを抱える様に握っているヘンリー。

ヘンリー　**「（M）そのティリンガストから突然手紙が来たのだ。しかしその手紙の文字は震《ふる》えて書いたかの様に踊っており、染みだらけの紙からは厭な臭いがしていた。彼はただまた会って話したいとだけ書いていた。今更《いまさら》何を話そうというのか――」**

3　屋敷前／外

やがて――、古びた建物が見えてきた。ティリンガスト邸である。

建てられた時には立派に見えただろうコロニアル様式の家だが、今は壁も汚れ、窓は全てカーテンで塞《ふさ》がれている。中に人がいるかどうかも判らない。

ヘンリーは車を停止させ、ゆっくりと玄関へと近づいていく。
屋敷の上の空は、不穏《ふおん》な形の雲が低く垂れ込めている。まるでその中から何かが降りてくるかの様に。
メインタイトル「Far From Beyond」

×　×　×

ドア前に立つヘンリー、やや躊躇《ためら》うが、ドアを打つ。しかし――、返答はない。

ヘンリー　「**ティリンガスト！**」
邸内は静まりかえっている。

ヘンリー　「（M）**あの家政婦は何と言ったか――、確か――**」
もどかしくなったヘンリー、ドアに手を掛けて自ら開く。

4　ティリンガスト邸／ホール～階段／内

中に入ったヘンリー、茫然《ぼうぜん》と立ち尽くす。
邸内は薄暗くなった外よりも更に暗かったのだ。

ヘンリー　「ティリンガスト」

邸内には充分聞こえる声が響いた。

しかし――、応《こた》えるものはない。

ゆっくりと奥に進むヘンリー。何か床に散らばっているが、暗くて判然としない。

階段の下から階上を見上げるヘンリー。会いに来た友人は階上の自室にいる筈だ。

しかし、階段を上がる事をヘンリーは躊躇っている。何かおぞましい事が起こっているに違いないのだ。かつて最も親しく、長い間様々な事を語り合ったティリンガストを救わねばならない。しかし――

ヘンリーは意を決して階段を上がり始める。

しかし、一つ上がる度に見えない抑圧がヘンリーを痛めつける。

ヘンリー　「はあ、はあ――」

外よりも寒い程なのに、ヘンリーは脂汗《あぶらあせ》を額に滲《にじ》ませている。血管が萎縮《いしゅく》し心臓が激しく高鳴《たかな》っている。もう無理だ、これ以上、上がるのは。いや、しかし――そうした葛藤《かっとう》をしながら、ヘンリーは遂《つい》に二階の廊下へと上がった。

そこもまた瘴気《しょうき》漂う厭《いや》な空間であったが、友人の部屋は更に上にあるのだ。

狭く急な階段が屋根裏に続いている。
既《すで》に倒れそうな程疲弊《ひへい》しているヘンリーだが、迷い無く上がっていく。

ヘンリー　**「ティリンガスト？」**

ヘンリーは干からびた声を絞り出した。

ティリンガスト　「(オフ・ヴォイス：以降「オフ」) **アンスレー**」

ヘンリー　**「！」**

――ホワイトアウト

5　ティリンガストの部屋／一二週前の昼間／内

二カ月半前のフラッシュバック。
椅子《いす》で向かい合っているヘンリーとティリンガスト。テーブル上には未完成の装置。

ティリンガスト　**「なんだと？」**

ヘンリー　**「哲学と科学を同時に究める事など不可能だと言ったんだ。いやそもそもそんな事を試みるべきではないよ」**

ティリンガスト　「（黙って怒気《どき》を堪《こら》えている）」
ヘンリー　「いや、どちらかの学問を既に修《おさ》めて、死を待つばかりの老人学者ならそうした逸脱《いつだつ》も許されるとは思う。しかし君の様な性格の人間は成果を急速に得ようとする。答えなど得られない時にはどうする？　僕は君が心配だから言うのだ」
ティリンガスト　「やめろ！　そんな事を聞きたくない！」

荒々しく立ち上がったティリンガストは、昂奮《こうふん》を抑えられず、うろうろと歩きながら吐き出す様に言葉を続ける。

ティリンガスト　「我々はこの宇宙の事を何も判っていないんだ！　それが恐ろしくないのか君は!?　今の科学常識など憶測《おくそく》に過ぎないのだぞ。この宇宙の中にいる我々の精神と肉体は、目も耳も塞がれたまま放置されているんだよ！　恐ろしいんだ僕は！」
ヘンリー　「――だから――、あれを作っているのか……？」

テーブル上の装置――目でティリンガスト共鳴機《きょうめいき》を促《うなが》す。

ティリンガスト　「今の人間は退化した存在なんだ。本来なら感知出来る筈《はず》の器官が劣化《れっか》している事を僕は確信した。だからそれを甦《よみがえ》らせねばならない」
ヘンリー　「――どういう原理か判らないが、その機械が完成したらどうなる」
ティリンガスト　「普段の我々が感知出来ないものを、この部屋に居ながらにして感知する事が出来るのさ」

ヘンリー　「――（急に怖気《おぞけ》）感知出来ない、って何の事を言っている」

ティリンガスト　「――（ニヤリ）なんだろうな。この屋敷の中に潜《ひそ》んでいる亡霊かもしれないな。どうだい、君も興味をそそられただろう。僕一人で体験しても、客観的な立証が出来ない。だから君に観察して貰《もら》いたいんだ。あと二四時間あれば、このティリンガスト共鳴機は完成する。ああ待ちきれない！」

ヘンリー　「よせ」

ティリンガスト　「何だと？」

ヘンリー、立ち上がりテーブル脇《わき》にあった工具を手に取ると、機械に向けて振り上げる。

ティリンガスト　「何をする！！！」

ヘンリーに飛びつき必死に抑える。

ヘンリー　「君は危険な事をしようとしている！　この機械にそんな能力があるだなどとは信じられないが、君は信じ込んでいる。これがどんな機能を果たすにせよ、君という人間の精神を破壊すると僕は確信したんだ」

ティリンガスト　「出て行け。二度と僕の前に現れるな」

ヘンリー　「友人の忠告も聞き入れないのなら、そうしよう」

ヘンリー、苦渋《くじゅう》の顔で部屋を出て行く。

6　ティリンガストの部屋／現時制／内

ヘンリーは室内に歩み入ると、そこに居た友人の姿を見て愕然となる。

ティリンガスト　「遅かったな」

ヘンリー　「――何が、あった……？」

部屋の奥で椅子に座っているティリンガストはヘンリーとほぼ同じ歳である筈なのに、げっそりとやつれて皮膚が老人の様に弛《たる》んでいた。髪の半分は白髪となっており、落ち窪《くぼ》んだ目でヘンリーを見ていた。額には薄汚れた包帯が緩《ゆる》く巻かれている。

彼の隣の床の上には、トランクケース程の大きさの機械装置が鎮座《ちんざ》している。以前テーブル上にあった時よりも、多くの部品と電線がつけられており、二回《ふたまわ》りも大きくなっている。

今それには通電されていない筈だが、装置についている多くのガラスチューブには淡い紫色の残光が仄めいていた。

近づこうと歩み出したヘンリーをティリンガストは手で制した。

ティリンガスト　「静かにしていろ。そこに座れ。ゆっくりだぞ」

ティリンガストに促され、椅子に座ろうとするが室内が暗い。

ヘンリー　「何故電灯をつけない。使用人達は何処《どこ》に行ったんだ」

ティリンガスト　「(冷笑)階段の下で、君は床に落ちているものに気づかなかったか」

ヘンリー　「?——ああ、そう言えば……」

ティリンガスト　「あれはアップダイク夫人の服だよ」

ヘンリー　「何?」

フラッシュ／一階の床に残された婦人服。

ティリンガスト　「僕の言いつけを聞かずに電灯をつけたから、あんな事になったのだ」

ヘンリー　「あんな事?　服だけを残して何処に行ったというのだ」

ティリンガスト　「さあ、何処なのかは僕にも判らないさ。ただこの世界ではないだろう」

ヘンリーは友人の正気が完全に失われていると痛感している。

ヘンリー　「——ティリンガスト、僕と一緒にここを出よう。君の健康状態をまず回復させないと——」

ぬっと立ち上がるティリンガスト。

ヘンリー　「!?」

ティリンガストは床の装置から外されていたケーブルを、端子《たんし》にかしめ直している。ケーブルは機械の横に置かれた大きな蓄電池につながっている。

ティリンガスト　「何を言っても君は理解しない。だからここに呼んだんだ」

ヘンリー　「（小声）よせ――」

いや――

共鳴機が動作《どうさ》を始めた。歯車が噛《か》み合い、何らかの動作をしているが、ガラスチューブが明るくなっているくらいで、大きな変化は起きていない。

ヘンリー、耳に注意を集中する。

何か高周波の音が聞こえる。しかし――、機械を凝視《ぎょうし》しても、音はそこから聞こえていない。

そして気づく。暗かった室内に赤紫色の帯《おび》が漂っているのを。

ティリンガスト　「この光は紫外線だよ。人間の視覚では見知できない筈の光線が見えている」

ヘンリー　「――この機械が――」

ティリンガスト　「ティリンガスト共鳴機と呼んでくれ。この機械は人間の脳の中心にある器官を、外部から揺さぶる効果があるんだ」

ヘンリー　「――松果腺《しょうかせん》の事を言っているのか？　君はデカルトの思想にまで退行しているのか？」

ティリンガスト　「(苦笑)デカルトなぞ何も判ってはいなかった。ただ、ある意味では直感的に真実に迫っていたとは思うよ」

　ティリンガスト、額に巻かれた包帯を自ら解く。
　愕然《がくぜん》となるヘンリー。
　ティリンガストの額中央には生々しい傷がつけられていたのだ。

ヘンリー　「――一体、何をしたんだ君は――」

ティリンガスト　「この共鳴機を動かしていると判るんだ。今の人間の松果体は恣意《しい》的に退化させられたのだと。脳の中で閉じ込められ、本来感知出来るものから遮断《しゃだん》されているのだ」

　うっとりと目を閉じるティリンガスト。
　額の傷の奥は本来あるべき頭蓋《ずがい》が丸く削られ、深い孔《あな》となっている。

ヘンリー　「――頭蓋を、自分でくり抜いたのか――」

　その時、何かがヘンリーの視界を過《よぎ》った。
　それは幾何学体の様な形状をしていたが、しかし生き物だと察した。避けきれなかったが、彼の腕をその幾何学体は透過《とうか》していった。

ヘンリー　「なっ――」

　振り向いたヘンリーの視界に、別の光景が何層にも重なって見える。暗い屋根裏部屋の中に、異星の広漠《こうばく》たる光景が広がっていた。

ティリンガスト　「視覚、聴覚、あらゆる感覚に人間は枷《かせ》をはめられてきた。枷があるなど想像すらせずにいたんだ」

ヘンリー、無意識に自分の頭を両掌で覆う。

確かに、脳の奥で何かが起こっている事を自覚していた。しかし――

ヘンリー　「これは許される事なのか？」

ティリンガスト　「君の本能はどう言っている？」

今度は違う形状の〝生き物〟がヘンリーの眼前に迫ってくる。

ヘンリー　「これが幻でないと何故言えるんだ」

ヘンリー、その〝生き物〟に向かって拳《こぶし》を突き込もうとする。

ティリンガスト　「！　よせ‼　アップダイク夫人の様に服だけを残してここから消えるぞ！」

ヘンリー　「えっ？」

〝生き物〟がヘンリーを察知し、まるで怒っているかの様な形状変化をして向かってくる。

ヘンリー　「うぁああっっ！」

ヘンリーの頬が〝生き物〟によって傷つけられた。

ティリンガスト　「――そう。存在を感知出来るという事は、感知している我々も彼らから感知されているという事なのだ。脳の中だけで起こっている事ではないという、これ以上はない

証明だ」

ティリンガストは愉快そうに身体を揺すりながら、額の傷を指で撫《な》でている。

不快にそれを見ていたヘンリー――、また視界が別の光景を見せている事に気づく。深海の様な空間だ。そこに、なにか巨大なものが沈降《ちんこう》していく――。

あんな巨大な生き物がいるものか――。もしいたら――、それを見ている自分に気づかれたら――。

ヘンリー、無意識に右手を背中に回している。背中のベルトには、用意してきたリヴォルヴァーが差し込んであるのだ。

共鳴機はますます唸《うな》りを上げて稼働《かどう》している。

高周波も次第に大きさを増す。

この高周波はこの装置が出しているのではない事にヘンリーは気づく。この装置は、床でこの邸宅そのものと直結しているのだ。この邸宅を超長波で揺さぶっている。それにより他の音域が研《と》ぎ澄まされているのだ――。

ヘンリー　**「ティリン――」**

ティリンガストがヘンリーの眼前に立っていた。

ティリンガスト　**「この世界に未練《みれん》など無い。君も行こう」**

恐怖に顔を歪《ゆが》めるヘンリー。

ティリンガストの額に空いた穴からは何か球状のものがせり出して来つつある。
まるで――、第三の眼の様に――

ヘンリー　**「やめろぉぉぉぉ！！！」**

それは瞬時《しゅんじ》だった。
ヘンリーは回転拳銃《けんじゅう》を出して弾《たま》が尽きるまで撃った。

ティリンガスト　「（衝撃）」

赤紫の光が眩《まぶし》く室内を埋める。

――溶暗

7　サナトリウム／テラス／外

郊外に建つ入院病棟《びょうとう》。
そのテラスで虚《うつ》ろに座っているヘンリー。

ヘンリー　「（M）**その翌日、私は警察に拘留《こうりゅう》された。私が撃った銃声が通報されたからだ――。警察が室内に入ったとき、ティリンガストが死んでおり、私が銃を握ったまま放心していたのだから、疑われても仕方がない**」

ヘンリー　傍《かたわ》らを車椅子を押す看護婦が過っていく。
「（M）しかし、ティリンガストに弾痕《だんこん》はなく、解剖《かいぼう》所見でも極度の緊張によるショック死だと判明した。そもそも私が撃った弾丸は全てティリンガストが作った装置に向けたものだったのだ。あんな装置は存在してはならない――。私の容疑《ようぎ》は晴れたが、あの屋敷で働いていたアップダイク夫人達の行方《ゆくえ》は、三カ月経《た》った今も不明なのだ」
そこへ、別の看護婦が近づいてきて耳元に告げる。
看護師　「アンスレーさん、御面会の方です」
ヘンリー　「――」

8　エントランス／内

杖《つえ》を使いながらゆっくりと歩いてくるヘンリー。
黒ずくめのスーツを着た中年の男が待っていた。
ヘンリー　「――で？」
男　「起訴《きそ》は無くなりましたので――、証拠品は返却《へんきゃく》処分となりました」
ヘンリー　「彼の、装置は――」

男

「――（頷《うなず》き）かなり損壊《そんかい》していますが、修復は可能かもしれません」

それを聞いたヘンリー――、これまでに見せた事のない表情になる――。

――溶暗

Act.2

9　ラスヴェガスの外れ／午後／外

手持ち無沙汰《ぶさた》で煙草をくわえ、辺りを見回している男、ジム・ファーガソン。

眼鏡《めがね》を掛け帽子《ぼうし》を被《かぶ》っている。時計を見るが、待ち合わせの時間は過ぎている。

真新しく作られた道路には、まださほど建物が建っていない。

S「1942 Las Vegas」

と、黒いフォードがジムの方に向かって走ってきた。あれだ──。ジムは足元に置いていたバッグを持ち上げた。

車が止まった。運転手は陸軍の軍服を着ている。

助手席から降りたスーツの男がジムに近づいて言った。

男　**「ジム・ファーガソンさん？」**

ジム　**「そうです」**

男　**「遅くなってすみません。どうぞお乗り下さい」**

ジムは自分でドアを開けて後部シートに座った。

男はそのまま助手席に乗り込んで、運転手に走り出す様に促した。
車は北東に向かって走り出す。

10　車内／内

ジムは居心地《いごこち》悪そうに窓外《そうがい》の景色を眺める。
すぐに景色はネヴァダ砂漠のそれになる。
車はやけに速度を上げている。

ジム　「この車は軍用ですか」

男　「え？　まあそうですが」

ジム　「一般車両より馬力《ばりき》がありそうですね」

男　「あと――、小一時間程で着きます」

もう男は振り返ろうともしない。

ジム　「――」

3　軍砲術学校区域／夕刻／外

ワイヤーフェンスで囲まれた領域に入る車。
そこに第一のゲートがあったが、すぐに通される。

ジム「(独語) 砲術《ほうじゅつ》……?」
男「もうすぐです」
ジム「——」

やがて何か工事をしている区画を過ぎる。そこはラスヴェガス陸軍飛行場（後のエリス空軍基地）となる。
その区域を過ぎて更に進むと、やっと蒲鉾《かまぼこ》型兵舎が立ち並んでいるエリアに辿《たど》り着いた。

11　陸軍兵器評価部兵舎／内

男に導《みちび》かれてジム、中に入った。そこは士官室である様だ。

男もやはり軍人である様だ。将校が入ってくると敬礼をして迎《むか》えた。
軽く返礼し、将校がジムに向かう。

チェイス少尉　「グレアム・チェイス少尉《しょうい》です。遠くまで来て戴《いただ》きありがとう」
ジム　「ジム・ファーガソンです。で、どの様な事を私に」
チェイス少尉　「まあお掛け下さい」
少尉は男を下がらせる。
チェイス少尉　「ビール、呑《の》みますか」
ジム　「え？　いえ、まだ昼間ですし……」
ややや残念そうな表情を浮かべ、チェイスは自席に座って、持ってきたファイルに目を走らせた。
チェイス少尉　「RCAでは波長の研究をされていたんですね。ええと、ジムと呼んで構いませんね？」
ジム　「ええ、構いません。そうです。しかし私が研究していたのは軍用の通信規格とは全く違いますが」
チェイス少尉　「（頷き）ここはすぐに兵器化出来ない事を研究する施設なのです。今、我が軍は戦争を終結させ得る決定的な兵器の幾《いく》つかを検討しているのです。勿論《もちろん》こうした会話は絶対に外で漏《も》らさないで下さいよ」

ジ　ム　「秘密保持同意書にはサインをしましたから」

チェイス少尉「マンハッタンでは究極的な爆弾を研究している。マサチューセッツでは電磁波による——、まあ詳細は言えませんがね、今回の戦争ばかりでなく、未来の戦争をデザインしていると言っても良い」

ジ　ム　「——それで、ここでは何を……」

チェイスはすぐには答えず、ジムをじっと見つめていた。

ジムはどぎまぎとして視線を外してしまう。

チェイス少尉「——先ず先に見て貰った方が早い」

チェイス、立ち上がる。

12　地下実験室／内

階段を下ると、地下にはトンネル通路が広がっていた。

チェイス少尉はジムを連れ、足音を響かせて先に進んでいく。

チェイス少尉「これから見て貰う装置は、いわゆる兵器ではないんです。ただ、もし正常に動作させられれば充分、兵器として転用が出来る筈だと考えています」

ジム　「**装置——、それを作った人を呼べばいいんじゃないですか**」

チェイス少尉　「**それは無理です。もう死んでいるので**」

一番奥の扉前に二人は辿り着く。

重い扉をチェイスが開いた。

13　通路／内

入ってきたジム、想像していたものとあまりに違うものが室内を占拠《せんきょ》している事に驚く。

それは大型劇場で使われる様な、巨大なホーン・ドライバーだった。それがサイズ違いで何種も置かれているのだ。

ジム　「**これは、スピーカーですよね……**」

チェイス少尉　「**ええ。しかし、これは言わば補機です。問題の装置はこっちです**」

チェイス、スピーカーの裏側に回る。

ジム　「**——！**」

そこには古めかしいパーツで組まれた機械装置があった。骨董《こっとう》品にすら見える。

歯車やガラスチューブが露出していた。

チェイス少尉　「ご紹介しましょう。ティリンガスト共鳴機。こちらはジム」

冗談めかしてジムと機械を対面させる。

ジ　ム　「――これは――、一体何をする機械なんですか。こんなもの見た事がない……」

チェイス少尉　「当然です。この機械はこの世にこれだけしかない。今は、ですが」

目を近づけ、様々なディテイルに見入るジム。

ジ　ム　「――共鳴機、と言いましたね？　ああなるほど、電力を使って何らかの共鳴をさせるのか。しかし今は電源が入っていないのに、どうして仄明《ほの》るいんだろう」

確かにガラスチューブ内には仄明るい赤紫色の光が漂っていた。

ジ　ム　「ティリンガスト、という人物はあまり機械加工の技術は持っていない様ですね。何とも不自然な設計だ」

そう言ってジム、チェイスを見ようと脇を見るが、チェイスは近づいていなかった。機械にあまり近づきたくないらしい。

チェイス少尉　「実はこの機械は一度破壊されていましてね。なんとか復元したんですが、完全ではないんです」

ジ　ム　「なるほど……。確かにこの辺りのパーツは加工がちゃんとしている――。しかしなんで破壊なんか――」

チェイス少尉　「この機械の前の所有者の友人が銃で撃ったんです。この機械があまりにも恐ろしかったのでね」

機械に触れる程に顔を近づけていたジム、ギョッとなって後退《あとずさ》る。

チェイス少尉　「この装置は極めて低い周波数の音波を生む事で、この場そのものを別の空間と繋《つな》げられる、らしいのです」

ジ　ム　「……」

黙って機械を見つめていたジム――、再び機械に好奇心が抑えられなくなっていく。

ジ　ム　「そうか……、それでこのスピーカーの山が必要なんだ……」

チェイス少尉　「音はなんとか出るまで修復してあるのですが、正しい周波数が突き止められないんです。周波数だけの問題ではないのかもしれない」

ジ　ム　「――僕に何をして欲しいのか、やっと判りました」

チェイス少尉　「なるべく早く結果が知りたい。今日からでも作業に掛かって下さい。ただし――」

出て行きかけたチェイス、振り向いた。

チェイス少尉　「不用意に音を出さないで下さい。最初は抑えめに」

14　兵舎／夜／外

明かりがついている窓は少ない。時折ジープが行き来するばかりで空虚な施設。

ジム　「（オフ）――**おかしい……**」

15　地下実験室／内

機械のチェックを一通り終えたジムは、部屋の様子を見て回っている。壁を叩いてみるが、全く響きが無い。

ジム　「（M）**この部屋の周囲には部屋は無さそうだ……**」

と、扉が開き始める。

ジム　「**!?**」

分厚《ぶあつ》い鋼鉄《こうてつ》の扉が開き、小柄《こがら》で少年の様な風貌《ふうぼう》の兵士が怖々《こわごわ》と入ってきた。

コシンスキ　「**あの、ファーガソンさんですよね**」

ジム　「**そうだけれど**」

コシンスキ　「（敬礼）コシンスキ一等兵です。明日からファーガソンさんの助手を務めます」
ジム　「（やっと得心）そうか……。ジムって呼んでくれ。君は何歳だ？」
コシンスキ　「一九歳です」
ジム　「（呟《つぶや》き）若いな……。まあよろしく頼むよ。ところでこの部屋の他に、地下に部屋はあるのかな」
コシンスキ　「いえ、ありません」
ジム　「（嘆息）僕と二人の時は敬称は要《い》らないからね」
コシンスキ　「でも……」
ジム　「――上の兵舎はこの地下全体よりも面積が小さい様だけど」
コシンスキ　「自分がこの基地に派遣《はけん》された時は上の兵舎はまだ出来てませんでした」
ジム　「じゃあ――、この機械を試験する為だけに作られた施設なんだな……」
コシンスキ　「そうでありまッ――、そうです」
ジム　「（苦笑）下の名前は」
コシンスキ　「ユージン」
ジム　「ＯＫユージン、明日から取りかかろう。私の宿舎まで案内してくれ」

16　兵舎内／内

階段を上がってきたユージンとジム。

ユージン　「寝室はこの一階の奥にある部屋ですが、食堂はここじゃなくて、ちょっと歩くんです。向こうの第三兵舎ですけど、行きますか」

ジ　ム　「腹はそんなに減っていないが、いずれ行かなきゃいけないんだものな。じゃあ連れていってくれ」

17　第三兵舎／食堂／内

ユージンと別れ、一人で食堂に入ってくるジム。
食堂内には疎《まば》らに兵士がいるばかりだった。
カウンターに向かうジム。
調理人がジムが近づくのを横目で見て

調理人　「おや、久しぶりですね、ウォーレンさん」

ジム　「え？」

改めてジムを見直した調理人、頭を掻《か》く。

調理人　「ああすみません。別の人と勘違いしました。耄碌《もうろく》したな、許して下さい」

ジムは「いや」と手で返しながら釈然としていない。

18　兵舎／一階の奥の部屋の窓／外

19　同／内

小さな寝台《しんだい》で横になっているジム。

もう夜中なのだが眠れないでいる。

しかし身体は疲れ切っていた。無理にでも寝ようと腕で目を覆《おお》う。

20　兵舎／翌朝／外

向こうに作られている滑走路《かっそうろ》にB－17が飛来《ひらい》してくるのが見える。
食堂から実験室がある兵舎に向かって歩いているジムを、チェイス少尉が呼び止める。

チェイス少尉　**「ジム」**

ジ　ム　**「！——、ああ、おはようございます」**

チェイス少尉　**「私が今回ここに居られるのは四日間。出来る限りその間に何らかの成果を上げてくれたら大変に助かります」**

ジ　ム　**「四日!?　それは……」**

チェイス少尉　**「ヨーロッパの戦況が変わりましてね。では」**

ジ　ム　**「——」**

途方《とほう》に暮れながら兵舎へ向かうジム。

21　兵舎／内

実験室がある兵舎は、入ってすぐにチェイスと面談した部屋があり、廊下の奥がジムの部屋だが、その途中には数人の兵士が詰めているらしき部屋がある。

時折《ときおり》そこから兵士や私服の男らが出入りしているが、ジムには全く関わろうとしていない。

22　地下実験室／内

ティリンガスト共鳴機の前に立って見入るジム。

ジム「ん？」

装置の裏側近くに何か黒いものが見える。

ジム、回り込んで裏側をよく見る。

それはギアに附《つ》いた染《し》みだった。腰からウェスを抜いてギアを磨《みが》くジム。ウェスは赤黒く染まる。

ジム　「血……？」

ユージン「（オフ）あの」

ぎょっとなって立ち上がるジム。

ユージン「この装置動かす時は――、僕は外に出ていたいんですけど、いいですよね……？」

縋《すが》るような目でジムを見つめている。

ジム　「――いいよ。これから電源を入れるから」

ユージン「何かあったら、あそこの電話で上に言って下さい」

そう言ってユージンは出て行った。

ユージンが指した方向を見ると、壁の一方に電話が取り付けられていた。

そしてその壁は他と違い、吸音材ではなく固い光沢《こうたく》のある壁となっている。

もしかしたら、あれは窓ではないのか。誰かが自分を監視しているのかもしれない――。

ジムは悪寒《おかん》を抑えながら、自分の作業に専念する決意を固めた。

×　×　×

電源を入れるジム。

電圧は厳密にコントロールされている。最初は微量《びりょう》の電流を流す。

低い唸りが起こるが、ガラスチューブはまだ灯らないまま。

スピーカーに耳を近づけてみるが、音が鳴っている気配は無い。

計測機器を設置したテーブルに戻るジム。

オシロメーターで周波数を見る。二三ヘルツ。

ジムは渋い顔で暫《しばら》く考えていたが、仕方ないとヴォリューム・ノブを少し回した。

それでも全く音は聞こえてこない。

ジム、スピーカー筐体《きょうたい》の中を覗《のぞ》き込む。分厚い合板《ごうばん》で組まれた巨大な拡声器は、その奥にドライバーが設置されている。ケーブルは結線されているとなると、ドライバーの不良かもしれない。

懐中《かいちゅう》電灯で奥を照らすと――、何かがドライバーの振動面に付着しているのが見えた。

ジムは大柄であり、手を伸ばしても奥まで手が届かない。

×　×　×

ドアが開きユージンが入ってきた。

ジム「**すまない。手を伸ばして奥にあるものをとって欲しいんだ**」

ユージン　**「判りました」**

ユージンは言われた通り、上半身をすっぽりとスピーカーの中に入れて、手の先に触《ふ》れたものを引き剥《は》がした。

ユージン　**「うあっ!!」**

思わずユージンは手からその物を落とした。

ジム　**「――眼鏡……?」**

べっ甲の眼鏡フレームだとは判るが、それは異様な形に曲がりくねっていた。

と――、室内に振動が小さく響き始める。

ジム　**「ああ、やっぱり異物が入っていたから鳴らなかったんだな――」**

と、ユージンに目をやると、何か様子がおかしい。

力なく佇立《ちょりつ》しており、その顔は放心している。

ジム　**「ユージン」**

彼は答えない。

ジム　**「くそっ」**

ジムはコンソールに戻ってヴォリュームを絞りきる。

ジム　「(振り向き)**ユージン?」**

ユージン　**「なんですか、ウォーレンさん」**

ジム　「！――」
ユージン　「じゃあ僕はまた上に戻ります」
ジム　「――ああ」

――溶暗

25　兵舎／早朝／外

S「36時間後」

26　実験室／内

室内に低音が響いている。

ジム　「やっと判ったよ――、やっぱり一七ヘルツなんだ。しかし周波数とこのガラスチューブの光はなかなかシンクロしない。このガラスチューブが原始的な真空管なのは判っている。これが音波の質を決定しているんだ――」

と、背後からチェイスの声。

チェイス少尉　「（オフ）誰と喋《しゃべ》っているのかね」

振り向いたジムの顔を見てチェイス、やや脅《おび》える。

髪はバサバサに乾いて乱れ、眼鏡の奥の目に光は無く、皮膚も弛んでいた。

ジ　ム　「ウォーレンですよ」

チェイス少尉　「（一瞬驚愕《きょうがく》）──（平静を装い）ウォーレンというのは誰かな」

ジ　ム　「とぼけなくてもいいですよ。この仕事の前任者ですよね。そしてその人は、今は多分いなくなっている」

チェイス少尉　「──いなくなる……。確かに──」

ジ　ム　「この世界にはいない。でもどこかにはいるんです」

チェイス少尉　「──」

ジ　ム　「このティリンガスト共鳴機が元通りにレストアされたら、彼は帰ってくるんです。でも可哀想《かわいそう》に──、彼は自分の両眼をえぐり出してしまい、見るも気の毒な姿だ」

チェイスは小刻みに震えだしている。

ジ　ム　「その代わり、不思議な事にここ（額に指）に目が出来てるんです。おかしいですね」

チェイス少尉　「──こんな機械が最終兵器なんかになる筈がない──。こんな事は間違っているんだ……」

ジ　ム　「──おや……？　チェイス少尉、ここに爆弾を仕掛けていましたね？」

チェイス少尉　「（驚愕）――君はジムではないな？」

ジ　ム　「（ニヤリ）この装置は決して壊せないですよ。だって誰かが必ずや修復するんだからね」

チェイス少尉、ホルスターから拳銃を抜き、無意識に後退っていく。

ジ　ム　「もう少しここにいてください。お願いです、チェイス少尉。そうしたら判りますよ、あなたにも」

チェイス、首を振りながらドアに向かおうと振り向くと――

チェイス少尉　「ひいっ！！！」

精気の抜けたユージンの顔がそこにあった。

ユージンの額がぱっくりと割れていき、眼球が露出してチェイスを見つめている。

チェイス少尉　「（言葉にならない悲鳴）」

――溶暗

Act.3

27　東新宿／夜／外

現代東京の夜景。
S「2016年 東京」

28　ワインバー店内／内

カウンターで一人、ぼんやりと壁掛けのテレビを見ている男――岡沢健治。テレビの音声は出ていない。
と――、スマホが着信。見知らぬ番号が通知されている。

岡沢　「**もしもし**」
女の声　「（オフ）**岡沢さんの電話ですか**」
岡沢　「**そうですが**」

女の声　「(オフ)あの、私……、樋口《ひぐち》です、大学の時の、覚えてらっしゃるか判らないけど――」
岡沢　「樋口……、って、ああ美穂《みほ》ちゃん？」
美穂　「(オフ)ああ覚えててくれて良かった。久しぶりー」
岡沢　「(苦笑)ええと、二〇年ぶりくらいか。あれ、結婚は？」
美穂　「(オフ)したよ。でも三年前に離婚したけどね。だから旧姓」
岡沢　「そうかぁ、まあ色々あるよな。でもこの電話どうして」
美穂　「(オフ)あ、うん、渡嘉敷《とかしき》君とこのまえちょっと会って、教えて貰ったの」
岡沢　「へぇええ、あいつ元気だった？」
美穂　「(オフ)うん元気。――あの岡沢君、今いろいろお忙しいところだと思うんだけど、近々会ってくれないかな」
岡沢　「――え……」
美穂　「(オフ)二時間、ううん一時間半だけでもいい。絶対岡沢君にとって良い話だから」
岡沢　「――まあ、いいけどね。今週の後半だったら、夕方以降は空けられるけれど」
美穂　「(オフ)じゃあ木曜の六時でいい？」
岡沢　「いいよ。場所はじゃあ俺が探そう。あとでこの番号に送るから」
美穂　「(オフ)ありがとう！　すっごい楽しみ。じゃあ、急に御免ね」
岡沢　「いいえー」

スマホを切る岡沢――、抑えていた笑みが浮かぶ。
いそいそと帰り支度《じたく》を始める。

29　資料画像モンタージュ

＋資料画像適宜《てきぎ》

岡　沢「(M) 人間の脳に外部から積極的に働きかけて影響を与えようという試みは、古くから普遍《ふへん》的に見られる。宗教はその典型《てんけい》である。一九九〇年代初頭に、日本の都市部で盛んに勧誘《かんゆう》が行われたのが、自己啓発《けいはつ》セミナーと称されるものだ。その起源は一九六〇年代に遡《さかのぼ》るが、最初に隆盛《りゅうせい》したのは一九七〇年代末のアメリカである」

30　岡沢の部屋／夕刻／内

岡沢、無精髭《ぶしょうひげ》を剃刀《かみそり》で剃《そ》っている。

岡　沢「(M) 自己啓発セミナーの常套《じょうとう》手段は、参加者に殆《ほとん》ど無理なワークを課し、大きな音量の音楽などで昂揚《こうよう》感を感じさせるというものだが、一九九〇年代末、数ある自己啓発セミナーとは根本的に異質な秘密サークルがあった」

タオルで顔を拭《ぬぐ》った岡沢、鏡に映る自分の額にそっと指を這《は》わす。

岡沢「（M）DLSというその団体は、額の皮膚の内側にごく薄いプラチナ片を埋め込む事で、人の抑制された意識を解放させようとしていたのだ」

＋資料画像／頭蓋穿孔《せんこう》

岡沢「（M）その行為は当時アンダーグラウンドで流行していた人体改造嗜好《しこう》の一種だとも言える。その行為の参照モデルは、恐らくは頭蓋に孔を空ける事によって脳の血流を変えるという頭蓋穿孔＝トレパネーションである」

岡沢、ジャケットを着て部屋を出て行く。

岡沢「（M）トレパネーションにせよ、自己啓発セミナーのワークにせよ、それらの行為は紛《まぎ》れもなくドラッグレスでハイになるものだ」

31　西新宿のホテル／外

岡沢が早足で入っていく。

岡沢　「（M）しかし自己啓発セミナーも、オウム事件以降はあまり流行《はや》らなくなり、DLSも消滅していた」

32　ホテル／カフェラウンジ／内

店内を見回し、あれかな？　と見当をつけて奥のテーブルに向かう。

岡沢　「（M）ところがDLSの後継と見られる組織が最近広がり始めていると知った。勧誘方法はかつての自己啓発セミナーと同じだと知った私は、自分のネットワークを駆《く》使《し》して勧誘者を探した」

先に来て座っていた岡沢と同年代の女が気づき、満面の笑みを浮かべる。

美穂　「岡沢君？　ひーさしぶりーーー」
岡沢　「（苦笑）うん、ご無沙汰《ぶさた》してました。（来たウェイターに）コーヒー」
美穂　「全然変わんないね」
岡沢　「いやあ、もう普通にオッサンだから」
美穂　「今仕事って何？」
岡沢　「ああ、こないだまでは通信社で記者やってたんだけど、今はフリー」

美穂「へえ、ジャーナリストなんだ」
岡沢「――君とは学生ん時、一時ちょっとアレな関係になった時もあったけど――」
美穂「(恥ずかしそうに)やめてよ今になって。若かったよね、お互い」
岡沢「うん。そういう事だ。だからお互い、回りくどい事は止めて本論に入ろう」
美穂「(強《こわ》ばる)え……」
岡沢「樋口さん、GoHっていう団体に関係しているよね」
美穂「……」
さっきとは別人の様に、能面の如《ごと》き顔で岡沢を見つめる美穂。
岡沢「俺を入れてくれ。無論《むろん》君が勧誘したんだから君が受けるメリットは当然受けてくれて構わない」
美穂「――で、どうするの? 私たちのサークルを調べて悪意で公表するの? なんでそんな事するの!?」
岡沢「別に悪意なんて持っていない。俺はGoHのワークを知りたいんだよ。純粋に興味があるんだ」
美穂「(思案)」
岡沢「君には絶対に迷惑《めいわく》が掛かる事はしないと誓うから」
美穂「――」

33　資料映像モンタージュ

†資料映像適宜

岡沢　「（M）変成意識を求めるのは人間の根源的な欲求なのだろう。アルコールを求めるのも同じ心理で、ドラッグのそれと大差《たいさ》は無い。その差異は法という恣意的な線引きによって分けられているに過ぎないのだ」

†資料映像適宜

岡沢　「（M）一九五〇年代から七〇年代にかけて、アメリカのＣＩＡは薬物により人をコントロールする実験、ＭＫウルトラを行っていた事は広く知られている。ここで用いられていたのはＬＳＤやＤＭＴといった合成麻薬だった。これらの実験は被験者には無断で行われ、回復不可能なダメージを負わせるだけの結果をもたらしたに過ぎない」

†資料映像適宜

岡沢　「（M）ドラッグによる超越体験はティモシー・リアリーやジョン・Ｃ・リリーらによって、この目に見えている以外の世界の存在を知らしめた。しかしそれを追認出来るのはドラッグを摂取《せっしゅ》した時のみであり、この目に見えている世界とは何の関係もない」

岡沢　＋資料映像適宜

「（M）ドラッグレスで変成意識、超越体験を得ようとするこれまでの試みは、肉体に損傷《そんしょう》を得ない為というよりも、そこで得られる超越体験が単なる脳内の現象に留《とど》まるものではなく、全ての人間に、現実にコミットしているものだという確信を得る事の意味が大きい」

34　岡沢の部屋／夜／内

雑居ビルの一部屋が住居兼仕事場。本棚《ほんだな》に収まらない本や書類ファイルが床にうず高く積まれている。

奥の長椅子をベッド代わりに寝ている岡沢。

と、テーブル上のスマホが震える。

岡沢、目をこすりながら見るが、知らない番号。

岡沢　**「はい、岡沢」**

相手はやや不自然な音声の男の声。

男　「（オフ）**あなたの御友人から話を伺いました。あなたはＧｏＨに興味がおありだそ**

うですね」
岡沢 「（ハッ）――ええ。是非《ぜひ》詳しい事を知りたいと思っています」
男 「（オフ／暫く沈黙）」
岡沢 「（やや焦り）――あの、決してネガティヴな報道をしたいという訳ではないんです」
男 「（オフ）どこまで――、ご存知なんでしょう？」
岡沢 「――（意を決して）ティリンガスト共鳴機――」
男 「……」
岡沢 「GoHはその原理をワークに用いている、違いますか」
男 「（オフ）――判りました。ではこれから言う住所に来て戴けますか」

35 夜の西新宿／外

岡沢、通りに出てタクシーを拾う。

36　タクシー車内／外

岡沢「（メモを見ながら）台場の方に行って貰えますか」

運転手は復唱し、車を出す。

岡沢「（M）GoH、Glitter of Humanization は二〇一三年にアメリカで設立された。日本ではまだ法人化されていない。組織自体はそれまでにあった自己啓発セミナーDLEを吸収合体して作られている。しかし行われているワークは全く異質だ」

37　首都高／夜／外

岡沢の乗るタクシーが湾岸の方に向かって走り抜けていく。

岡沢「（M）一九二〇年頃に、クロフォード・ティリンガストという男が独学で作り上げた装置がティリンガスト共鳴機だ。その装置は極めて特異な超低周波を発する事によって、その空間と他の時空とを繋げる事が可能だったとされる。その装置を完成させたティリンガストはすぐに死んでいる。その後、アメリカ陸軍が兵器への転用を試案し実験を行ったが、何か大きな事故を起こして暫くの間封印《ふういん》されていた」

38　資料映像モンタージュ

＋　資料映像適宜

岡沢　「(M) そのティリンガスト共鳴機を再び実験の場に引き戻したのは、スタンフォード研究所であった。CIA管轄《かんかつ》で行われていた超能力実験スターゲート・プロジェクトの一環だった」

＋　資料映像適宜

岡沢　「(M) ティリンガスト共鳴機は、まともなエンジニアには解析出来ない構造だった様だ。確かに何らかの作用《さよう》をもたらす事は確認されたが、そのメカニズムを解明するには一〇年近くの時間が掛かったという」

＋　資料映像適宜

岡沢　「(M) ティリンガスト共鳴機は、モントーク・プロジェクトなどにも利用されたらしい。しかし一九九〇年代末に、CIAはスターゲート・プロジェクト自体を解体・停止してしまった。その時にティリンガスト共鳴機は爆破解体されている」

十 資料映像／共鳴機破壊処理の記録映像

39 台場の外れ／夜／外

商業施設が並ぶ通りから入った、薄暗い路地にタクシーは止まり、岡沢が降りる。
スマホの地図と周囲を見比べながら歩き出す。

岡沢「（M）**ティリンガスト共鳴機はもうこの世界には存在しない。しかし――、爆破解体される直前、ティリンガスト共鳴機をエミュレーションするソフトウェアを書いた男達がいる**」

シャッターが閉じたビルの前に立つ岡沢。
と――、脇の夜間通用扉のロックが開く音がした。
岡沢、そこに近づき――、ドアを開く。

40 **台場ビル内／内**

誰かが迎えに来ているかと思ったが、中に入っても誰も出てくる気配が無い。
奥へ進み始める岡沢。

岡沢「(M) **ティリンガスト共鳴機解析チームのリーダーだったマルコム・シーダーと、ジョージ・ホリというプログラマーがそうだ。ジョージ・ホリは日系人である。そして、この二人が後に設立したのがGoHだったのだ**」

エレベータ・ホールに来ると、一機が扉を開けていた。乗れという事らしい。

41 **エレベータ内／内**

乗り込むと、既に最上階のボタンが押されていた。

岡沢「(M) **ここまで調べるのに二年掛かった――**」

エレベータは最上階に到着し、扉が開いた。

岡沢「――」

オフィスの受付でもあるのかと思っていたが、エレベータは無人のホールに面していているだけだった。

岡沢は怪訝《けげん》そうに歩き出す。

42　GoHフロア／内

エレベータ・ホールから続いている広い空間に出る岡沢。

スポット光がところどころに点いているだけで、薄暗い。窓も一切無く、まるで地下室にでも来ているかの様だ。

広いフロアには人の背丈《せたけ》程の巨大な黒い箱が向かい合って設置されており、それ以外には何もない。

岡沢　「ん？」

耳に指を這わす。次いで、指をパチンと鳴らしてみる。

この部屋には残響というものが一切無い、無響施工がされていた。

と——、壁の一角が開いて光が漏れる。

岡沢　「(振り向く)」

ドアの向こう側はマシン・ルームであるらしく、ファンやモーターの作動音が漏れてきた。

やがて長身の痩《や》せた男が一人、こちらに向かって歩き出してくる。

岡沢　「――」

てっきり日系人であるジョージ・ホリが出迎えると思っていたが、今そこにいるのは少なくとも日本人ではなかった。

男　**「岡沢健治さん、ようこそＧｏＨへ」**

電話口の声と同じく、どこか人工的な声だった。

岡沢　「（会釈）――**あなたは……**」

男　「（微笑）」

岡沢　「（怪訝）**もしや、マルコム・シーダーさんですか**」

もしそうであればかなりの高齢な筈だが、目の前の男は不思議と年齢が判らない。酷《ひど》く年寄りの様にも、壮年の様にも見える。

男　**「マルコム・シーダーも私の中の一人です」**

岡沢　**「え……？　どういう意味ですか」**

男　**「私の事よりも、岡沢さん、どうしてＧｏＨに入りたかったのですか」**

岡沢　**「それは……、私は純粋に興味を持っているのです。人の思考や行動を、外的に操作**

する事が可能なのであれば、勿論それは悪意で用いられるべきではないですが、それで助けられる人は現代に大勢いる筈であり――」

男は手で制した。

男「それがあなたの本心の一部だという事は信じても良いでしょう。しかしあなたの額には、まだプラチナが入ったまま残っていますね」

岡沢はショックを受ける。

岡沢「――確かに私の事を調べれば、九〇年代にＤＬＳへ潜入取材をしていた事は判る筈だ――。でも私は、額にプラチナを埋めるワークを自分でも受けた事は、誰にも話していません」

43　フラッシュ／ＤＬＳイニシエート室／一九九四年／内

〃マスター〃が外科手術用のメスで、岡沢の額に一センチ弱程の浅い傷をつける。

岡沢は半トランス状態にあり、薄目で施術をする〃マスター〃を見ている。

ピンセットで挟まれた極薄のプラチナ片が、岡沢の額の中央に埋め込まれる。

止血した後、傷には補綴《ほてつ》テープが貼られた。

岡沢　「（オフ）ＤＬＳに潜入したのは――、私が以前関係を持っていた女がはまり込んだ挙げ句、自殺してしまったからだった――」

岡沢、目を見開く。何かを、見ている。

岡沢　「（オフ）しかし、単なる自己啓発セミナーの変種だと思っていたＤＬＳがやっていたのは全く違ったものだった――。まるで第三の眼が強制的に開かれたかの様に、明らかに見えるものが違い始めた――」

44　ＧｏＨフロア／内

岡沢　「――（自分の額に指を触れながら）オウム事件の余波でＤＬＳが消滅してしまった後、多くの会員は額からプラチナを抜いた筈です。そうでなければ元の世界には戻れないからですが」

男　「しかしあなたは抜かなかった」

岡沢　「――私に見えていたものが、単なる脳内幻覚だとは思えなかったからです。確かに別の世界、別の次元というものが現実と重なっている――。でも、所詮プラチナのイ

男　ンプラントなんて持続可能なものではなかった。ここに入っているものは、とうに私の組織に異物として脳から遮断《しゃだん》されてしまっている——」

男　「別の次元、というものがもしあるとして、あなたはそれで何を知りたいんですか」

岡沢は言葉を言いかけて、俯く。

岡沢　「……？」

男　「プラチナ・インプラントを考え出したミケル・ティリンガスト・オルランドも私の一部です」

岡沢　「そして、最初の私はクロフォード・ティリンガストという人間でした」

岡沢　「（絶句）——共鳴機を、作った……？」

男がやや歩み寄ると、スポット光が仄かに男の顔を照らし出した。

それは、一九二〇年のティリンガストそのものである。

ティリンガスト　「一九二〇年、私は自分が作り上げた共鳴機を制御《せいぎょ》出来ず、私自身の精神は別の時空へ飛ばされてしまいました。共鳴機は友人だった男に壊されてしまい、一九四七年になるまで修復出来なかったのです」

岡沢　「……」

ティリンガスト　「再起動してから、私の理想通りに動くまでには更に四〇年の歳月が必要でした。時間だけではなく、共鳴機にはエネルギーが必要でもありましたしね」

岡沢　「——エネルギー……、って、まさか——」

ティリンガスト「――」

岡　沢「まさか――、別の時空に惹《ひ》かれた人間の、魂、とかじゃないですよね……」

ティリンガスト「解釈《かいしゃく》は様々に可能です」

岡　沢「あなたの中に複数の人格がある、というのも――」

ティリンガスト、俯き加減でニヤと笑う。

岡　沢「うっ！」

ティリンガストの顔が一瞬、美穂の顔に見えたのだ。

ティリンガスト「一個人の自我など、我々が見ようとしている異界の存在の前には何の意味も価値も持たない。そうは思いませんか」

岡沢は、ここに来た事を後悔し始めていた。

知るべきではない事を知ろうとしているのだ。

ティリンガストはジャケットのポケットから、小型タブレットを取り出した。

ティリンガスト「共鳴機の原理は判ってますね」

岡　沢「何らかの、低周波が脳に作用する――」

ティリンガスト「(頷き) プラチナ・インプラントはそれを簡易的にしたものでした。しかしその方法では『見る』事しか出来なかった。人間の感覚全てを拡張し、そこに存在する全てを感じるには、やはり空間を振動させなければならなかったのです」

ティリンガスト、タブレットをタップする。
画面には「Tillinghast Resonator Emulator」のロゴが光っている。
ずん——
突如《とつじょ》空気が重くなる。しかし何かの音が聞こえ始めた訳ではない。

岡　沢　**「ま、待って下さい、まだ心の準備が——」**

ティリンガスト　**「この瞬間をずっと待っていたのでしょう？　私が最初に作ったものは、認め難《がた》いのですが、私自身が創造したものではなく、作らされたものだった。私が親から継《つ》いだプロヴィデンスの屋敷そのものを共鳴させる原理だったからです。それを再現するには大変苦労させられました」**

岡沢、振動源であるだろう、巨大な立法体を見る。口径《こうけい》一六〇センチのスピーカーがパッシヴ・ラジエーターを伴って駆動するサブ・ウーファーが、それぞれ異なる周波数の低周波を発している
と——、岡沢は気づく。
室内に赤紫の光の帯が取り巻いているのだ。

ティリンガスト　**「紫外線を見ていますね。もう直《す》ぐ始まりますよ」**

岡沢、室内を見回す。
耳に聞こえているのは低周波ではなく高周波。

ティリンガスト　「聴覚が拡張されています。共鳴機は、七・八三ヘルツと一九ヘルツそれぞれの周波数を合成させているのです」
岡　沢　「ああ……、ヘミシンクみたいですね」
ティリンガスト　「確かに。でも目指すところは全く違います」
岡　沢　「（Ｍ）確か……、七・八三ヘルツというのは地球に遍在《へんざい》するシューマン共振の第一次波だ。そして一九ヘルツの方は人間を不安な心理にすると言われている——」

ティリンガストはまるでステージ上に立つ奇術師の様な所作《しょさ》で視界を広げる。
その方を見て驚く岡沢。
その一角は、ＧｏＨの部屋ではなく、別の世界が覗いていた。

岡　沢　「おおお……」

別の世界が覗《のぞ》く傍らで、何かが浮遊しているのが見えた。

岡　沢　「!?」
ティリンガスト　「おっと、気をつけてください。あなたが見えるという事は、向こうにも見えているのですから。迂闊《うかつ》に触れると、肉体ごとこの世界から持って行かれます」

幾何学的構造の頭に軟体動物の肢《あし》が数多く生えたその生き物は、岡沢のすぐ脇を通過していく。
それを目で追っていると、人の形をした影が見えたり消えたりするのに気づく。

岡沢「（M）誰が――、いるんだ――」

それが実際にこのGoHのフロアにいる人物なのか、拡張された視覚が見せているのか、今の岡沢には判断がつかない。

岡沢「――お……」

岡沢の視覚の中心に眩い光が現れる。

その光は急速に広がり、うねうねと色彩《しきさい》を変えながら岡沢自身を包み込んだ。

45　スターゲート・コリドー／合成処理

岡沢は目の前に展開される光のショウに見入るばかり。

岡沢「（M）――これは……、あれじゃないか――。『二〇〇一年……』――」

確かにその光の帯は、その映画のものに似ている。

そして映画同様に、やがて進行する視点は惑星《わくせい》の様な地表の上に、常に変形し続ける幾何学的な図形が弾丸軌道《きどう》で飛んでいる様子を見せる。

岡沢「――ここは……」

眼下の惑星が太陽の向く面となり、真っ赤《か》な地表が開けている。

岡沢　「（Ｍ）火星なのか？……」

やがて視点は明らかに地表に向かって降下し始める。

岡沢は漆黒《しっこく》の空間でそれを見つめている。

極く薄い大気層を抜けると――

46　インフェルノ／ミニチュア合成

岡沢　「！」

急速に降下した視点は地表すれすれに至ってそのまま進行する。

するとそこはただの岩場などではない事が判ってくる。

岡沢　「（呻く）これが――地獄なのか……？」

それは瓦礫《がれき》と化した市街だった。

電柱だけがぽつりぽつりと佇立《ちょりつ》している。それ以外の建物は全て焼け落ち崩れて原形を留《とど》めていない。

僅かに通りの跡《あと》が瓦礫の山を分けている。

岡沢　「これは――、いつの事なんだ。過去なのか、未来なのか――、未来なのだとしたら――」

電柱の形はそこが日本だと示す。原子爆弾の爆破跡なのか、或《あ》いは東京大空襲の跡なのか――

しかし、人の死体は全く見えない。

岡沢「!?」

視点が急速に進み始め、別の空間に繋がる。

47 中東／古代遺跡

視点は現代の中東砂漠地帯に至る。

岡沢「――**ここは――見覚えがある――**」

今そこに人の姿は無いが、明らかに人の手で為《な》された痕跡《こんせき》が生々しく残る。

それは古代巨石文明の遺跡《いせき》であったが、現在はイスラム過激主義者によって破壊され無残な光景となっている。

48　ニュース映像・アーカイヴ・モンタージュ

イスラム過激派戦士が、見事な彫刻《ちょうこく》が施《ほどこ》された遺跡を次々と破壊していく。

岡沢　「(M) やめてくれ……」

49　古代遺跡／外

遺跡を前に、撮影する事も忘れ愕然《がくぜん》と立ち尽くしている、八年前の岡沢。ガイドはトラックから降りず、早く戻って欲しいと思いながら岡沢を見ている。

岡沢　「(M) ——この遺跡を作った文明がどういうものか私は知らないし、そこで信じられた宗教など全く判らない。しかしそれを壊される事で、これ程自分自身が狼狽《うろた》えているのは何故なのか。一方の神や創造主をここまで否定出来る人間がいる事が信じられなかったのか——」

ガイド　「(現地語で叫ぶ) 早く戻りましょう、日本人の旦那」

岡沢、振り向かない。

岡　沢　「（M）そうだ……。この時からだ――。私が神の世界というものがもしあるのなら、それを見たいという欲求に取り憑かれたのは――」

岡沢のみを残して周囲の光景が闇に落ちる。

岡　沢　「！」

50　ティリンガスト邸屋根裏部屋／内

岡沢の視点は、床に設置されたティリンガスト共鳴器のそれになっている。赤紫に灯ったガラスチューブをなめて――

ティリンガストと友人ヘンリーが対峙《たいじ》する。

×　×　×

ヘンリー「ティリン――」

ティリンガストがヘンリーの眼前に立っていた。

ティリンガスト「この世界に未練など無い。君も行こう」

恐怖に顔を歪めるヘンリー。

ティリンガストの額に空いた穴は何か球状の器官がせり出して来つつある。まるで——、第三の眼の様に——

ヘンリー「やめろぉぉぉぉ！！！」

× × ×

岡　沢「！！！」

× × ×

ヘンリーが回転拳銃の銃口をこちらに向けて——、引き金を引いた——

凄まじい爆発音——

そして溶暗——

51　ＧｏＨフロア／内

まだ残響は続いている。
顔を覆っていた岡沢、ゆっくりと掌を離す。と、指に血がついていた。
岡沢の額がぱっくりと傷口を開き、ゆっくりと内側から肉芽《にくが》が後ろから押し出されて――、ボトリと床に落ちた。

ティリンガスト「プラチナ・インプラントですね。すっかり組織に覆われてしまっている――」

岡　沢「――一つ、教えて下さい――」

ティリンガスト「――」

岡　沢「何故、この日本に共鳴機を持ってきたのですか。ここは単なるブランチじゃないんですね。ここがＧｏＨの本殿なんでしょう？」

ティリンガスト「それは――、確率の問題ですよ」

岡　沢（既に察している）**――やっぱり……」**

ティリンガスト「この列島が近々大きく地殻を揺るがす事は、誰にでも判っている事ですからね」

岡　沢「――この国から始まるんですね……」

ティリンガスト「あなたには何の不都合《ふつごう》もないでしょう。寧《むし》ろあなたが知った神々の存在を、全ての

人間が共有するのですから喜ばしい筈です。単に脳内のサイケデリックな体験ではないのです」

岡沢、答えず俯いている。

ティリンガスト「神々には、復活するだけの力が要るのですよ。一人一人の人間の脳にはそれぞれの数だけの世界が存在している。それらを全て束ねる程の力が必要なのです。私がティリンガスト共鳴機を作らされたのは、その為だった。やっとそれが判ったのはスターゲート・プロジェクトの時代でした……」

岡沢、俯《うつむ》いたまま――

岡　沢「――神に触れた私は、神の容《い》れ物になっているんですね」

ティリンガスト「？――確かにそうも言えます。もうあなたも私の人格の一つに、既になろうとしているんですから」

乾いた嗤《わら》いを漏らすティリンガスト。

しかし――、岡沢が顔を上げると、ティリンガストの顔が凍る。

岡沢の額には、ぬらぬらとした松果体が変質した「第三の眼」が見開いている。

ティリンガスト「――何を――しようとしている……」

岡沢の元の眼球は黒く濁《にご》り、第三の眼の瞳がティリンガストを見つめている。

岡　沢「(くぐもった声になり)神の声を聞いたかの様な事を話しているが、私が感じた神の

ティリンガスト　**意志は違う――」**

岡　沢　**「……」**

ティリンガスト　**「幾ら世界が重なっていたところで、人が認識出来るのは一つの世界のみ。そんな空《むな》しい事を望むのが果たして神だろうか」**

岡沢の背後に、深く黒い闇が巨大な影となって重なり始める。

岡　沢　**「神は崇められてこそ神――」**

ティリンガスト　**「なっ……」**

岡沢は天井一杯にまで高さのある巨大な「神の形」の一部に取り込まれた。それには凄《すさ》まじい苦痛が伴い、岡沢は苦悶《くもん》の絶叫を上げる。

ティリンガスト、逃げようとしてタブレットを落としてしまう。

タブレットは既に暴走し、コマンドを発していた。

人間の耳では聞き取れない領域の低周波音が、限界値を超えた音量で再生される。

防音施工された壁がめくれていく。

そして――、神と同化した岡沢の身体は更に大きくなっていく。

52　台場／空撮／外

運河《うんが》沿いの倉庫街にある、窓の無い建物＝GoHがあるビルが、最上階から崩れていく。

そして全てが崩れ落ちても、巨大な黒い影が噴煙《ふんえん》の中に残っていた。

地震とは異質な空間振動が周囲に広がっていく。

コンクリートがゼラチン状に揺れる。

そして――、別の世界が重なり始める。

53　台場／地上／外

明け方なので人の数は少ないものの、脅えた人々がそこに現れた神の姿を崇《あが》める様に見上げている。

――溶暗

エンドロール

彼方より

《H・P・ラヴクラフト》
一八九〇年―一九三七年。アメリカ合衆国ロードアイランド州プロヴィデンスに生まれる。「宇宙的恐怖（コズミック・ホラー）」と呼ばれるSF的なホラー小説の創始者であり、彼が創りだした「邪神―Cthulhu」から「クトゥルー神話」と言われる世界が生まれた。死後、友人であったオーガスト・ダーレスはその作品群を体系化し、自ら創設した「アーカムハウス」という出版社よりラヴクラフトの作品を単行本として出版した。

《増田 まもる》（ますだ・まもる）
一九四九年宮城県生まれ。英米文学翻訳家。一九七五年より翻訳を始め、SFを中心に幻想文学から科学書まで手掛けるジャンルは幅広い。主な訳書は『夢幻会社』『千年紀の民』J・G・バラード、『パラダイス・モーテル』エリック・マコーマック、『古きものたちの墓 クトゥルフ神話への招待』コリン・ウィルソン他など。

ことばにもできないほど恐ろしいのは、わが親友クロフォード・ティリンガストの身に起きた変化であった。二カ月半前のあの日、ティリンガストから科学的および哲学的探究によってなにをめざしているのか聞かされたとき、おそれおののいてほとんど恐怖にかられたわたしが強いことばでいさめると、彼は激しい憤怒にかりたてられ、わたしを自宅の実験室から追い出したのだが、それ以来、いちども会っていなかった。そのときすでに、彼があのおぞましい電気機械とともに屋根裏の実験室にほとんど閉じこもって、ろくに食事もとらなければ使用人さえも閉めだしていることは知っていたが、わずか十週間というみじかい期間で、人間の姿があれほどまでみにくく変わってしまうとは、想像さえもしていなかった。でっぷりした男がいきなりやせ細るのを目にするのは気持ちのよいものではなく、さらに悪いのは、そのたるんだ皮膚が黄色というか灰色になり、目はおちくぼんで眼窩《がんか》の奥で不気味にぎらつき、ひたいには血管が浮き出して深いしわが寄り、両手は震えたりひくひくしたりしていることだった。それにつけ加えるとすれば、胸が悪くなるようなだらしなさがあげられる。着ているものはひどく乱れ、もじゃもじゃの黒髪は根元が白髪になり、以前はきれいに剃《そ》られていた顔には真っ白な無精《ぶしょう》ひげが生えていて、その累積《るいせき》効果はまったく衝撃的であった。しかし、一〇週間におよぶ追放のあと、いくらか意味の通じる手紙を受けとって、ベネヴォレント通りからひっこんだ古めかしい邸宅の戸口に立ったとき、クロフォード・ティリンガストはまさにそのような姿で、蝋燭《ろうそく》を手にわたしを出迎えたのだが、目に見えないものを恐れているかのように、ふるえながらこっそりと肩ごしに振り返っているその姿は、まさに幽霊そのものだった。

そもそもクロフォード・ティリンガストのような人間が科学と哲学を学んだことがまちがいなのだ。こういったものは冷淡で非人間的な研究者にまかせておけばいい。なぜなら、このふたつの学問は、感情豊かで行動的な人間に、探究に失敗すれば絶望、成功すれば言語に絶した想像もつかない恐怖という、ふたつの等しく悲劇的な選択肢《し》を提供するからである。ティリンガストはかつて失意と孤独と憂鬱《ゆううつ》に苦しめられていたが、そのときわたし自身のおぞましい恐怖とともに悟ったことは、彼が成功したために苦しんでいるという事実だった。一〇週間前、彼がいましもなにを発見しようとしているか、その予感について堰を切ったようにしゃべったとき、わたしはたしかにそんなまねはやめておけと警告した。彼は顔を紅潮《こうちょう》させて興奮し、いつものように衒学的な口調ではあったが、甲高く不自然な声でこういった。

「われわれがおかれている世界と宇宙について」彼はいった。「いったいなにを知っているというのか？われわれが外界の情報を受けとる手段はばかばかしいほどわずかで、まわりの物体に関する知覚はかぎりなく限定されている。ものが見えるのは見えるようにつくられているからにすぎず、その絶対的性質の概《がい》念《ねん》を得ることはできない。貧弱な五つの感覚をつかって、われわれは果てしなく複雑な宇宙を理解したつもりになっているが、われわれより広い感覚や強い感覚や異なる感覚を有する存在は、われわれが見ているものをまったくちがった形で見ているだけでなく、すぐそばにありながらわれわれの感覚では知覚することもできない物質やエネルギーや生命の世界全体を、見たり研究したりしているかもしれない。そのような不思議な手の届かない世界がすぐそばに存在すると、おれはずっと信じていたが、いまやその障壁を破る方法をみつけたと思っている。冗談をいっているわけじゃない。二四時間以内にテーブルのそばにあるあの機械が波動を発生させるが、それは退化したか原始的な痕跡《こんせき》として、われわれの体内に存在する未知なる感覚器官に作用する。それらの波動は人間に知られていないさまざまな世界と、われわれが生物とよんでいるいかなるものにも知られていない光景を、われわれに見せてくれるだろう。犬が暗闇で吠えたり、猫が真夜中に耳をそばだてたりする対象が見えるはずだ。それらのものが見えるだけでなく、いまだかつて生き物が目にしたことのないものまで見えるのだ。われわれは時間と空間と次元を飛びこえて、まったくからだを動かすことなく、森羅万象の真相をのぞきこむことになるだろう」

ティリンガストがこれらのことばを口にしたとき、わたしは彼のことをよく知っていたので、おもしろいというよりむしろぞっとして、そんなことはやめろといさめたのだが、彼は狂信者と化して、わたしを家から追い出したのである。いまでもやはり狂信者だが、話をしたいという欲望が怒りを抑えたのか、かろうじてそれとわかる筆跡で命令口調《くちょう》の手紙をよこしたのであった。あまりにも短期間にふるえるガーゴイルに変身してしまった友人の家に足を踏み入れたときには、あらゆる影のなかにはびこる恐怖に感染したような気がした。一〇週間前に表明されたことばと信念が、蝋燭の光の小さな輪の外側の闇のなかで体現しているかのようで、この家の主人のうつろな変わり果てた声に吐き気をもよおした。使用人がいてくれたらと期待していたのだが、三日前にひとり残らずいなくなったと聞かされてがっかりした。少なくとも老グレゴリーだけは、わたしのような頼りになる友人に伝えずに主人を見捨てるはずがないと思っていたのだ。わたしが激怒したティリンガストに追い出されたあと、わたしが知っているティリンガストに関する情報のすべてを提供してくれたのはグレゴリーだったのである。

しかしすぐに、恐怖のすべては募りくる好奇心と興味にのみこまれてしまった。いまクロフォード・ティリンガストがわたしになにを望んでいるのか推測することしかできないが、わたしに知らせたいなにか途方もない秘密か発見があることだけはまちがいなかった。この前は、想像を絶するものを力ずくでこじあけようとする自然に反する試みに反対したのだが、あきらかにある程度成功したいまでは、勝利の代償は恐るべきもののようだったが、彼の探究精神がわたしにものりうつっていた。この人間のパロディのような、ふるえる男が手にした上下に揺れる蝋燭にみちびかれて、彼の邸宅の暗い空虚のなかをわたしは進んでいった。電気は止められているらしく、わけをたずねてみると、はっきりとした理由があるのだと彼はいった。

「いくらなんでもあんまりだ……おれにはとてもできない」ティリンガストはたえずつぶやいていた。ひとりごとをつぶやくという彼の新しい習慣が、なぜかむやみに気になった。ひとりごとをいうなんて彼らしくなかったからである。わたしたちは屋根裏の実験室に足を踏み入れ、弱々しくも不気味な菫色《すみれいろ》の輝きを発している、あのいまわしい電気機械をみつめた。それは強力な化学電池につながれていたが、どうやら電流は流れていないようだった。というのも、思い出してみると、実験段階でその機械が作動しているときは、パチパチとかゴロゴロといった音を立てたからである。この永遠の輝きはわたしが理解できるいかなる意味でも電気ではないと、ティリンガストはささやくようにつぶやいた。

それから彼はわたしを機械の左側近くにすわらせて、ぎっしりと密集したガラス球の真下付近のスイッチを入れた。ふつうのパチパチという音がはじまり、ブーンというううなりに変わり、おしまいにごくおだやかな低音になったので、まるで静けさがもどったかのようだった。そのいっぽう、輝きはいったん強まり、また弱まってから、わたしには判別することも描写することもできない、淡くて奇妙な色というか、いりまじった色におちついた。ティリンガストはわたしの様子をうかがっていて、わたしの当惑した表情に気づいた。

「あれがなにかわかるか？」彼はささやいた。「紫外線だ」わたしがびっくりしていると、彼はくすくす笑った。「紫外線は目に見えないと思っていただろう。そのとおりだが——いまは紫外線を見ることができるばかりでなく、ほかの多くの目に見えないものも見ることができるんだ。

よく聞け！　あの機械から放出される波動が、われわれの体内で眠っている無数の感覚を目覚めさせているのだ。遊離《ゆうり》した電子の状態から有機体としての人間という状態まで、悠久の進化からわれわれがうけついだ感覚だ。おれは真実を目撃したので、それをおまえに見せてやろう。それがどんなものか知りたいと思うだろう？　教えてやろう」ここでティリンガストはわたしの真正面に腰をおろし、蝋燭を吹き消すと、ぞっとするような目つきでわたしの目をみつめた。「おまえがいまもっている感覚器官は——最初は耳だと思うが——多くの印象を知覚するだろう。というのも、耳は眠っている器官と密接に関係しているからだ。それからほかの感覚器官も知覚するようになる。松果腺ということばを聞いたことは？　浅薄な内分泌学者や、フロイト派のまぬけや成上がりどもには大笑いだ。松果腺こそ、あらゆる器官のなかでもっとも偉大な感覚器官であることを——おれは発見したのだ。結局のところ、それは視覚のようなもので、脳に映像を送りこむ。正常な人間ならば、そのようにしてほとんど受けとるはずだ……彼方からのたしかな証しのほとんどすべてを」

わたしは南側の壁が傾斜した広大な屋根裏部屋を見渡した。日常の目では見ることができない光にぼんやりと照らされている。遠くの隅はすべて影におおわれ、その場所のすべてが、かすむような非現実性を帯びていた。それは事物の本質を曖昧にして、想像力を象徴と幻想へと誘うのだった。ティリンガストが沈黙しているあいだに、わたしははるかむかしに死んだ神々の広大で途方もない神殿にいるような気がしてきた。無数の黒い石柱が、湿った石板の床から視界の彼方の、雲にかすむ高みにむかって伸びている、めくるめくような建造物である。その映像はしばらく非常に鮮明だったが、しだいにもっと恐ろしいイメージにとってかわられた。見えない、音もない、無限の空間における、完全で絶対的な孤独のイメージである。虚空《こくう》がぽっかりと口をあけ、ほかにはなにもなくて、わたしは子どもっぽい恐怖に襲われたので、イーストプロヴィデンスで強盗《ごうとう》にあった夜から、日没後はつねに携帯しているリボルバーを尻ポケットから引き抜きたいという衝動に駆られた。やがて、遠い世界の最果ての領域から、かすかな音がしだいに近づいてきた。それは限りなく微弱で、ごくわずかに脈動しており、まぎれもなく音楽だったが、途方もない荒々しさをたたえていたので、その響きはわたしの全身に襲いかかる優美な拷問《ごうもん》のようだった。うっかりすりガラスをひっかいてしまったときのような感覚をおぼえた。同時に、ひんやりとしたすきま風のようなものが生じて、それはどうやら遠くの音の方向からわたしに向かって吹きつけてくるようだった。息をひそめて待ちうけていると、音と風の両方が強まってくるのが感じられたが、その感覚のせいで、巨大な蒸気機関車が近づいてくる線路に縛りつけられているという奇妙なイメージが浮かんだ。わたしはティリンガストに話しかけはじめたが、するとたちまち、すべての非日常的な感覚が消え去った。目に見えるのはティリンガストと、ぼんやり光っている機械と、薄暗い部屋だけだった。ティリンガストはわたしがほとんど無意識のうちにとりだしていたリボルバーをみつめていやらしいにやにや笑いを浮かべていたが、その表情から、彼もわたしとおなじものを見たり聞いたりしていたにちがいないと思った。少なくとも大差はないはずだ。わたしが経験したことを口にしようとしたとたん、彼はそれを制止して、できるだけ沈黙を守っておとなしくするようにといった。

「動くんじゃない」彼は警告した。「この光のなかでは、おれたちは見るのとおなじくらい見られているんだぞ。使用人たちは出ていったといったが、正確にいえばちょっとちがう。あの頭の悪い家政婦のせいだ——絶対にするなと命じておいたのに、階下の灯りをつけたために、電線が共振を起こしたんだ。おぞましい状況だったにちがいない――あっちの世界から見たり聞いたりしていたにもかかわらず、ここまで悲鳴が聞こえてきて、あとになってみると、さらにおぞましいことに、もぬけの殻になった衣服の山が家じゅうからみつかったからな。ミセス・アップダイクの衣服は玄関ホールのスイッチの近くにあった――だから彼女のせいだということがわかったんだ。やつらは使用人すべてを連れ去った。だが、身動きしないかぎり、まったく安全だ。おれたちには文字どおり手も足も出ない、ほんとうに恐ろしい世界を相手にしているのだということを忘れるな……じっとしていろ！」

意外な新事実と突然の命令というふたつのショックのせいで、ある種の麻痺《まひ》状態におちいって、恐怖のあまり、わたしの心はティリンガストが〈彼方〉とよんだものからやってくる感覚にふたたび向けられていった。いまやわたしは音と動きの渦のなかにいて、混乱した映像が目の前で踊っていた。部屋のぼやけた輪郭《りんかく》は見えていたが、空間のある地点からあいまいな形の雲のような沸き立つ円柱が出現し、右手前方の一点で頑丈《がんじょう》な屋根をつらぬいていた。それからふたたび神殿のような映像がぼんやり見えてきたが、今度はすべての柱が天空の光の海までどこまでも伸びており、そこからは、さきほど見かけた雲の円柱の通り道に沿ってまばゆい光線が注いでいた。そのあと情景はほとんどまったく万華鏡《まんげきょう》のようになってしまい、光と音と正体不明の感覚の混沌《こんとん》のなかで、いまにも自分のからだが分解してしまうか、なんらかの形で実体を失ってしまうような気がした。ひとつのはっきりとした閃光《せんこう》だけは終生忘れないだろう。ほんの一瞬ではあるが、輝きながら回転している球体に満たされた奇妙な夜空の一区画を目にしたような気がする。

それが薄らいでいくと、輝く恒星が定まった形の星座か銀河を形づくるのが見えたが、その形はクロフォード・ティリンガストの歪められた顔だった。またあるときには、巨大な生物がわたしとすれちがい、ときおり実体があるはずのわたしのからだを通り抜けるように歩くというか漂っていくのが感じられ、彼のような熟達した感覚なら、それらを視覚的にとらえることができるかのように、ティリンガストがそれらをじっとみつめているのが見えたように思った。わたしは彼が松果腺について話したことを思い出し、彼がこの超自然的な目でなにを見たのだろうかと考えた。

ふいに、わたし自身もある種の強化された視力をもつようになった。明るくそして暗い混沌のうえに、ぼんやりとではあるが、一貫性と不変性の要素をもつ映像が浮かび上がったのである。それはじつのところいくぶんかなじみがあった。というのも、まるで絵を描かれた劇場の緞帳《どんちょう》に映画の画面が投影されているかのように、非日常的な部分が日常的なこの世の風景に重ね合わされていたからである。わたしの目には屋根裏の実験室と電気機械、そして正面にティリンガストのみにくい姿が見えていたが、それらなじみの有形物に占められていない空間のすべてが、非日常的なものにすきまなく占領されていた。生きているか生きていないか、ともかく筆舌に尽くしがたいものたちが、胸が悪くなるような混沌のなかでいりまじり、すべての既知《きち》なるもののすぐそばに未知なるものが、異質なる世界のすべてが存在していた。それはまた既知なるもののすべてが未知なるものの組成に入り込んでいるともいえたし、逆もまたしかりであった。生きているもののうちでもっとも大きいのは、巨大でまっ黒なゼリー状の怪物で、機械の発する波動に合わせてぶるぶるとだらしなく震えていた。彼らは胸が悪くなるほどおびただしく存在し、見ているとぞっとすることに重なり合うのだった。つまりなかば液体なので、たがいのからだを通り抜けたり、われわれが固体と思っているものを通り抜けたりすることができるのだ。これらの生きものは少しもじっとすることがなく、なにか邪悪な目的をもってたえず漂っているようだった。ときにはたがいにむさぼり食っているようで、攻撃者は犠牲者にいきなり飛びかかり、あっというまに視界から消し去ってしまうのだった。ぞっとしながら、あわれな使用人たちがどうやって消されたのかわかったような気がして、新たに見えるようになったわれわれのまわりの不可視の世界の事物を懸命に観察しようとしながらも、その怪物のイメージを心から閉めだすことができなかった。しかしティリンガストはずっとわたしを観察していて、話しかけてきた。

「見えるのか？　見えるんだな？　人生のあらゆる瞬間におれたちのまわりを漂い、おれたちのからだを通り抜けていたものが見えるんだな？　人類が澄んだ大気とか青い空とかよんでいるものを形づくっている生きものが見えるんだな？　おれは障壁《しょうへき》を破壊するのに成功したんだな？　人類がいまだかつて見たことのない世界を見せたんだな？」わたしは恐ろしい混沌のなかにひびくティリンガストの叫び声を聞き、不快なほどすぐ近くからぬっと突きだされた狂気じみた顔をみつめた。その目は炎に満ちた縦穴で、ぎらぎらとわたしをにらみつける凝視には、圧倒的な憎悪《ぞうお》がこめられていた。機械が憎らしげにブーンとうなった。

「あのくねくねとのたうっているものが使用人たちを消したと思っているのか？　ばかめ、あいつらは無害だ！　しかし使用人はいなくなってしまったって？　おまえはおれにやめさせようとした。おれがありったけの勇気を必要としているときにそれをくじいた。おまえは宇宙の真理を恐れたのだ。おまえはくそったれな臆病者だ。だが、もう逃がさんぞ！　なにが使用人たちを消し去ったか？　なにが途方もない悲鳴をあげさせたか？……わからんのか？　もうすぐ身をもって知ることになるぞ！　おれを見ろ――おれのいうことを聞け――おまえは時間や大きさのようなものがほんとうに存在すると思っているのか？　形や物みたいなものが存在すると思っているのか？　よく聞け。おれはおまえのちっぽけな脳みそには想像もつかないような深みにたどりついたのだ！　無限の境界の彼方に目を向けて星々から魔物たちを招きよせた……世界から世界へと自由に往来する影どもを使って、おれは死と狂気の種子を播《ま》くのだ……宇宙はおれのものだ、聞こえるか？　いまやつらはおれを捜しまわっている――むさぼり食って分解するつもりなんだ――だがおれは身をかわして避ける方法を知っている。やつらがつかまえるのはおまえだ。使用人どもをつかまえたように。おいおい、身じろぎしているんじゃないだろうな？　さっきもいったとおり、動くと危険だぞ。これまでは、じっとしていろといって、おまえを救ってやった――少しでも多くのものを見せておれのことばに耳をかたむけさせるために救ってやったのだ。もし動いていたら、やつらはとっくに襲いかかっていただろう。心配するな、おまえを傷つけたりはしない。やつらは使用人たちも傷つけなかった――あわれな連中がものすごい悲鳴をあげたのは、やつらの姿を見てしまったからだ。

おれのペットたちはとてもかわいいとはいえない。なにしろ——美的基準がまったく異なる場所からやってきたんだからな。分解はまったく痛くない。それは保証する——だが、おまえにはあいつらを見せてやりたいんだ。おれもあやうく見るところだったが、ぐっとこらえる方法を心得ていた。好奇心をそそられないか？　前々からわかっていたが、おまえは科学者じゃないな。震えているのか？　おれが発見した究極の存在を見たくてたまらんのだろう？　それなら動いてみたらどうだ？　疲れたか？　それなら心配はいらん、友よ、やつらはすぐそばに迫っているからだ……見ろ！　見るんだ、くそったれ、見ろ！……やつらはおまえの左肩のすぐうしろにいるぞ……」

その後について語るべきことはごくわずかで、みな新聞記事からすでに知っているかもしれない。警察がティリンガストの古い邸宅の屋内から銃声を聞きつけて、われわれを発見した——ティリンガストは死亡しており、わたしは失神していた。手にリボルバーが握られていたので、わたしは逮捕されたが、ティリンガストの死因が脳卒中《のうそっちゅう》で、わたしの銃撃が向けられていたのは不気味な機械であることが明らかになったので、三時間後に釈放《しゃくほう》された。機械のほうは、銃弾によって完全に破壊され、実験室の床にころがっていた。検察医が疑念を抱くのではないかと恐れて、見たものについてはあまり話さなかったが、わたしが遠まわしに語った説明から、まちがいなく悪意と殺意に満ちた狂人に催眠術をかけられたにちがいないと医師はいった。

できるものならあの医師のことばを信じたい。身のまわりの大気や頭上の空について考えるとき、いやおうなく連想してしまうものを頭から振り払うことができるなら、わたしの不安定な神経はどれほど安らぐことだろう。わたしは決して孤独も安らぎも感じることができない。くたびれているときはとくに、寒《さむ》気《け》とともに、なにものかに追われているというおぞましい思いに襲われるのだ。わたしが医師のことばをどうしても信じることができないのは、警察がクロフォード・ティリンガストに殺されたと主張している使用人たちの死体が、いまだにみつかっていないからである。

《オマージュ・アンソロジーシリーズ》

超時間の闇

◆「大いなる種族」　小林泰三
◆「魔地読み」　林　譲治
◆「超時間の檻」（ゲームブック）　山本　弘

本体価格・一七〇〇円／四六版

本体価格・一七〇〇円／四六版　カバーイラスト・小島文美

《大いなる種族》 科学者松田竹男は「人間の脳に短時間で大量の情報を注入する」ための研究を行っていた。 開発した装置の名は「対人間収量情報技術実験装置」。

《魔地読み》 県庁職員である私は、とある極秘任務のため隣県へ向かう列車に乗っていた。 突然列車が止まった。市兵による巡検であった。

《超時間の檻》底知れぬ暗い空間を、私は落下していた。上も下もなく、前も後ろもない、無限の奥行きのある暗黒の空間。 何かにぶつかって停止し、突如感覚の洪水が襲ってきた。山本弘 22 年ぶりのゲームブック！

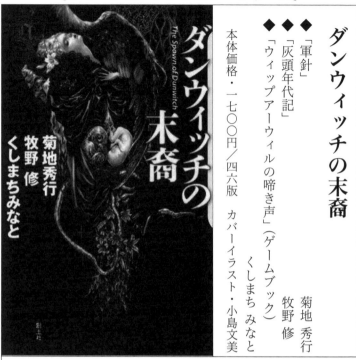

《オマージュ・アンソロジーシリーズ》

ホームズ鬼譚～異次元の色彩

◆「宇宙からの色の研究」　山田 正紀
◆「バスカヴィル家の怪魔」　北原 尚彦
◆「バーナム二世事件」（ゲームブック）　フーゴ・ハル

本体価格・一七〇〇円／四六版
カバーイラスト・小島文美

《宇宙からの色の研究》「異常な状況下における“ 拘禁性神経障害とその呪い”」という専門分野のために、私は法廷に召喚された。その法廷の被告人は、ある男性を「ライヘンバッハの滝」の突き落した容疑で告発されていた。
《バスカビル家の怪魔》17 世紀半ば、ダートムアの地に隕石が墜ちる。夜の荒れ地はぼうっと燐光を放ち、果樹園では異常なほど大きな果実が実る。荒れ地の草を食べた羊は凶暴化したという。
《バーナム２世事件》 2011 年、ミスカトニック大学で、ワトスン博士の未発表の手記が発見された。手記の内容は 19 世紀末のロンドンで起きた怪奇な殺人事件をめぐるものだった。

オマージュ・アンソロジー・シリーズ

書籍名	著　者	本体価格	ISBN：978-4-7988
ダンウィッチの末裔	菊地秀行　牧野修 くしまちみなと	1700円	3005-6
チャールズ・ウォードの系譜	朝松 健　立原透耶 くしまちみなと	1700円	3006-3
ホームズ鬼譚～異次元の色彩	山田正紀　北原尚彦 フーゴ・ハル	1700円	3008-7
超時間の闇	小林泰三　林譲治 山本弘	1700円	3010-0
インスマスの血脈	夢枕 獏×寺田克也 樋口明雄　黒史郎	1500円	3011-7
ユゴスの囁き	松村進吉　間瀬純子 山田剛毅	1500円	3012-4
クトゥルーを喚ぶ声	田中啓文　倉阪鬼一郎 鷹木 骰子	1500円	3013-1
無名都市への扉	岩井志麻子　図子慧 宮澤伊織 / 冒険企画局	1500円	3017-9
闇のトラペゾヘドロン	倉阪鬼一郎 積木鏡介　友野詳	1600円	3018-8
狂気山脈の彼方へ	北野勇作　黒木あるじ フーゴ・ハル	1700円	3022-3
遥かなる海底神殿	荒山徹　小中千昭 読者参加・協力クラウドゲート	1700円	3028-5
死　体　蘇　生	井上雅彦　樹 シロカ 二木 靖×菱井真奈	1500円	3031-5

全国書店にてご注文できます。

書籍名	著　者	本体価格	ISBN：978-4-7988-
邪神金融道	菊地秀行	1600円	3001-8
妖神グルメ	菊地秀行	900円	3002-5
邪神帝国	朝松 健	1050円	3003-2
崑央（クン・ヤン）の女王	朝松 健	1000円	3004-9
邪神たちの2・26	田中 文雄	1000円	3007-0
邪神艦隊	菊地 秀行	1000円	3009-4
呪禁官　百怪ト夜行ス	牧野修	1500円	3014-8
ヨグ=ソトース戦車隊	菊地秀行	1000円	3015-5
戦艦大和　海魔砲撃	田中文雄×菊地秀行	1000円	3016-2
クトゥルフ少女戦隊 第一部	山田正紀	1300円	3019-8
クトゥルフ少女戦隊 第二部	山田正紀	1300円	3021-8
魔空零戦隊	菊地秀行	1000円	3020-8
邪神決闘伝	菊地秀行	1000円	3023-0
クトゥルー・オペラ	風見潤	1900円	3024-7
二重螺旋の悪魔　完全版	梅原克文	2300円	3025-4
大いなる闇の喚び声	倉阪鬼一郎	1500円	3027-8
童　提　灯	黒史郎	1300円	3026-1
大魔神伝奇	田中啓文	1400円	3029-2
魔道コンフィデンシャル	朝松 健	1000円	3030-8
呪走！　邪神列車砲	林 譲治	1000円	3033-9
呪禁官　暁を照らす者たち	牧野修	1200円	3032-2
呪禁官　意志を継ぐ者	牧野修	1200円	3034-6

全国書店にてご注文できます。

クトゥルー・ミュトス・ファイルズ
The Cthulhu Mythos Files

彼方からの幻影

2016年8月1日　第1刷

著　者
小林 泰三　羅門 祐人　小中 千昭

発行人
酒井 武史

カバーイラスト　小島 文美
本文中のイラスト　小島 文美　村上 悠太
帯デザイン　山田 剛毅

発行所　株式会社　創土社
〒165-0031 東京都中野区上鷺宮 5-18-3
電話 03-3970-2669　FAX 03-3825-8714
http://www.soudosha.jp

印刷　株式会社シナノ
ISBN978-4-7988-3035-3　C0093
定価はカバーに印刷してあります。

《クトゥルー・ミュトス・ファイルズ　近刊予告》

ファントム・ゾーン・シリーズ

『邪神街・上巻』

樋口 明雄

〝御影町〟が消えた。人々は信州にあるその〝街〟の記憶をなくし、歴史の記録からさえも消え去るという怪現象が起こっていた。その集団記憶喪失事件の取材を命じられた、オカルト雑誌の女性記者・深町彩乃は、出張中の電車内で少年、藤木ミチルと出会う。東京の親戚の家に遊びに行っていたミチルは、ある日突然、叔母からこう言い放たれた。「あんた、いったいどこの子？」やむを得ず故郷である信州へと戻って来たが､彼が降りるはずの駅が消失していた……。ネタの気配を感じた彩乃は街のことを少年に質問するが、はっきりとした記憶がないという。「ぼく……怖いんだよ。本当はあそこに帰りたくなんかなかったんだ」少年の双眸からポロリと大粒の涙がこぼれ落ちた。彩乃は行き場をなくした少年と行動を共にすることにしたが、それは血塗られた逃避行の始まりでもあった。奇妙な黒衣の聖職者〝司祭〟に狙われるミチル。逃亡する彩乃と少年に、魔物に変貌した人々が襲いかかる。今にも、彩乃が魔物に喰い殺されるという時､突如ロングコートの大男が現れた。「頼城茂志。ミチルの〝守護者〟だ」コートの下からショットガンが取り出された。銃口が魔物に向けられ、落雷の如き炸裂音が響き渡る。彼らは消失した街〝御影町〟に潜入するものの､〝街〟は〝古き邪神〟の一族〝ザイトル・クァエ〟により、人々の畏れを具現化した名状しがたい世界と化していた。そしてミチルは、魔物を斃す存在といわれる〝発現者〟であるがゆえに､〝司祭〟の魔手に捕らわれる。──亡霊の街〈ファントム・ゾーン〉をめぐる震慄のホラーアクション！

──2016年9月　発売予定

本書は「ロスト・ゾーン」(角川ホラー文庫）を
クトゥルー小説として加筆修正した新装版です。